Edition AV

Zum Buch

Paris 1997 - die Nacht von Lady Dianas Tragödie. In der Nähe der Katastrophe stirbt auch ein Fotograf einen mysteriösen Tod. War etwas auf seinem Film, wofür er sterben musste?

Jahre später stößt die Fernsehreporterin Lena Halberg auf überraschende Fakten zu dem Vorfall. Mit journalistischem Spürsinn entdeckt sie die unglaublichen Machenschaften der Waffenkonzerne, die bis in höchste politische Kreise reichen. Entgegen aller Warnungen stellt sie eine gefährliche Frage: Wer war dieser mächtigen Lobby damals im Weg?

Damit gerät auch Lena ins Visier der Drahtzieher und entgeht nur knapp einem Attentat. Sie hat nur eine Chance: Sie muss ihr Wissen an die Öffentlichkeit bringen, bevor sie selbst zum Opfer wird.

Zum Autor

Ernest Nybørg studierte Musik und Literatur. Als Drehbuchautor schrieb er viele Jahre erfolgreich für Film und Fernsehen. Mit spannungsgeladenen Thrillern, die reale Geschehnisse als Hintergrund verarbeiten, erweiterte er seine schriftstellerische Tätigkeit auf das Gebiet der Kriminalliteratur. Hier erkennt man seine Leidenschaft für menschliche Abgründe und eine sichere Hand für das Genre.

Paris '97 ist der erste Teil der Lena Halberg Trilogie, über die Verflechtungen von Politik, Geheimdiensten und den Rüstungskonzernen.

Nähere Infos unter www.ernestnyborg.com

Ernest Nybørg

Lena Halberg
PARIS '97

Thriller

Edition AV

Cip-Titelaufnahme der deutschen Bibliothek:
Nybørg Ernest; Lena Halberg: Paris '97

ISBN 978-3-86841-125-6

Die Spekulationen rund um den tragischen Unfall von Lady Diana liegen der Idee zu diesem Buch zugrunde. Trotzdem handelt es sich um ein rein fiktionales Werk, das keine tatsächliche geheime Verschwörung enthüllt. Sämtliche Figuren und Ereignisse sind frei erfunden. Jede Ähnlichkeit mit echten Personen oder Geschehnissen ist zufällig und nicht beabsichtigt.

1. Auflage

Korrektorat: Dorothea Schuy, Rosemarie Fürst
Umschlag, Buchgestaltung, Satz: Ernst Kaufmann
Druck: Leibi / Neu-Ulm
Printed in Germany

Das Buch wurde vermittelt durch die Literaturagentur erzähl:perspektive, München (www.erzaehlperspektive.de)

Unsere Realität ist nicht was wir tun,
sondern das, was mit uns geschieht.

1997

Es war bereits nach Mitternacht, aber die Hitze des Spätsommers klebte noch am Asphalt der Pariser Straßen. Franco war mit dem Fiat, den er als Leihwagen genommen hatte, im Kriechgang entlang der Seine unterwegs. Viel zu langsam für die Schnellstraße, dachte er und hoffte, in keine Verkehrskontrolle zu geraten. Er fuhr die Strecke vom Louvre durch die kurzen Stadttunnel bei den Seinebrücken in Richtung Place de l'Alma. Vielleicht war die Auskunft seines Informanten ungenau gewesen, oder er hatte seine Gelegenheit bereits verpasst, weil er noch schnell am Nachtpostamt beim Louvre die Ansichtskarte an seine Mutter eingeworfen hatte. Nervös blikkte er zum wiederholten Mal auf die Uhr.

Noch in Gedanken – er fuhr gerade unter der Brücke bei der Avenue Roosevelt durch – sah er im Rückspiegel ein größeres, dunkles Fahrzeug auf der Überholspur, das schnell näher kam. Unmittelbar dahinter tauchte ein Motorrad auf. Franco war wie elektrisiert: Eine Limousine mit Eskorte, das mussten sie sein. Er trat aufs Gas, um seinen Wagen zu beschleunigen, und griff auf den Beifahrersitz nach seiner schussbereiten Nikon.

Als die Limousine, die Franco jetzt als schwarzen Mercedes erkannte, schon fast auf gleicher Höhe war, beschleunigte das Motorrad, zwängte sich noch links an den beiden vorbei und schnitt unmittelbar danach scharf wieder zur Mitte. Das alles passierte in Sekundenbruchteilen und der Fahrer des Mercedes konnte einem Unfall nur noch entgehen, indem er auswich und den schweren Wagen nach rechts zog.

Scheiße, dachte Franco, das wird verdammt knapp!

Er war noch immer deutlich langsamer als der Mercedes, der nun direkt auf ihn zuraste. Franco ließ die Kamera aus, die zwischen seinen Beinen auf den Wagenboden polterte, und packte das Lenkrad mit beiden Händen. Unmittelbar vor ihnen lag die Einfahrt zur Unterführung bei der Pont de l'Alma, flankiert von massiven Betonbegrenzungen zu beiden Seiten. Seine Fingerknöchel wurden weiß von der Umklammerung, er musste den kleinen Fiat nun um jeden Preis in der Spur halten. In letzter Sekunde, bevor er in Francos Wagen krachte, riss der Fahrer des Mercedes den Wagen zurück auf die Überholspur, das Heck brach dabei aus und die Limousine streifte noch die Seite des Fiats. Aus den Augenwinkeln sah Franco dabei für einen Moment die Frau auf dem Rücksitz, die hysterisch aufschrie – Lady Diana.

Der Mercedes war nach diesem Manöver nicht mehr abzufangen. Kaum war er an Francos Fiat vorbeigezogen, prallte er auch schon ungebremst auf einen der Betonpfeiler des Tunnels auf. Das schwere Fahrzeug bäumte sich auf, wurde innerhalb kürzester Zeit förmlich zerrissen und mit einem ohrenbetäubenden Geräusch auf die Straße zurückgeschleudert.

Für Franco gab es keine Möglichkeit mehr anzuhalten, also blieb er weiter auf dem Gas, um von der Stelle wegzukommen. Instinktiv krümmte er sich zusammen, um den Stoß einer Kollision abzufangen. Der Mercedes – oder das, was von ihm noch übrig war – schlitterte vom Pfeiler zurück auf Francos Spur und verfehlte den Fiat nur um Zentimeter. Hinter ihm krachte etwas an die Wand der Unterführung. Franco trat in die Bremsen und blieb stehen. Ein Blechteil schepperte noch über sein Dach, dann war es still, nur die Hupe des Mercedes heulte gespenstisch in der Unterführung.

Franco war voller Adrenalin und zitterte am ganzen Körper. Im Rückspiegel sah er den schwarzen Blechhaufen. Hier lebt garantiert keiner mehr, dachte er und atmete schwer. Hinten kamen nun einige Lichter auf die Tunneleinfahrt zu, und auch in der Gegenrichtung blieb bereits ein Fahrzeug stehen. Franco blickte wieder nach vorn und konnte nicht fassen, was er dort sah. Direkt hinter der Ausfahrt der Unterführung stand das Motorrad mit den beiden Gestalten, die den Mercedes abgedrängt hatten, quer zur Fahrbahn. Nur wenige Augenblicke später drehten die beiden ab und fuhren weiter. Sofort liefen Francos Gedanken auf Hochtouren. Hier an der Unfallstelle wären bald genügend Leute und im Mercedes waren sicher alle tot, da konnte er nichts mehr tun. Nein, er würde lieber die Rowdys stellen, die den Unfall von Lady Diana verursacht hatten, so eine Chance gab es in einem Fotografenleben schließlich nur einmal.

»Euch hol ich mir«, murmelte er verbissen vor sich hin und trat wieder aufs Gas. Als er aus dem Tunnel fuhr, sah er das Motorrad gerade noch in der langgezogenen Linkskurve des Kais. Er schaltete zurück und trat das Gaspedal bis zum Anschlag durch, dass der Fiat gequält aufheulte.

»Lahme Kiste«, fluchte Franco ungeduldig. Trotzdem holte er das Motorrad knapp vor der nächsten Brücke ein. Die beiden hatten ihn offenbar nicht bemerkt und das Tempo deutlich gedrosselt. Sie verließen die Schnellstraße und nahmen die Ausfahrt zur Brücke über den Fluss.

Auf der anderen Seite der Seine war der Eiffelturm, wo auch nachts einiges los war. Franco vermutete, dass die beiden vorhatten dort unterzutauchen. Er tastete unter dem Sitz nach seiner Nikon. Sie war noch schussbereit, wie er mit einem kurzen Blick zufrieden feststellte, als er sie hochhob. Seine Hand zitterte dabei vor Aufregung. Durch den Schock im Tunnel und die Anspannung während der Verfolgungsjagd war er mittlerweile schweißgebadet und sein Herz pochte wie wild.

Cool bleiben, dachte er und versuchte mit aller Macht, sich zu beruhigen, während er mit sturer Entschlossenheit dem Motorrad folgte. Die Maschine bewegte sich nun in gemäßigtem Tempo, die Männer klappten die Visiere der Helme nach oben und schwenkten vor dem Eiffelturm nach links ein, in Richtung der Anlegeplätze für die Schiffe auf der Seine.

Franco wusste sofort, dass das seine Gelegenheit war. Er öffnete das Fenster, hob die Kamera und stieg aufs Gas. Als er dicht neben dem Motorrad war, schrie er laut aus dem Fenster. Die beiden rissen die Köpfe herum und schauten genau in die Nikon. Franco drückte den Auslöser.

*

»Diana, Princess of Wales, has been killed in a car crash in Paris last night ...«

Der BBC-Bericht fuhr fort mit Details über den Unfall von Lady Diana, der sich während der letzten Nacht ereignet hatte. In den Räumen der kleinen News-Redaktion in Bologna war es still geworden. Auch Lena, die erst vor wenigen Minuten zum Dienst im lokalen Fernsehsender eingetroffen war, starrte fassungslos auf die Übertragung der ersten Bilder von dem Crash in Paris.

»Mein Gott«, murmelte sie vor sich hin und wischte sich mit einem Handtuch noch den Schweiß von der Stirn. Sie war am Morgen dieses letzten Augustsonntags noch ein wenig joggen gewesen, bevor sie zur Arbeit fuhr. Mit einem Mal schoss es ihr durch den Kopf: Franco hatte sich noch nicht gemeldet. Sie schaute auf die Uhr – kurz nach zehn.

Lena griff nach ihrem Mobiltelefon, lief auf den Gang hinaus und wählte seine Nummer. Sie wurde sofort auf die Mailbox umgeleitet, sein Telefon musste also abgeschaltet sein. Das verunsicherte sie, denn Franco war sonst ständig erreichbar und sein Telefon immer griffbereit. Seit sie zusammen waren, konnte sie sich nicht erinnern, dass er es jemals abgedreht hätte – nicht einmal nachts. Was für jemanden, der dauernd auf Abruf stand, auch einleuchtend war. Franco verdiente seine Brötchen als Society-Fotograf. Die Bezeichnung Paparazzo verwendete Lena nur, wenn sie ihn ärgern wollte.

»Shit!«

Sie wartete einige Minuten, dann versuchte sie es ein weiteres Mal – wieder nur die Box. Diesmal sprach sie Franco eine kurze Nachricht auf das Band. Er hatte ihr doch irgendwo sein Hotel aufgeschrieben. Lena wühlte in ihrer Tasche und fand schließlich den kleinen Klebezettel auf der Innenseite ihres Timers.

»Hotel Trianon Paris«, ließ sich nach endlos langem Läuten eine ziemlich hohe Stimme vernehmen.

»Bonjour, Mademoiselle Halberg de Bologne. Ich hätte gerne einen ihrer Gäste gesprochen, Monsieur Barelli.«

»Excuser Madame, Bar ...?«

»Barelli. Franco Barelli«, wiederholte Lena langsam und schon leicht genervt.

»Moment, ich muss schauen«, kam es nach einer Weile zurück. Lena hörte am anderen Ende der Leitung ein Blättern. »Non Madame, tut mir leid, ein Gast mit diesem Namen ist bei uns nicht abgestiegen.«

»Unmöglich«, rief Lena ungeduldig, »sehen Sie noch einmal nach! Er ist ganz sicher gestern bei Ihnen eingetroffen, Barelli aus Italien, Franco.«

»Ich habe den Namen schon verstanden, Madame, aber hier ist leider kein Franco eingetroffen. Aurevoir!« Damit legte sie einfach auf.

Lena war fassungslos. Sie ließ das Telefon sinken und lehnte sich im Gang vor der Redaktion an die Wand. Ein Kollege kam geschäftig aus der Redaktion.

»Furchtbar, das mit Lady Di, nicht wahr?« Er blieb stehen, als er Lenas Blick sah. »Alles in Ordnung bei dir?«

»Nein, gar nichts ist in Ordnung«, meinte sie und ihre Stimme klang unsicher. »Franco ist weg!«

»Wie weg? »

»Er hat sein Telefon abgestellt, und im Hotel ist er nicht.«

»Das gibt's doch nicht.«

»Doch! Die haben keinen Gast mit seinem Namen. Er ist dort

anscheinend nicht angekommen.«

»Vielleicht ist er ja woanders abgestiegen, Paris dürfte im Moment ziemlich voll sein.«

»Das hätte er mir doch gestern gesagt, wir haben ja noch dreimal miteinander telefoniert.«

»Vielleicht hat er nicht ...«

»Nein, hör auf! Irgendwas ist faul. Ich spür das.«

Lenas Kollege schwieg. Er kannte Franco, der gelegentlich auch für die News-Redaktion arbeitete, und dessen Zuverlässigkeit war allgemein bekannt. Außerdem sagte man am besten gar nichts, wenn Lena in einer solchen Stimmung war.

»Da muss was passiert sein«, sagte sie nach einer kurzen Pause knapp und entschlossen. »Ich flieg einfach hin!«

*

Die Stadt brütete noch in der letzten Hitze des Tages, als Lena abends in Paris landete. Trotz des stabilen Schönwetters war der Flug sehr unruhig gewesen, und sie war froh, wieder festen Boden unter den Füßen zu haben. Vor allem aber war sie hungrig, der lieblose Snack im Flugzeug hatte sie nur daran erinnert, dass sie den ganzen Tag noch nichts gegessen hatte. Gleich am Airport kaufte sie sich ein Baguette mit Schinken und schlang es im Taxi auf der Fahrt ins Hotel hinunter.

Lena hatte noch ein Zimmer im Hotel Trianon bekommen, in dem Franco angeblich nie aufgetaucht war. Beim Einchecken fragte sie sich, ob das wohl die Rezeptionistin war, mit der sie am Vormittag telefoniert hatte. Der knappen, hohen Stimme nach zu schließen, tippte sie auf Ja. Das ständig betonte *Madame* kam in gelangweiltem Tonfall aus dieser kleinen, magersüchtigen Person und klang beispiellos überheblich.

Im Zimmer schaltete Lena als erstes den Fernseher an und riss die Fenster auf. Auf dem kleinen Tischchen lagen einige

Prospekte mit Sehenswürdigkeiten der Stadt. Einer davon mit der Aufschrift: Die Bastille, nur wenige Schritte entfernt.

»Wie passend«, murmelte Lena.

Sie kramte in ihrer Tasche nach den Zigaretten, die sie noch in Bologna gekauft hatte. Zwei Jahre hatte sie nicht mehr geraucht, aber das war ihr im Moment gleichgültig. Auch dass auf einer Karte an der Tür in vier Sprachen *No smoking* stand. Sie lehnte sich in die beginnende Nacht hinaus und nahm einen tiefen Zug, der weit besser schmeckte, als sie erwartet hatte.

Vom Gare de Lyon drangen die Geräusche des geschäftigen Pariser Bahnhofs herüber und direkt unter ihr, am Boulevard Diderot, stockte der dichte Abendverkehr des letzten Augusttages. Den ganzen Tag über hatte sie versucht, Franco zu erreichen – erfolglos, sie kam nur auf die Mailbox. Die Unsicherheit und das Warten machten sie rasend.

Lena war erst vor drei Jahren von England nach Bologna gezogen. Ihr Vater war Angehöriger der dänischen Handelsmission in Großbritannien, wo Lena seit Beginn ihrer Schulzeit aufgewachsen war. Nach Abschluss des College in London bekam sie als Jahrgangsbeste ein Stipendium und einen der begehrten Studienplätze bei der Publizistin Klara Eckmann-Alba. Diese lehrte am Institut für Medienwissenschaften in Bologna, der ältesten Universität Italiens, und hatte sich den Ruf einer Vordenkerin für neue Möglichkeiten des Internets erworben.

Nachdem sich Lena in Italien etwas eingelebt hatte, begann sie auch in der Redaktion des lokalen Fernsehsenders mitzuarbeiten. Sehr rasch entdeckte sie ihr sicheres Gespür für politische Zusammenhänge und liebte heikle Recherchen, die sie mit viel Fingerspitzengefühl übernahm.

An einer ihrer Geschichten, für die sie in der Emilia Romagna unterwegs war, arbeitete sie gemeinsam mit Franco, einem jungen Fotografen aus Modena. Als sie nach zwei Wochen zurückkamen, waren sie bereits mehr als nur Kollegen, und einen Monat später zog Franco zu ihr nach Bologna.

Die Abendnachrichten begannen. Lena dämpfte ihre Zigarette aus und drehte den Fernseher lauter. Den Berichten entnahm sie, dass Prinz Charles und die Schwestern von Lady Diana in Paris eingetroffen waren, um die Tote nach London zu holen. Schuld an dem Crash waren angeblich sieben Paparazzi, die unmittelbar nach dem Unfall von der Pariser Polizei verhaftet worden waren. Ihnen wurde vorgeworfen, sie hätten in ihrer Gier nach Aufnahmen das Fahrzeug von Diana und ihrem Freund Dodi Al-Fayed verfolgt und bei dieser spektakulären Jagd den Unfall ausgelöst.

Lena horchte auf. Franco hatte ihr beim letzten Telefonat erzählt, er hätte extra ein Auto gemietet, um seine Position rasch wechseln zu können, erinnerte sie sich. Vielleicht war er einer der Inhaftierten? Genauere Details blieb der Bericht aber schuldig, auch Namen gab es keine. Überhaupt hatte Lena das Gefühl, die Nachrichten waren in dem Chaos, das den Ereignissen folgte, nur lieblos zusammengewürfelt worden.

Lange lag sie auf dem Bett und starrte ins Dunkel. Sie war sicher Franco finden zu können, nur wo sie mit der Suche anfangen sollte, war ihr noch nicht klar. Die verhafteten Fotografen waren bislang der einzige Anhaltspunkt, der sich bot. Vielleicht war die Polizeistation in der Nähe des Geschehens der richtige Ort, um mit den Recherchen zu beginnen, danach würde sie improvisieren müssen. Mitten in diesen Gedanken holte sie endlich der Schlaf ein.

»Pardonnez-moi, ma ...«

Lena stand auf einem Polizeirevier im achten Pariser Arrondissement, das für den Bereich der Schnellstraße zuständig war, und wedelte mit ihrem Presseausweis. Der Beamte drehte sich ihr zwar zu, blickte sie aber nicht einmal richtig an.

»Wie können wir der ausländischen Presse behilflich sein?« Sein schwerfälliges Englisch kam in einem herablassenden Tonfall.

»Es geht um die Verhaftung der Fotografen ...«

»... über die wir keinerlei Auskunft geben.«

»Ich wollte nur wegen eines Kollegen fragen, einem unserer Mitarbeiter, der vielleicht dabei war. Sein Name ...«

»Namen bekommen Sie hier sicher keine«, kam die schroffe Antwort.

»Okay, es ist nur«, versuchte Lena die Situation zu retten, »er wird vermisst. Vielleicht könnten Sie einfach in Ihrem Protokoll nachsehen, ich muss nur wissen, ob er dabei war.«

Er ging auf Lenas Ansinnen gar nicht weiter ein, sondern las ihren Namen auf dem Presseausweis.

»Lena Halberg«, betonte er jede Silbe, »Sie sind heute bereits die zehnte Reporterin, die wegen der gestrigen Verhaftungen nachfragt. Wir haben jedoch anderes zu tun. Wenden Sie sich an die Kriminalpolizei am Quai des Orfèvre, die leiten die Verhöre.«

Damit deutete er wenig zuvorkommend Richtung Tür und ließ sie stehen.

Die nächste Metrostation, um zum Quai des Orfèvres zu kommen, lag nur einen Häuserblock weiter, direkt auf dem Place de l'Alma. Lena wollte schon die Treppe zur Metro hinuntergehen, wurde dann aber doch von der anderen Seite des Platzes magisch angezogen. Hier war es gestern Nacht geschehen, direkt nach der Einfahrt der Schnellstraße in den Tunnel. Irgendwo gab es einen Zusammenhang zwischen diesem Unfall und Francos Verschwinden, dessen war sich Lena sicher.

Sie ging über den Place de l'Alma, durchquerte den kleinen Park mit dem Monument der französisch-belgischen Freundschaft und stieg die kurze, aber steile Böschung hinunter bis zur Fahrbahn der Stadtautobahn.

»Seltsam«, entfuhr es ihr, als sie in die Unterführung hineinsah. Es war überhaupt nichts mehr zu sehen, so als hätte es die Ereignisse der letzten Nacht nie gegeben. Alles wirkte so harmlos, nur von einem der mittleren Stützpfeiler fehlte ein größerer Brocken des Betons, herausgerissen von der Wucht des Aufpralls bei dem tödlichen Crash. Lena zählte die Pfeiler – es war der dreizehnte. Welcher sonst, fuhr es ihr durch den Kopf. Sie hielt zwar nichts von mystischen Zahlenspielen, trotzdem fand sie den Zufall erstaunlich.

Erst jetzt bemerkte sie die anderen Schaulustigen rund um den Unfallort. Einige Touristen fotografierten sich gegenseitig vor dem Hintergrund der Unfallstelle. Lena wandte sich angewidert ab. Sie musste weiter zur Kripo.

Auf der dichtgedrängten Île de la Cité, der zentralen Insel in der Seine, stehen kirchliche und weltliche Macht eindrucksvoll beisammen. Direkt gegenüber den beiden schweren Türmen der Kathedrale Notre-Dame befindet sich der ausladende Bau der Polizeipräfektur aus dem neunzehnten Jahrhundert und das Palais de Justice, das ältere und architektonisch bei weitem elegantere Justizgebäude, das die wichtigsten Institutionen der französischen Gerichtsbarkeit beherbergt.

Lena ging suchend durch den ersten Stock des Gebäudes der Pariser Kriminalpolizei. Sie hatte nach Martine Monteil gefragt, die in den Nachrichten als Leiterin der Ermittlungen zum Unfall Lady Dianas genannt wurde. Nachdem diese ohne langwierige Terminvereinbarung nicht zu sprechen war, Lena sich aber auch nicht abwimmeln ließ, hatte man sie mit einem Mitarbeiter der Abteilung verbunden. Der ließ sich schließlich zu einem kurzen Gespräch überreden.

»Kommen Sie, hier bitte«, hallte eine Stimme hinter Lena

durch den endlosen Gang.

Sie drehte sich um. Einige Schritte weiter stand ein großer, dicklicher Beamter in Zivil und winkte sie mit einer beiläufigen Geste in sein Zimmer.

Er bot ihr Kaffee an, den Lena dankend ablehnte, und führte sie zum Besprechungstisch in einer Fensternische seines Büros. Die Papiere und Ordner, die dort lagen, schob er etwas auf die Seite, damit Lena Platz nehmen konnte, und begann in eiligen, völlig bedeutungslosen Sätzen über die Arbeit der Pariser Polizei zu sprechen.

Lena hörte seinem recht passablen Englisch zuerst höflich zu, wurde nach einigen Minuten aber ungeduldig – sie war nicht hier, um einen Vortrag über Polizeiarbeit zu hören.

»Worauf ich zu sprechen kommen möchte«, unterbrach sie seinen Redefluss recht forsch, »sind die Fotografen, die gestern verhaftet wurden.«

»Ja, man sagte mir vorhin schon, dass Sie daran interessiert sind«, schnitt er ihren Satz ab. Seine aufgesetzte Freundlichkeit war mit einem Mal wie weggewischt.

»Und?«, bohrte Lena trotzdem nach.

»Darüber dürfen wir nicht sprechen – absolute Nachrichtensperre.«

»Mir ist aber zu Ohren gekommen, dass sie hier im Hause festgehalten und befragt wurden.«

Lena versuchte sich informiert zu geben und hoffte, ihr Gegenüber mit einer forschen Bemerkung aus der Reserve zu locken. Aber der Beamte zuckte mit keiner Wimper.

»Es tut mir aufrichtig leid, aber Sie als Medienprofi sollten doch verstehen, dass ich Ihnen darüber nichts sagen kann.«

Er hatte das auf eine recht arrogante Art betont, die Lena ziemlich ärgerte.

»Aber es muss doch jemanden geben, der mir über unseren Mitarbeiter Auskunft geben kann. Er war hier, um für unsere italienische Zeitschrift Fotos von Lady Diana zu machen und ist seit gestern nicht mehr zu erreichen, was für ihn absolut unüblich ist. Ich bin deshalb extra aus Bologna nach Paris gekommen, weil wir uns Sorgen machen.« Lena war im Tonfall etwas schärfer geworden und lehnte sich vor. »Ich will ja keine Staatsgeheimnisse von Ihnen wissen. Sie werden mir doch einfach sagen können, ob er unter den verhafteten Fotografen war, was ja durchaus möglich ist. Oder zeigen Sie mir zumindest die beschlagnahmten Kameras, dann weiß ich es auch so!«

»Sie können hier nicht entscheiden, was wir Ihnen zeigen sollen«, sagte der Beamte in lautem Ton und nun auch deutlich unfreundlich. »Und woher stammt Ihre Information, wir hätten die Kameras der Fotografen?«

»Aus zuverlässigen Quellen, die man als Profi eben hat«, konterte Lena, die sich nicht einschüchtern ließ, ebenfalls laut und mit zornigen Augen.

Der Dicke war von Lenas Reaktion überrascht. Einen Augenblick lang entstand eine peinliche Stille.

»Ich verstehe Sie ja, aber immerhin geht es um den Tod von zwei sehr prominenten Personen«, versuchte er einzulenken, »da wird üblicherweise nichts nach außen kommuniziert. Es geht nach so einer Sache auch um den Ruf der Stadt.«

»Gerade aus diesem Grund wäre es doch wünschenswert, wenn die Öffentlichkeit erfahren würde, dass sich die Pariser Polizei zuvorkommend gezeigt und geholfen hat!« Lena bemühte sich um ein freundliches Lächeln.

»Wie ist der Name?«, fragte der Kriminalbeamte zu ihrer Freude.

»Barelli.«

»Wie?« Sein Gesicht schien merklich einzufrieren.

»Franco Barelli.«

»Sind Sie da ganz sicher?«

»Aber natürlich«, nickte Lena erstaunt über die Bemerkung.

»Aha«, sagte er nur knapp und betont unverbindlich. »Gestatten Sie, einen kurzen Augenblick.«

Er ging zu seinem Telefon und wählte. Die Nummer war kurz, stellte Lena fest, es musste also ein Anschluss im Haus sein. Er telefonierte mit gesenkter Stimme, öfters blickte er dabei in ihre Richtung. Lena konzentrierte sich, um zu verstehen, worum es ging. Allerdings sprach er so rasch Französisch, dass Lena außer einigen Floskeln nichts mitbekam. Er legte auf und kam wieder zum Besprechungstisch zurück.

»Ich habe mir erlaubt, Sie in der zuständigen Abteilung im Justizpalast anzumelden.«

»Justizpalast?« Lena war verwirrt, »ich verstehe nicht ...«

»Tut mir leid, nur dort kann man Ihnen Genaueres sagen, uns sind hier leider die Hände gebunden.«

Damit ging er zur Türe und öffnete sie mit einer knappen Geste, die unmissverständlich war. Lena stand auf. Ein ungutes Gefühl stieg in ihr hoch.

»Madame Triveaut erwartet Sie um vier Uhr nachmittags im Foyer des Palais de Justice – es ist gleich um die Ecke.«

Damit schob sie der Dicke grußlos zur Türe hinaus.

»Ich weiß schon, wo das ist«, murmelte Lena noch, dann war sie wieder allein in dem endlosen, bedrückenden Gang.

Lena ging über Mittag entlang der Seine spazieren und danach, um die Zeit totzuschlagen, in die Notre-Dame. Weit mehr als die Besichtigung der Kirche, beschäftigte sie das seltsame Gespräch von vorhin. Beunruhigt versuchte sie mehrmals vergeblich Franco zu erreichen.

Als sie schließlich um vier Uhr den Justizpalast betrat, wurde sie schon von Madame Triveaut erwartet, einer zierlichen Brünetten mit dunklem Kostüm und Mireille-Mathieu-Frisur. Sie führte Lena nach oben in ein Besprechungszimmer in der obersten Etage. Durch die Fenster sah man auf die noble

Häuserzeile am anderen Seineufer und über die Dächer auf die Basilika Sacré-Cœur am Montmartre.

»Darf ich?«, fragte Lena und kramte ihre Zigaretten aus der Tasche, nachdem auf dem Tisch ein Aschenbecher stand.

»Ist zwar in den Räumen verboten, aber wie Sie sehen, nehmen wir es bei Besuchern nicht so genau«, nickte Madame Triveaut und schob Lena einen Stuhl hin. »Bitte warten Sie kurz, man wird sich sofort um Sie kümmern.«

Lena zündete sich die Zigarette erst an, als sie allein war, stellte sich ans Fenster und versuchte noch einmal, Franco zu erreichen. Keine Antwort.

Nach zermürbendem Warten – Lena drückte bereits die dritte Zigarette im Aschenbecher aus – öffnete sich endlich die Türe. Ein untersetzter, gemütlich aussehender Mann mit grauen Schläfen und randloser Brille betrat den Raum. Er lächelte freundlich in ihre Richtung und begrüßte Lena mit einem kurzen Kopfnicken.

»Montaigne«, stellte er sich vor.

»Lena Halberg. Und Sie sind ...?«

»Ich bin Sonderbeauftragter des DST.«

»DST?«

»Einer Abteilung des französischen Innenministeriums zur Bekämpfung von organisiertem Verbrechen und zur Terrorabwehr.«

»So wie der MI5 in England?«

»Ja, so ungefähr«, sagte er vorsichtig.

»Ich verstehe nicht – organisiertes Verbrechen und Terror?«

»Sagen wir einfach, die Umstände verlangen es.« Er sprach Englisch, mit einem deutlichen französischen Akzent.

»Welche Umstände? Ich wollte doch nur eine Auskunft wegen einem unserer Mitarbeiter«, fragte Lena verwundert.

»Ich weiß, aber es gab da einen Vorfall, weshalb der DST aus Zuständigkeitsgründen die Untersuchung im Fall Barelli übernommen hat.«

»Untersuchung ...?«, wiederholte Lena ungläubig.

»Ich möchte Sie einladen, mich zu begleiten. Wir können unser Gespräch in angenehmerer Atmosphäre fortsetzen.«

»Ich würde aber vorziehen, hier ...«

»Glauben Sie mir, es ist in Ihrem eigenen Interesse. Cafés sind nun mal weit weniger formell als unsere offiziellen Räume. Gehen wir?« Der Unterton in seiner Stimme und die Art, wie er die offiziellen Räume betonte, ließen für Lena keinen Zweifel daran, dass es besser war, der Einladung Folge zu leisten.

Im Café am Quai führte Montaigne sie in ein Nebenzimmer, das trotz des Andrangs im vorderen Lokal beinahe leer war. Sie nahmen Platz und gaben ihre Bestellung auf.

»Ich hoffe, Sie können mich verstehen«, begann sie, »ich möchte niemanden auf die Füße treten. Ich bin auf der Suche nach meinem Freund, einem unserer Fotografen ...«

»Ich verstehe schon.«

Er winkte ab, da die Kellnerin hereinkam und wartete, bis die Getränke auf dem Tisch standen. Dann lehnte er sich zurück und sah Lena direkt an.

»Ich muss Ihnen eine schmerzliche Nachricht überbringen. Der Unfall von Lady Diana war leider nicht der einzige in der Nacht zum Sonntag.«

Ohne dass es ihr auffiel, begannen Lena Tränen aus den Augen zu laufen. Montaigne nahm ein Taschentuch aus seiner Jacke und reichte es ihr.

»Auch Monsieur Barelli ...«, setzte Montaigne nach, »ist bedauerlicherweise tödlich verunglückt.«

Lena presste vor Schock die Hände vor ihr Gesicht, ihre Schultern zuckten wie bei einem Schüttelfrost. Montaigne hielt inne. Lena brauchte einige Augenblicke, in denen sie heftig und hemmungslos weinte, dann nahm sie mit zitternden Fingern das Taschentuch, wischte über ihr Gesicht und starrte vor sich auf den Tisch. Sie atmete hörbar.

»Darf ich die Einzelheiten erfahren?«, stieß sie tonlos hervor.

»Es war auf einer Schnellstraße bei Dijon«, fuhr Montaigne fort, »er ist mit einem Leihwagen von der Straße abgekommen und gegen einen Baum gerast. Wahrscheinlich hatte er zu viel getrunken.«

»Franco hat nie zu viel getrunken, außerdem war er doch hier in Paris!« Lena hatte sich nun etwas gefangen, ihr Kopf begann wieder zu funktionieren.

»Aber nur kurz.«

»Er hatte das Trianon am Gare de Lyon gebucht ...«

»Dort ist er aber offensichtlich nie eingetroffen, sonst wüssten wir das.«

Lena war verzweifelt.

Montaigne zog ein Kuvert aus seiner Jacke, öffnete es und nahm ein Foto heraus – die Aufnahme einer Radarkontrolle. Im Blitzlicht sah man einen weißen Fiat mit Pariser Kennzeichen und sehr deutlich den dunkelhaarigen Mann in einem karierten Sakko hinter dem Steuer. Darunter eine Zeile mit Nummer, Datum und Geschwindigkeit.

»Ist das Ihr Freund?«, fragte Montaigne betont sachlich.

Lena schluckte und nickte. Es war Franco, mit dem Sakko, das sie ihm letzte Weihnachten gekauft hatte.

»Das Bild wurde knapp vor Mitternacht, auf der A38 bei Sainte-Marie aufgenommen. Ihr Freund fuhr dort mit fast hundertsechzig Sachen. Der Unfall ereignete sich dann einige Minuten später, vor der Einfahrt nach Dijon.«

Lena starrte fassungslos auf das Radarfoto.

»Aber das hätte er mir doch gesagt, wenn er dorthin gefahren wäre. Ich habe ja am Nachmittag noch mit ihm telefoniert!«

»Wo Monsieur Barelli vorher war, wissen wir leider nicht. Er hat, nachdem er in Orly gelandet war, den Leihwagen abgeholt.

Dann verliert sich seine Spur bis zu dem Unfall«, fuhr Montaigne fort, »aber es sind über vier Stunden Fahrzeit von Paris. Er muss also bereits am frühen Abend aufgebrochen sein.«

»Und was geschah bei dem Unglück?« Lena versuchte, die Dinge irgendwie auf die Reihe zu bringen.

»Das Fahrzeug ist fast zur Gänze ausgebrannt, die lokalen Sicherheitskräfte konnten aber zum Glück noch einen Koffer retten, der das Feuer überlebt hatte. Darin haben wir den Pass und das Flugticket gefunden, so war die Identifizierung möglich. Natürlich auch mit Hilfe des Fotos und den Mitarbeitern vom Autoverleih.«

Lena konnte sich nur noch mühsam aufrecht halten. Der Schock und die ganzen Umstände waren zu viel für sie. Trotzdem zwang sie sich weiterzumachen.

»Und die Kamera, was ist mit der?«, fiel ihr spontan ein.

»Was meinen Sie?«

»Eine Nikon F4, ein großer Fotoapparat in einer Ledertasche, mit zwei Objektiven. Franco war doch Fotograf.«

»Die Meldung des Unfalls und die sichergestellten Sachen kamen gleich heute früh zu mir. Von Kamera und Fototasche stand aber nichts im Bericht und die waren auch nicht dabei – das war sicher das Feuer, oder er hatte sie nicht mit.«

»Wieso kamen die Sachen eigentlich zu Ihnen?«

»Ungeklärte Todesfälle mit Gewalteinwirkung werden in Frankreich automatisch der Staatsanwaltschaft gemeldet und dann von uns überprüft. Dazu gehören auch Unfälle, zumal wenn ausländische Staatsbürger daran beteiligt sind«, erklärte Montaigne. »Ist eine reine Routinesache.«

Ihr Gespür für Zusammenhänge sagte Lena, dass hier irgendetwas faul war. Franco würde sich nie von seiner geliebten Nikon trennen und wenn er überraschend weggefahren wäre, dann hätte er ihr das gesagt. Und welchen Sinn machte Dijon, wenn Lady Diana in Paris war?

»Können Sie mir die Kameras von den verhafteten Fotografen zeigen? Vielleicht ist Francos Nikon ja dabei«, sagte Lena daher trotzig, »denn ich weiß sicher, dass er in Paris war.«

Montaigne ging auf ihre Frage nicht ein, sondern schob ihr die Radaraufnahme über den Tisch.

»Er war in Dijon, verstehen Sie? In Dijon! Den Abzug des Radarfotos können Sie gerne behalten.«

Lena deutete auf die Aufnahme.

»Das Foto hätte man überall aufnehmen können, ich sehe darauf nur ein Auto und dahinter Schwarz.«

Montaigne beugte sich vor und sah sie eindringlich an.

»Lassen Sie es genug sein, in Ihrem eigenen Interesse. Sie geraten sonst in Dinge, die unüberschaubar sind und sehr gefährlich werden können. Im Augenblick ist Paris ein Pulverfass und jede Frage kann bereits eine zu viel sein. Ich verstehe, dass Sie gerne Antworten hätten, was Ihr Freund wollte oder wohin er unterwegs war, aber glauben Sie mir, nichts wäre dadurch jetzt noch zu ändern.« Er legte seine Hand auf ihren Arm. »Die sterblichen Überreste von Monsieur Barelli werden in zwei Tagen zu seiner Familie nach Modena überführt. Steigen Sie auch in dieses Flugzeug – ein Rat zu Ihrer eigenen Sicherheit.«

Lena hatte keine Kraft mehr. Wortlos stand sie auf. Montaigne legte einige Münzen für die Getränke auf den Tisch und sie gingen hinaus.

»Ich will doch nur wissen, was in Wahrheit geschehen ist«, sagte Lena noch und ihre Stimme klang mutlos.

»Wahrheit ist immer nur das, was wir dazu machen«, antwortete Montaigne darauf. Dann nickte er höflich und verschwand zwischen den Passanten am Quai.

*

Der Regen fiel schwer auf die Fensterscheiben der kleinen Mansardenwohnung in der engen Vicolo Cattani. Der abendliche Himmel über Bologna schien undurchdringlich zu sein und hinter den düsteren, schnell ziehenden Wolkenfetzen spürte man zum ersten Mal den nahenden Herbst.

Die Wohnung am Rande der Altstadt bestand nur aus einem größeren Zimmer mit zwei breiten Fenstern aus mehrfach unterteiltem Industrieglas. Sie reichten von der schrägen Decke bis fast zum Boden. Durch sie hindurch sah man, hinter einer Landschaft aus unzähligen roten Dächern, die mittelalterlichen Türme der Altstadt.

Zwei Straßen weiter zwängte sich der Canale delle Moline durch die dichtgedrängten Häuserzeilen. Er roch im Spätsommer wie feuchtes, modriges Holz. Der faulige Dunst zwängte sich bis unter die Dächer der alten Ziegelhäuser.

Lena saß am Boden in der Mitte des Zimmers. Sie nahm weder den Geruch noch die Aussicht wahr. Eingerollt in ihre dunkelrote Decke, das Kinn auf die Knie gelegt, starrte sie in den abendlichen Regen hinaus. Das schlichte Kleid aus leichter, schwarzer Baumwolle, das sie mittags am Friedhof getragen hatte, lag zerknüllt auf dem Sofa. Ihr blondes, schulterlanges Haar war achtlos nach hinten gebunden, und unter den sonst fröhlichen Augen zeigten sich tiefe dunkle Ringe.

Die Ereignisse der letzten Woche nahmen ihr beinahe jegliches Gefühl. Zwei Tage hatte sie in Paris noch verzweifelt versucht etwas zu erfahren, dann war sie mit der Maschine nach Hause geflogen, die auch den schlichten Blechsarg brachte.

Zorn und Tränen waren heute beim Begräbnis einer dumpfen Empfindung gewichen, die sie nun beinahe vollkommen ausfüllte. Es war, als hätte man sie einfach achtlos auf die Seite geschoben. Noch nie in ihrem Leben hatte sie einen derartigen Eindruck quälender Ohnmacht erlebt.

Und was würde nun weiter sein? Lena hatte keine Ahnung. Bologna schien ihr mit einem Mal fremd.

Heute

1

Der Vorfrühlingstag Anfang April war recht kalt aber sonnig gewesen, jetzt am späten Nachmittag hing Nebel über der City von London. Lena bahnte sich ihren Nachhauseweg durch die graue Suppe und den dichten Abendverkehr.

Jahre waren seit den Ereignissen in Paris vergangen. Lena war, nachdem sie ihr Studium in Bologna mit einem Master's Degree abgeschlossen hatte, nach London zurückgekehrt. In Italien war die Erinnerung an ihr Leben mit Franco zu erdrückend gewesen, und auch der Job bei dem kleinen Fernsehsender wurde ihr bald zu eng. Eine Zeit lang hielt sie noch guten Kontakt zu Francos Mutter, der sich mittlerweile aber nur mehr auf gelegentliche Geburtstagskarten beschränkte.

Nach anfänglichen Anstellungen bei verschiedenen lokalen Zeitungen und einer Nachrichtenagentur war sie schließlich bei *Eagle News* untergekommen. Die auf allen Kontinenten präsente Firmengruppe gehörte mit weltweit über achttausend Mitarbeitern neben dem CNN und der BBC zu den einflussreichsten Medienkonzernen in Großbritannien und Amerika. Die Zentrale des Senders residierte in einem noblen Bürohaus an der Fenchurch Street in der Londoner Innenstadt. Hier fand Lena als Redakteurin für politische Berichterstattung ein perfektes Betätigungsfeld vor. Sehr bald gestaltete sie eine eigenständige Reportagereihe und machte damit rasch Karriere. Schon nach nicht einmal fünf Jahren wurde sie stellvertretende Chefredakteurin.

Auch sonst etablierte sich Lena in England gut und kaufte sogar ein gemütliches Haus in Twickenham, einer beschaulichen Vorstadt im Südwesten Londons. Es war zu groß für eine

Person und auch zu teuer gewesen, aber sie hatte sich spontan in die Gegend an der Themse verliebt. Obwohl nur zwanzig Kilometer von der pulsierenden City entfernt, wirkte der Ort recht ländlich; vor allem die zentrale Heath Road hatte mit ihren Läden, Pubs und Einkaufsgeschäften ein ganz eigenes Flair. Lena erinnerte das Leben hier irgendwie an ihre frühe Kindheit in Dänemark.

Und noch einen Grund gab es für ihre Entscheidung, etwas abseits der Großstadt zu leben – ihr Motorrad. Nach dem Führerschein und dem Kauf einer schwarzen Honda fand Lena Gefallen an der Geschwindigkeit. Also folgte der Honda bald eine Suzuki GSX Rennmaschine in Ferrarirot. Die Fahrt zur Arbeit, für die man im dichten Verkehrsaufkommen Londons mit dem Auto über eine Stunde unterwegs war, schaffte sie mit der schnellen Maschine in der halben Zeit. Auch war sie von Twickenham aus über die M3 in wenigen Minuten im freien Umland und genoss die kurvigen Landstraßen in Englands Süden.

Trotz des Nebels entlang der Themse hatte Lena auch heute kaum mehr als eine halbe Stunde nach Hause gebraucht. Sie bog in die Queens Road ein und ließ das Motorrad langsam ausrollen. Sie stellte es in dem schmalen Weg ab, der seitlich entlang der Außenmauer in den Garten führte.

Im Eingang lag ein Teil der Post, der nicht mehr in den Briefkorb gepasst hatte, am Boden. Lena nahm die Kuverts, fast nur Werbesendungen, warf sie in der Küche auf den Tisch und stellte Teewasser auf, dann ging sie unter die Dusche. Sie hatte ihr Haar kinnlang geschnitten und trug, seit sie Motorrad fuhr, meistens Jeans und Herrenhemden, was ihre sportliche Figur noch betonte.

Sie drehte die Heizung ein wenig wärmer – der Abend würde kühl werden und es hatte zu regnen begonnen –, dann ging sie mit dem dampfenden Tee ins Wohnzimmer in der oberen Etage des Hauses. Ein wenig Ruhe genießen, denn der Tag in der Redaktion war hektisch gewesen und später kam Jan noch zum Abendessen. Kochen zu müssen, freute Lena überhaupt nicht, also nahm sie die Post mit nach oben. Vielleicht befand sich darunter ja ein Flyer eines neuen Pizzadienstes oder eines Asiarestaurants, wo sie etwas bestellen konnte.

Nachdem sie die Zusendungen durchgeblättert hatte, fiel ihr ein brauner, dicker Kartonumschlag in die Hände, wie ihn Versandhäuser für ihre Kataloge verwenden. Lena wollte ihn schon auf den Stoß für den Papiermüll werfen, da blieb ihr Blick auf dem Aufkleber mit dem Absender hängen: Cesare Barelli. Das Kuvert war von Francos Bruder.

Seltsam, dachte Lena und legte die andere Post beiseite. Cesare lebte in Rom. Sie hatte ihn während ihrer Zeit mit Franco nur gelegentlich bei Familientreffen gesehen und seit Jahren keinen Kontakt mehr zu ihm.

Als sie den Umschlag aufriss, fielen einige Ansichtskarten und alte Fotos heraus. Dabei lag auch ein kurzes Schreiben von Cesare.

Cara Lena,
leider muss ich dir die Nachricht senden, dass Mutter vor einigen Wochen gestorben ist, und ich nun dabei bin ihre Dinge zu ordnen und das Haus zu räumen.

Mutter hat die Fotos und Grußkarten aus deiner Zeit mit Franco bis zuletzt aufgehoben und öfter davon gesprochen, wie gerne sie dich als Schwiegertochter gehabt hätte.

In diesem Sinne sende ich dir nun die Sachen, da sie für dich die größte Bedeutung haben. Besuche uns doch, falls du einmal nach Rom kommst.
Ciao
Cesare

Lena schluckte und kämpfte gegen die aufsteigenden Tränen. Dass Francos Mutter tot war, traf sie sehr.

Sie nahm die Fotos und sah sie durch – Weihnachten mit Freunden in Bologna, ihr erster und einziger Urlaub mit Franco am Gardasee mit Aufnahmen von ihr im blauen Bikini und ein Schnappschuss von einem genervten Franco bei der Reifenpanne im winterlichen Bozen. Lena lachte auf. Sie erinnerte sich genau an die Situation, das Bild hatte sie selbst mit Francos Nikon gemacht.

Zwischen den Fotos steckten einige Ansichtskarten. Francos Mutter hatte darauf bestanden von all seinen Reisen eine Karte zu bekommen, damit sie sehen konnte, wo er war und wie es dort aussah. Eine der Karten zeigt den Eiffelturm.

»Das gibt's doch nicht«, murmelte Lena.

Franco war nur einmal in Paris gewesen, das wusste sie genau, und zwar als er die Fotos von Lady Diana machen wollte. Lena drehte die Karte um. Auf der Rückseite standen die üblichen Grußworte an die Mutter, es musste das Letzte sein, was Franco geschrieben hatte. Lenas Hände begannen zu zittern, die Zeit in Paris stand plötzlich wieder vor ihren Augen, als ob es gestern gewesen wäre.

Sie wollte die Karte schon wieder zu den anderen geben, da fiel ihr der Poststempel ins Auge. Der zeigte, noch deutlich zu erkennen, den Eindruck: *LOUVRE 31-8-1997*.

Lenas Herz begann zu rasen, sie sprang auf und drehte das Licht im Zimmer an, um besser sehen zu können. Tatsächlich! Der Rundstempel des Pariser Postamts beim Louvre zeigte bereits das Datum von Sonntag. Franco musste also an diesem Tag noch in Paris gewesen sein.

Lena atmete schwer und starrte fassungslos auf die Karte. Das, was sie längst vergangen glaubte, hatte sie plötzlich wieder eingeholt. Wie schon nach dem Begräbnis kam das dumpfe Gefühl in ihr hoch, dass man sie damals belogen und einfach weggeschoben hatte. Nur war sie diesmal nicht mutlos, sondern zornig. Es war, als hätte ihr Franco selbst noch einen Beweis hinterlassen und sie auf eine Fährte gesetzt, der sie folgen sollte.

Draußen war es inzwischen Nacht geworden und der Regen pochte gegen die Fenster, als es an der Tür läutete.

Lena öffnete, es war Jan.

Jan de Maas war Niederländer aus Den Haag und als der leitende Chefredakteur der Eagle News Lenas Chef. Die beiden waren auch privat liiert. Es hatte sich irgendwann so ergeben, da sie beruflich eng zusammenarbeiteten. Lena sah die Beziehung zu Jan als lockeres Abkommen und angenehmen Aspekt auf längeren Reisen. Wenn sie beide in London waren, blieb hingegen neben der Redaktion nur noch wenig Raum für ein Privatleben. Aus diesem Grund waren auch Lenas vorherige Partnerschaften gescheitert.

Jan war mit fünfundvierzig ein paar Jahre älter als Lena, und seine kurzen aschblonden Haare wurden an den Schläfen bereits deutlich grau. Trotzdem wirkte er mit seiner schlanken Figur und seinem forschen Auftreten durchaus jugendlich. Lena mochte es besonders gern, wenn seine blaugrauen Augen bei schwierigen geschäftlichen Verhandlungen ins eisgraue umschlugen und seine Stimme diesen ganz bestimmten coolen Tonfall bekam.

»Hi«, sagte Lena, »ich habe dich gar nicht kommen gehört.«

Sie steckte noch im Bademantel und hatte die Haare in ein knallrotes Frotteehandtuch gewickelt.

»Ah? Vielleicht weil ich das Verdeck geschlossen hatte«, scherzte er und küsste sie flüchtig. Jan fuhr Oldtimer und sein BMW Cabrio aus 1957 war in der schmalen Straße kaum zu überhören.

»Lass deinen Trenchcoat gleich an.« Lena wollte in die obere

Etage laufen, um sich anzuziehen. »Wir gehen ins Pub auf der Heath Road. Ich habe nämlich absolut nichts zu Hause und war auch nicht einkaufen.«

»Aber ich, weil ich so etwas schon befürchtet hatte«, hielt Jan sie zurück und hob triumphierend eine größere Plastiktüte hoch, aus der es herrlich nach Essen duftete, und ging in die Küche. »Vom kleinen Chinesen an der Themse, den wir neulich schon ausprobieren wollten.«

»Duftet lecker! Bin gleich da.« Lena verschwand für ein paar Minuten ins Obergeschoss, um den Bademantel loszuwerden, sich mit der Bürste durch die Haare zu fahren und in warme Leggins und einen Pulli zu schlüpfen.

Die knusprige Ente mit gebratenem Reis war vorzüglich. Jan langte genussvoll zu und sprach dabei über die kommenden Sendungen. Lena ertappte sich dabei überhaupt nicht zuzuhören, aß nur wenig und stocherte nachdenklich im Reis, ließ sich aber vorerst nichts anmerken. Während sie noch die Reste von den Tellern kippte und das Geschirr in die Spülmaschine einsortierte, war Jan schon mit einem Glas Bordeaux nach oben gegangen. Er trank selten Alkohol, liebte aber einen Schluck schweren, roten Weins nach dem Essen als krönenden Abschluss.

Abgesehen davon, dass sie zusammen arbeiteten und hin und wieder miteinander schliefen, waren sie grundverschieden. Lena suchte in jedem Ding eine Herausforderung, ganz gleich, ob es um ihre Arbeit oder um ihr Motorrad ging. Es war ein besonderer Reiz für sie herauszufinden, wie weit sie gehen konnte. Jan hingegen wirkte vollkommen kontrolliert und tat, was von ihm erwartet wurde. Für ihn zählten das Image des Senders und abgesicherte Fakten, während Lena nur wissen wollte, was hinter einer Sache stecken könnte, egal wie weit sie sich dabei in Spekulationen verlor. Bei vielen Gelegenheiten war das zwischen den beiden schon ein Streitpunkt gewesen.

Als Lena nach oben ins Wohnzimmer kam, sah sie, dass Jan den Brief überflogen hatte, der auf dem Wohnzimmertisch lag. Sie nahm es ihm nicht übel, sie hätte das ebenso getan. Wenn man in ihrem Beruf arbeitete, war man darauf trainiert, alle Informationen, die man kriegen konnte, auch zu nehmen. So war das eben.

»Möchtest du darüber sprechen?«, fragte Jan betont beiläufig. Er lümmelte bequem auf dem Sofa und nippte zufrieden an seinem Rotwein.

»Vielleicht später«, wich sie aus, denn sie war nicht in der Verfassung, die Dinge weiter zu erklären.

Lena war nach Ablenkung zumute und sie wollte, dass Jan heute Nacht bei ihr blieb. Sie dimmte das Licht herunter und lehnte sich an ihn. Er begann ihre Haare zu kraulen und küsste sie fast unmerklich auf den Nacken. Sie drehte ihren Kopf in seiner Hand und schloss die Augen. In Momenten wie diesen genoss sie das Zusammensein mit ihm, er gab ihr Sicherheit und das Gefühl, geborgen zu sein. Und er hatte Erfahrung mit Frauen. Auch wenn sie sonst in vielen Punkten Differenzen hatten, der Sex mit ihm war außerordentlich entspannend. Sie drehte sich ihm zu und ließ den Pulli von ihren Schultern gleiten. Jan berührte zart ihre Brüste, was ein angenehmes Gefühl zwischen ihren Beinen auslöste.

Er macht wirklich immer, was man von ihm erwartet, dachte Lena bei sich und musste unmerklich lächeln. Dann suchte sie seine Lippen.

2

Dezenter Applaus begleitete Arthur Bronsteen, als er hinter das Rednerpult im Salon Rohan trat. Der noble Tagungsraum im Pariser Hôtel du Louvre mit seinen handgemalten Wandbehängen, die dem Ambiente ein gewisses koloniales Flair gaben, war der geeignete Rahmen für die geschlossene Konferenz der Rüstungsindustrie. Nur etwa fünfzig handverlesene Teilnehmer – ausschließlich Spitzenpolitiker, hoch dekorierte Militärs und Konzernchefs in Schlüsselpositionen – hatten es auf die Einladungsliste des amerikanischen Verteidigungsministeriums geschafft. Offiziell war die Konferenz als Handelsgespräch angekündigt worden, um die Beziehungen zwischen den atlantischen und den pazifischen Wirtschaftsräumen zu festigen. In Wahrheit handelte es sich jedoch um ein informelles Treffen der weltweit potentesten Hersteller von Kriegsgerät und Vernichtungswaffen mit ihrem Netzwerk aus Geldgebern, Politikern und Meinungsmachern.

Organisiert hatte die Tagung der republikanische Senator Alexander Prow aus Washington, Bronsteens Vertrauter und Mitglied des mächtigen *US Senat Committee for Armed Services,* dem parlamentarischen Ausschuss, der für die Kontrolle des amerikanischen Verteidigungsministeriums zuständig war. Diese Position im Komitee benutzte Prow, um als Lobbyist für die Waffenindustrie einträgliche Kontakte in den richtigen gesellschaftlichen Ebenen zu pflegen. In zähen Verhandlungen, um die gewünschten Personen für eine Teilnahme zu gewinnen, hatte er schließlich auch diese Konferenz politisch durchgesetzt. Er war mit seinen sechzig Jahren ein alter Fuchs in dem Geschäft und genoss seine gewichtige Position im Zentrum der Macht in der direkten Umgebung von Bronsteen.

Die Braunsteins, so der ursprüngliche Name von Bronsteens Vorfahren, waren eine gut situierte jüdische Unternehmerfamilie in Deutschland. Sie erkannten die Zeichen der Zeit rechtzeitig und wanderten schon in den späten 1920er-Jahren mit ihrem Betrieb in die Vereinigten Staaten aus. Bronsteens Großvater etablierte sich dort rasch und investierte während des Zweiten Weltkriegs in die Rüstungsindustrie. Bronsteens Vater formte die junge Firma dann in den folgenden Jahrzehnten zu dem soliden Konzern BAT – was für *Bronsteen Arms and Technologies* stand. Das Unternehmen wurde sehr rasch für Innovationen am Rüstungssektor bekannt.

Es war also ein stabiler Grundstock, den Arthur Bronsteen im Jahre 1990 übernahm. Wohin der talentierte, erst dreißigjährige Yale-Absolvent den Konzern in den folgenden zwei Jahrzehnten dann jedoch strategisch führen sollte, war schlichtweg sensationell. Bronsteen begann Parteien und Wahlen zu finanzieren, er war der erste Investor, der bereits Fabriken in Korea und Indien baute, als alle anderen noch versuchten, ihr Geld in China zu machen, und er manipulierte ganze Regierungen, indem er ihnen Kredite gegen Gefälligkeiten verschaffte.

In wenigen Jahren stieg Bronsteen zu einem der weltweit bedeutendsten Hersteller von Minen, Waffen und Kriegsgerät auf, zum unumstrittenen Schirmherren der Rüstungsindustrie, dem es immer wieder gelang, sogar außerhalb der politischen Systeme zu agieren.

Sein wichtigster Schachzug war allerdings die Gründung eines Medienkonzerns – der Eagle News. Bronsteen hatte in verschiedenen Ländern Zeitungen, Fernsehstationen und Kabelkanäle zusammengekauft und diese zu einem weltweiten Kommunikationsnetz verknüpft. Damit verfügte er über ein tragfähiges Geflecht, um durch gezielte Berichte eine günstige Stimmung für seine Vorhaben zu erzeugen oder unliebsame Widersacher mundtot zu machen. Bronsteen spielte gerne mit

Menschen, und gezielte News-Berichte waren dafür ein perfektes Werkzeug.

Bei der Tagung im Hôtel du Louvre war er als Ehrengast eingeladen, die Keynote über seine Sichtweise der zukünftigen Entwicklungen und die neuen Ansätze seines Konzerns zu halten. Bronsteen, knappe fünfzig Jahre alt und mittelgroß, wirkte mit seinem kurzen, leicht grau durchzogenen Haar, dem sonnengebräunten Teint und seinem stets wachen Blick sehr energisch. Er kleidete sich zeitlos elegant und bevorzugte dunkle Maßanzüge. Das einzig Auffallende an seiner Erscheinung waren die exklusiven Seidenkrawatten in leuchtenden Farben, von denen er mehrere Dutzend besaß.

Bronsteen bedankte sich für den Applaus der Teilnehmer und erwähnte Senator Prow wohlwollend als den Organisator des gelungenen Zusammentreffens.

»Es wird Zeit, dass wir aufräumen«, begann er dann seine Rede. Er benutzte keine Notizen, sondern sprach völlig frei. »Wie Sie alle wissen, produziert unser Unternehmen seit vielen Jahren Minen für den Kriegseinsatz, und glauben Sie mir, ein Krieg kann ein Paradies in eine Hölle verwandeln. Deshalb haben wir unsere Haltung in diesem Punkt überdacht. Wir möchten den Menschen die Paradiese wieder zurückgeben und stellen uns ab heute, gemeinsam mit der amerikanischen Regierung, in den Dienst der weltweiten Minenräumung. Denn die Welt wird von denen verändert, die den Mut haben, sich selbst zu verändern!«

Bereits hier gab es den ersten Applaus. Bronsteen hob in einer schlichten, bescheidenen Geste die Hände, so als würde er sagen: Bitte kein Lob, ich habe nur die Wahrheit erkannt.

Senator Prow saß seitlich neben der ersten Reihe in einem Fauteuil und bewunderte Bronsteens Eloquenz. Er fand einfach die richtigen Worte und schaffte es mit wenigen Sätzen, andere Menschen für sich einzunehmen. Natürlich wusste Prow, der für Bronsteen die meisten Geschäfte einfädelte, dass hinter den scheinbar menschenfreundlichen Worten nichts als ein weiterer genialer Schachzug Bronsteens stand. Die US-Regierung hatte ein humanitäres Programm zur Beseitigung von Minen und Streumunition verabschiedet, die in weltweit über achtzig Ländern die Menschen bedrohten. Als der Konzern mit der größten Erfahrung im Minengeschäft bekam BAT den Regierungsauftrag dafür zugesprochen und verpflichtete sich, jährlich eine Million Minen aus den Feldern zu holen.

Der Preis dafür lag bei tausend Dollar pro Mine. Somit machte Bronsteen nun eine Milliarde Dollar pro Jahr mit der Räumung genau der Minen, die er zuvor selbst produziert und der Regierung verkauft hatte.

»Indiens Anteil am Welthandel ist immer noch verschwindend gering und das Land hat Schwierigkeiten, Anschluss zu finden.« Bronsteen war am Rednerpult nun so richtig in Fahrt gekommen.

»Am ärmsten sind aber die Menschen dieses wunderbaren Landes – jeder zweite Inder ist Analphabet und ein Drittel der Bevölkerung hat keinen Zugang zum Gesundheitswesen. Dagegen wird alles andere klein und bedeutungslos.« Bronsteen beugte sich vor und seine Stimme wurde eindringlich. »Für zehntausend Leute, die wir in unserem Antiminenprogramm ausbilden werden, wird sich dies nun ändern! Wir haben schon vor einigen Jahren in indische Fabriken investiert, aber nun investieren wir direkt in die Menschen. Wir glauben an dieses Land und überlassen es nicht der kleingläubigen Politik oder einer selbsternannten Führungselite.«

Prow fiel in den allgemeinen Beifall mit ein. Nichts war für ihn spannender als zuzuhören, wie Bronsteen die Dinge darstellte. Ursprünglich hatten sie daran gedacht, in Korea Leute für den Job zu finden, doch das Personal war dort mittlerweile recht teuer geworden. Und so war Prow persönlich in Indien gewesen, um über zwei Agenturen die Arbeiter für die Minenräumung anzumieten. Lächerliche vier Dollar pro Mine bezahlte Bronsteen für die lebensgefährliche Leistung, und für den leider nicht auszuschließenden Fall eines Unglücks bekam die Familie des toten Minenräumers ein Beileidsschreiben und fünfhundert Dollar als Entschädigung.

Prow war stolz, das so schnell geregelt zu haben. Er fuhr sich über seinen schmalen Oberlippenbart und strich sein schütteres graues Haar zurück. Diese mechanische Geste bedeutete bei ihm so viel wie: Angelegenheit erledigt. Er war froh, dass Bronsteen durch den Räumungsauftrag mit Gewinn aus der Minenproduktion aussteigen konnte, allein schon aus Imagegründen. Je mehr Länder die Resolution zur Ächtung von Minen unterzeichnet hatten, desto schwieriger war es geworden, für diese Geräte noch Stimmung zu machen.

»Das Problem der Gegenwart ist nicht die Technik sondern ihr Markt«, pflegte Bronsteen dazu zu sagen.

Prow wuchtete seinen vierschrötigen Körper aus dem Fauteuil, zog seinen Anzug zurecht und ging aus dem Saal. Er hatte noch einiges für die anschließenden Meetings vorzubereiten, außerdem wollte er sich gerne einen Drink genehmigen, solange Bronsteen noch im Vortrag war. Prow hatte früher mit einem massiven Alkoholproblem gekämpft, und zeitweilig litt er noch immer darunter. Es war also besser, den Drink unbeobachtet zu nehmen, um kein Problem mit Bronsteen zu riskieren.

3

Als Jan in die Küche hinunter kam, war Lena schon im Bad. Es war früh am Morgen und draußen noch nicht ganz hell. Jan blickte aus dem Fenster, es regnete. Er streckte sich ausgiebig, stellte Kaffee auf und gab einige Brötchen in das kleine Backrohr. Auf der Arbeitsplatte lagen der Brief und die Fotos, die er schon gestern im Wohnzimmer gesehen hatte. Interessiert zog sie Jan zu sich und las den Brief nochmals. Lena hatte ihm zwar von ihrer Beziehung zu Franco erzählt, sie wollte aber nie Genaueres darüber sagen, obwohl Jan gerne mehr gewusst hätte.

»Und, kannst du ihn schon auswendig?«, fragte Lena spitz. Sie war aus dem Bad gekommen und frottierte ihre Haare.

»Nein, ich wollte nur ...« Irgendwie fühlte er sich ertappt und legte das Kuvert zurück. Dann änderte sich sein Ausdruck und er sah Lena fragend an.

»Sag, haben wir damit ein Problem?«

»Da gibt es kein Problem. Franco tot, oder nicht?«

»Ja schon und es tut mir leid, aber ich weiß nur, dass Franco verschwunden ist und man dich mit einer Unfallgeschichte abgespeist hat. Und ich bemerke, dass dich irgendetwas belastet. Hat es mit dem Brief zu tun?«

»Mit dem Brief nicht, mit dem Foto ...«

Das kleine Backrohr hatte geklingelt, die Brötchen waren fertig. Lena drehte sich um und nahm sie heraus, während Jan den Kaffee eingoss.

»Na, sag schon ...« drängte er, als Lena sich mit Kaffeetassen und Marmelade an den Tisch setzte.

»Also gut, was soll's, aber am besten, du stellst gleich eine zweite Kanne Kaffee auf, die werden wir brauchen«, stöhnte sie, denn Jan würde nun nicht mehr locker lassen. Also schilderte sie alles, was sich vor Jahren in Paris zugetragen hatte. Jan hörte zu, ohne sie zu unterbrechen.

»So«, schloss sie ihren Bericht, »und nun bekomme ich durch Zufall seine letzte Karte in die Hände, abgestempelt zu einer Zeit, wo er angeblich schon tot war. Glaubst du noch immer, das sind nur Hirngespinste?«

»Das habe ich nicht gesagt«, sagte Jan nachdenklich, »ich gebe zu, dass manches an der Situation eigenartig ist, aber ...«

»Was aber?«

»Vieles könnte auch Zufall sein.«

»Zum Beispiel?«

»Was weiß ich, die auf der Post haben irrtümlich das falsche Datum gestempelt ...«

»Lächerlich!«

»Oder das Radarfoto. Warum sollte sich jemand die Mühe machen, so ein Foto zu fälschen?«

»Na etwa, um zu beweisen, dass Franco zu dem Zeitpunkt weit weg von Paris war.«

»Was doch schon durch den Unfall bewiesen sein dürfte. Immerhin war da das ausgebrannte Auto.«

»Was, wenn ein anderer den Unfall gehabt hätte?« Lena ging zur Kommode ins Vorzimmer, während sie sprach, und kramte in der untersten Schublade. »Und man durch eine Fotomontage beweisen will, ...« Sie kam mit einem alten, blauen Filofax wieder herein und nahm ein Foto aus der vorderen Stecklasche, »... dass Franco in dem Auto saß!«

Lena warf das Bild auf den Tisch. Es war die alte Radaraufnahme, die sie noch hatte.

Jan zuckte unwillkürlich zusammen, es war das erste Mal, dass er Franco sah. Er schaute auf das Bild, ließ es aber am Tisch liegen.

»Und die Kamera? Was ist mit der Nikon? Eine F4 mit zwei Objektiven in einer Fototasche löst sich doch nicht in Luft auf!«

Lena war in Fahrt, ihre Augen blitzten. »Nein, die wollten nicht, dass ich die Wahrheit erfahre! Ist das so schwer zu verstehen?«

»Okay, okay!«, wehrte Jan ab. »Nur das liegt lange zurück und es ist schade um die Zeit, die du verwendest, um darüber nachzugrübeln. Und wenn du recht hast, kommst du vielleicht in etwas hinein, das sehr unangenehm werden könnte. Also lass es einfach genug sein, in deinem eigenen Interesse.«

»Das habe ich auch schon einmal gehört«, konterte Lena scharf.

Während des Wortgeplänkels hatte sie sich angezogen. Sie blickte auf die Uhr und ging hinaus. Jetzt erst sah Jan, dass im Vorzimmer Lenas Reisetasche stand.

»Was wird das?«, fragte er vorsichtig, ahnte jedoch, was es bedeutete.

»Ach«, sagte Lena nebenbei, »ich nehme ein paar Tage frei.«

»So plötzlich?«

»Ja, ich muss ein wenig ausspannen und wieder zur Ruhe kommen nach der ganzen Sache.«

»Und wo geht's hin?«

»Weiß noch nicht so genau ...«

Jan stand auf und ging ihr ins Vorzimmer nach. Sie war bereits im Mantel und hatte die Reisetasche in der Hand. Sie kam zu Jan und küsste ihn zum Abschied kurz auf die Wange.

»Ciao! Schlag die Türe zu, wenn du gehst, ich muss weg.«

»Lena, es ist reine Spekulation, du hast keinerlei gesicherte Fakten ...«

»Noch nicht«, zerdrückte sie leise zwischen den Lippen und ging hinaus.

»Lena, flieg nicht nach Paris!«, rief er ihr nach.

»Doch!« Damit warf sie die Türe zu.

Jan blies hörbar die Luft aus, er hatte befürchtet, dass es so enden würde. Er nahm die Tasse mit dem kalten Kaffee vom

Tisch und drehte das Radarfoto zu sich, das noch dort lag. Von draußen hörte er, wie Lena die Maschine startete und abfuhr.

*

In der Brasserie, dem Nobelrestaurant des Hotel du Louvre in Paris, herrschte frühabendlicher Hochbetrieb. Die meisten Tische waren von den Teilnehmern der Rüstungskonferenz in Beschlag genommen. Prow hatte alles bis ins Detail organisiert. Sogar für die freien Stunden außerhalb der Tagung stand den Delegierten, unter denen nur zwei Frauen waren, angenehme Zerstreuung bereit – die Damen eines exklusiven Escort-Services, die neben gepflegter Unterhaltung auch diskrete Wünsche erfüllten.

Bronsteen hatte die anderen Delegierten nur kurz in der Brasserie besucht und war an einigen Tischen zum Smalltalk stehen geblieben, dann hatte er sich mit Prow in den Matisse zurückgezogen, ein Raum im eleganten Halbstock des Hauses mit herrlichen Blick auf den Pariser Louvre, wo für die VIP-Runde extra gedeckt war. Prow hatte dieses halb private Dinner inszeniert, um mit der Delegation aus China den Abschluss einer wichtigen Lieferung zu feiern – ein weiterer Deal, den er für Bronsteens Konzern eingefädelt hatte. Das Treffen hatte ihm im Vorfeld einiges an Überredungskunst abverlangt, da Bronsteen bei Geschäftsabschlüssen aus taktischen Gründen lieber im Hintergrund blieb, die Chinesen ihn aber unbedingt persönlich kennen lernen wollten.

Die Runde, eigentlich waren sie nur zu viert, nachdem sich die Sekretäre dezent zurückgezogen hatten, war bester Laune. Bronsteen, der erlesene Gerichte liebte, war nach Schnecken in Weißweinsud, die auf der Zunge zergangen waren, und Kalbskopf mit feinsäuerlicher Kräutervinaigrette schon angenehm satt. Was das Essen betraf, konnte er Prow nie verstehen, der in seinen Augen so unkultiviert aß wie ein mexikanischer Bauarbeiter. Auch heute hatte er zuerst Bréjaude – ein schwerer, französischer Suppeneintopf mit Kraut und Speck – und als Hauptgang: Schweinefüße in Sülze mit Kren. Alleine der Geruch war Bronsteen zuwider. Die beiden Besucher aus China waren Prow im schlechten Geschmack ebenbürtig, fand Bronsteen. Sie nahmen Steak mit Reis, was der französische Kellner nur mit einem knappen Kopfnicken und leicht hochgezogenen Brauen zur Kenntnis genommen hatte.

Der Leiter der chinesischen Delegation war Dr. Akuma Chao, Beauftragter der Volksrepublik für außenwirtschaftliche Beziehungen im Verteidigungsressort und wissenschaftlicher Rat der kommunistischen Partei in Fragen der Lizenzproduktionen im Bereich der Sicherheitspolitik – so sein vollständiger Titel. Sinngemäß übersetzt bedeutete das: Vertreter der chinesischen Waffenschieber. Sein persönlicher Assistent, der vierte Mann am Tisch, hieß einfach Mr. Fou.

»Was die Sicherheit der Lieferung angeht«, begann Prow, während er heftig an den Schweinefüßen nagte, »könnten wir Ihnen gerne zwei zuverlässige Männer senden.«

»Nein, ist unsere Sache«, gab Dr. Chao mit einem Lächeln beflissen zurück. »Wir gesorgt haben, alles wird ohne Problem.«

»Gut, aber Sie können jederzeit ...«

»Ich wissen, Sie gute Männer von CIA haben, und Mister Bronsteen«, er nickte höflich in dessen Richtung, »nie lassen etwas Zufall über. Aber China auch gute Leute und besser kommen alleine für Abnahme, Mister Prow. Weniger auffallen besser.«

»Senator Prow kommt alleine«, stellte Bronsteen klar, »Wir vertrauen vollkommen auf Ihre Organisation, Doktor Chao.«

»Verbindliche Dank.«

»Wann werden wir übernehmen können?« Prow war mit

dem Essen fertig und wischte sich ausgiebig die fetten Hände in der Serviette ab.

»Sie gleich nach Tagung mit mir nach China kommen, Lieferung schon steht fertig.«

»Ausgezeichnet«, war Prow beruhigt, »die Zeit drängt ein wenig, wie bekannt.«

Dr. Chao wandte sich an Bronsteen. »Bedauere tief, was in Vortrag gehört, dass Auftrag für Minenräumpersonen bereits ist bei Indien. Gibt noch Möglichkeit?«

»Leider, Doktor Chao, die gibt es nicht.«

»Wenn wir geben bessere Kondition vielleicht?«

»Sie werden verstehen«, Bronsteen war von Dr. Chao genervt und bog das Thema etwas unfreundlich ab, »dass wir über Geschäfte, die unser beider Beziehungen nicht betreffen, hier nicht weiter sprechen können.«

Dr. Chao nickte entschuldigend.

»Wir könnten jedoch«, lenkte Bronsteen ein, »wenn der aktuelle Vertrag zu unserer Zufriedenheit abgewickelt ist, woran ich nicht zweifle, über ein Testprogramm für Bio-Transmitter sprechen. Ein Neuro-Chip für Soldaten im Einsatz, den wir im Konzern derzeit entwickeln.« Er sah Dr. Chao direkt an. »Die Implantate trennen den Menschen von seinen Ängsten, nehmen Hunger, Durst, Schmerzen ...«

»Ahh, Universal Soldier – wie in Film!« Dr. Chao lächelte breit und machte eine Geste, als ob er eine Pumpgun durchladen würde. »Nicht Gefühl, nur Maschine. Inspirierend!«

»Sie haben von dem Produkt gehört?«

»Ich kenne Pläne«, sagte Dr. Chao und nickte wissend.

»Haben Sie jemand bei mir eingeschleust?« Bronsteens Stimme wurde lauernd und die Augen kalt.

»Nicht von Sie kennen wir Pläne«, er hob entschuldigend beide Hände und lächelte, »kennen noch von Afghanistan ...«

»Ach, unsere alten Entwürfe«, warf Prow rasch dazwischen,

um die gute Stimmung nicht zu gefährden. »Vergessen Sie diese Versuche, die sind Schnee von gestern, wertloser Ramsch. Die Soldaten sind alle draufgegangen beim Testlauf.«

Der Nachtisch wurde serviert – Poires au vin rouge, Birnen in Rotwein, eine Spezialität des Hauses.

Ein wenig später hatte sich die Runde aufgelöst. Dr. Chao hatte Bronsteen noch auf einen Drink in die Hotelbar eingeladen. Prow war darüber verwundert, dass Bronsteen das Angebot annahm, entschuldigte sich aber, da für ihn noch ein Meeting anstand.

Bronsteen mochte die informelle Atmosphäre in der Bar und die Ruhe nach einem langen Tag voller Verhandlungen und Termine. Er ließ sich in einen der rotbezogenen Samtstühle fallen und bestellte einen doppelten Espresso, da er in Gesellschaft und während offizieller Anlässe nie Alkohol trank.

»Wollen gerne noch wissen wegen neue Produkt«, begann Dr. Chao, nachdem er seinen Mojito-Sour-Cocktail mit Apfelminze und Rum bekommen hatte und sie allein waren. »Oder besser doch sprechen mit Mister Prow?«

»Prow hat darüber keine genauen Informationen, die Entwicklung der neuen Bio-Chips braucht noch etwas bis zur Serienreife.«

»Sie vorhin gesagt, dass brauchen neue Tests?« Dr. Chao wirkte sehr interessiert.

»Eine Erprobung, aber unter tatsächlichen Bedingungen. Einige offizielle Tests liefen noch bei unserern Truppen im Irak, aber im Moment sind mir die Hände gebunden. Ich denke, Sie verstehen, was ich meine.«

Dr. Chao nippte an seinem Mojito. Sein Lächeln war eingefroren, und sein schmales Gesicht hatte die Züge eines Geiers angenommen.

»Brauchen viele?«, fragte er mit gedämpfter Stimme.

»Dreitausend, mindestens«, gab Bronsteen knapp zurück.

»Ist viel ...« Er überlegte eine Sekunde. »Aber möglich.«

»Das Programm ist von der Regierung hoch subventioniert, und wir brauchen diese Mittel auch für einige andere Projekte, die die Politiker nicht finanzieren möchten. Es ist daher äußerst wichtig, dass sie ausschließlich für mich agieren und es keinesfalls an die große Glocke hängen.«

Dr. Chao strich nachdenklich sein Kinn.

»Dann brauchen dazu Konflikt für Tarnung.«

»Wir könnten eventuell mit gewissen Berichten über Nordkorea an die Öffentlichkeit gehen«, meinte Bronsteen, »um etwas in Gang zu bringen.«

»Gut!« Dr. Chaos Lächeln kehrte zurück, und er nickte abermals. »Zweimal gut, Nordkorea nicht beliebt in Welt!«

Senator Prow logierte in einer der klassischen Suiten im zweiten Obergeschoss des Hotels, mit eigenem, großzügigem Arbeitsbereich und separatem Wohnzimmer. Dorthin hatte er sich zu seinem Termin zurückgezogen, um bei dem folgenden Gespräch keine unliebsamen Zuhörer zu haben. Sein Besuch war ein kleiner, korpulenter Herr im dunklen Nadelstreif, mit eisgrauer, scharf geschnittener Stoppelglatze. Er sprach Englisch mit schwerem Schweizer Akzent.

Prow hantierte noch mit seinem Netbook und verband es umständlich mit dem WLAN-Netz des Hauses. Ab und zu fluchte er leise.

»Brauchen Sie vielleicht Hilfe bei Ihrem Laptop?«, fragte der Schweizer höflich.

»Nein, sehr freundlich«, entgegnete Prow. Es war ihm peinlich, denn normalerweise machte dies seine Sekretärin, und er wollte sich vor seinem Besucher jetzt keine Blöße geben. Der Schweizer saß vor ihm auf dem Besuchersessel, hatte seinen Aktenkoffer auf den Knien liegen und verzog keine Miene.

»Das Wetter ist auch etwas langsam heuer, nicht wahr?«, sagte er, und Prow überlegte, ob dies eine Spitze war.

»Haben Sie das Dokument wie besprochen mit?«, fragte Prow, nachdem er es geschafft hatte, sein Bankprogramm hochzufahren.

»Geht das mit der Überweisung klar?«, fragte der Schweizer zurück.

»Können wir sofort erledigen, wenn das Dokument in Ordnung ist.«

Der Schweizer öffnete seinen Koffer und entnahm ihm eine schmale, braune Ledermappe. Er reichte sie Prow über den Tisch, der sie entgegennahm. Darin lagen ein unterschriebener Frachtbrief und eine Rechnung von einer Schweizer Firma.

»Es ist so, wie wir besprochen haben. Eine Handelsfaktura von einem unserer eidgenössischen Unternehmen, sowie ein unausgefülltes Frachtdokument mit Schweizer Bundesstempel, das vom zuständigen Ressortleiter unterfertigt ist. Das Einzige, das in den Dokument noch fehlt, ist die Lieferung selbst, also Ware, Verpackung, Gewicht und Preis – das können Sie ganz nach Ihrem Belieben einsetzen.« Der Schweizer hatte den Text abgespult, als hätte er ihn vorher auswendig gelernt.

»Und die sind wasserdicht?«, wollte sich Prow vergewissern.

»Ja, mehr als das, es sind Originale und auf der ganzen Welt als Lieferausweis gültig.« Er deutete auf das Netbook. »Wenn Sie jetzt noch bezahlen, dann gehören sie Ihnen.«

»Und das Konto ist auf den Caymans?« Prow tippte die Kontonummer ein, die ihm der Schweizer diktierte.

»Wo denken Sie hin?« Der Schweizer klang verwundert. »Wir haben die Zentralbank Liechtenstein, was sollen wir denn auf den Caymans, ist doch sicherer bei uns, und auch viel besser versteckt.«

Prow gab die Bank ein, dann setzte er den Betrag ein – zwei Millionen Dollar. Die Überweisung ging sofort durch. Nach einigen Augenblicken gab das Mobiltelefon des Schweizers den kurzen Signalton, dass eine SMS eingegangen sei. Er überflog die Nachricht.

»Ausgezeichnet, die Dokumente sind die Ihren.« Er steckte das Telefon ein, klappte den Aktenkoffer zu und stand auf. »Da wir das Geschäftliche erledigt haben, was halten Sie von einer Sauna?«

»Nein, sehr freundlich, aber ich muss noch etwas arbeiten«, bedankte sich Prow, um den Schweizer loszuwerden.

»Na gut. Wenn Sie es sich noch überlegen, finden Sie mich unten im Fitnessraum.«

»Danke, aber ich glaube nicht ...« Prow ging die betuliche Art des Schweizers auf die Nerven und er war froh, ihn wieder loszuwerden.

Er schüttelte Prow kräftig die Hand und wandte sich zum Gehen. »Die Mappe können Sie behalten, ist bestes Leder aus der Schwyz.« Er hatte den letzten Satz mit breiten Schweizer Akzent gesprochen und lachte laut. »Die wird uns noch alle überleben.«

Damit war er draußen.

4

Lena war nachmittags in Paris angekommen, nachdem sie zu Mittag den Eurostar in London genommen hatte. Sie wäre viel lieber geflogen, freie Plätze hätte es aber erst in der Abendmaschine gegeben, also nahm sie den Zug.

In Orly nahm sie zunächst ein Taxi zum Trianon. Sie dachte, es wäre passend wieder im gleichen Hotel zu wohnen, doch das war ausgebucht. Sie stand ein wenig ratlos auf der Straße, dann spazierte sie zu Fuß Richtung Innenstadt – ein wenig Abstand nach der morgendlichen Diskussion mit Jan und der Hektik der plötzlichen Abreise. Das Gehen tat ihr gut nach der mehr als drei Stunden langen Fahrt im Eurostar.

Über die Rue de Charenton und nach einem kleinen Espresso im Café Francais stand sie schließlich vor der Glaspyramide des Louvre. Es dämmerte bereits und Lena wurde bewusst, dass sie fast zwei Stunden durch Paris gelaufen war und noch keine Unterkunft für die kommende Nacht hatte. Sie sah sich um und fand – nur wenige Schritte entfernt – ein kleines Hotel in der engen, aber zauberhaft französischen Rue Moliére, das auch noch ein Doppelzimmer im obersten Geschoss, direkt unter dem Dach, frei hatte.

Lena empfand den Mansardenraum als gemütlich und einladend, er erinnerte sie an ihre Studentenwohnung in Bologna. Nach einer heißen Dusche fühlte sie sich entschieden besser. Endlich fand sie an diesem Tag etwas Ruhe. Sie bestellte bei der Rezeption etwas zu essen, was nicht einfach war, da es in dem Hotel kein Restaurant gab. Der sympathische, junge Mann, der am Empfang Dienst machte, ließ sich aber überreden und bestellte Lena Nudeln mit gebratenen Shrimps und Gemüse vom

Chinarestaurant, das nur zwei Häuser entfernt in der gleichen Straße lag.

Lena öffnete die Fenster und blickte in die abendliche Stadt hinaus. Obwohl sie beruflich weit in der Welt herumgekommen war, hatte sie um Paris stets einen Bogen gemacht. Doch nun stand sie da und blickte auf die Dächer des Louvre.

Während Lena mit Genuss aß, blätterte sie in Francos Telefonbuch, das sie noch besaß und aus der Kommode im Vorzimmer, wo sie die alten Sachen aufbewahrte, mitgenommen hatte. Sie musste Eintrag für Eintrag überfliegen, um den Namen auch Adressen zuordnen zu können, was durch Francos kleine und oft unleserliche Schrift mühsam war. Schließlich fand sie einen Kontakt aus Paris mit dem Namen Gaston Ferrier. Daneben etwas, das Lena als Pantin entzifferte und eine Nummer mit französischer Vorwahl. Sie versuchte die Nummer, kam aber nur auf ein Tonband mit der automatischen Ansage, dass der Anschluss unbekannt sei.

Das war auch zu erwarten, dachte Lena, nach so langer Zeit. Sie wählte die 9, zum freundlichen Rezeptionisten.

»Keine Angst«, scherzte sie, als er sich meldete. »Ich brauche nichts mehr zu essen – es war übrigens ausgezeichnet.«

»Das freut mich, Madame, wie kann ich Ihnen helfen?«

»Ich bin auf der Suche nach einem alten Freund und habe nur die Angabe einer Nummer mit dem Eintrag Pantin. Sagt Ihnen das zufällig etwas?«

»Oui, Madame«, kam es höflich und prompt aus der Leitung, »Pantin ist ein Vorort von Paris. Brauchen Sie ein Adressenverzeichnis für die Region?«

»Das wäre sehr nett von Ihnen.«

»Ich habe es hier, Sie können es gerne einsehen.«

Lena fuhr hinunter und setzte sich mit dem Adressbuch in einen der Lederstühle in der Halle. Nach einigem Blättern in den gelben Seiten entdeckte sie dort, unter Fotografen und

Studios, den Eintrag: Gaston Ferrier – Photographe de press, Rue de la Liberté, Pantin. Das musste er sein. Sie notierte die Adresse und gab das Buch zurück.

»Hatten Sie Erfolg, Madame?«, kam die höfliche Frage.

»Ja, danke. Wie komme ich denn nach Pantin?«

»Sie wollen dorthin fahren?«, fragte er verwundert.

»Ja«, nickte Lena.

»Allein?«

»Sieht so aus.«

»Das ist kein Platz für eine Dame.«

»Der Weg, bitte!«, wurde Lena etwas ungeduldig.

»Die Strecke ist ganz einfach.« Er nahm einen Plan und machte mit seinem Stift einen Kringel im Norden von Paris. »Hier Madame, Sie haben direkte Verbindung mit der Metro von der Station Pyramides.«

Als Lena am nächsten Vormittag die Stufen der Metrostation in den heruntergekommenen Vorort hochstieg, kam sie in ein ganz anderes Paris. Die Fassaden der größeren Bauten – moderne, lieblose Häuser aus den letzten dreißig Jahren – waren mit Graffiti verschmiert. Die Fassaden bröckelten großteils ab und dazwischen eingezwängt, sich selbst überlassene Garagen und einstöckige Magazine mit vergitterten, blinden Fenstern.

Vor den Geschäften, meist türkische und arabische Imbissbuden oder Internet-Shops mit Billigangeboten für Telefonverbindungen ins Ausland, lungerten einige Männer herum. Sonst sah man auf den Gehsteigen hauptsächlich Frauen mit Kinderwagen oder ältere Pensionisten. Direkt bei der Metrostation war ein Straßencafé, vor dem einige Marokkaner standen, die Lena eindeutige Angebote nachriefen.

Obwohl es früher Vormittag war, hatte Lena kein gutes Gefühl, vor allem als sie die Hauptstraße verließ und in die engeren Gassen einbog. Vielleicht hätte sie doch anrufen und einen Termin in der Innenstadt vereinbaren sollen, aber sie hatte gedacht, persönlich wäre es einfacher ins Gespräch zu kommen.

Die Rue de la Liberté im Zentrum von Pantin lag nur einige Gehminuten von der Metro entfernt. Das Haus, in dem Gaston logierte, war mit einer blassrosa Verputzfarbe gestrichen, die an mehreren Stellen abzublättern begann, und entlang des Sockels zogen sich schwarzgrüne Schimmelflecken. Neben der Eingangstüre war eine offene Durchfahrt, und seitlich eine Tafel mit einem Pfeil in Richtung Innenhof. Darüber die Aufschrift: Studio Gaston.

Im Hof stand ein ebenerdiger Schuppen aus rohen Ziegeln mit steilem Dach, der ursprünglich eine Werkstätte gewesen sein dürfte, und auf dessen altem Holztor, mit beiger Farbe *Studio* gemalt war. An der vorderen Feuermauer führte eine eiserne Außentreppe hinauf zu einer Eisentür, auf der *privé* stand.

Nachdem Lena durch die Fenster des Studios gespäht hatte und niemanden sah, klopfte sie laut an die Torflügel – keine Antwort. Als sie nochmals und stärker klopfen wollte, fuhr ein schwarzer Renault Clio ziemlich flott durch die Einfahrt und hielt im Hof direkt vor Lena.

Aus dem Wagen stieg ein hagerer aber kräftiger Mann in mittleren Jahren, mit Wollmütze und längeren grauen Haaren. Auf seiner Brust baumelte an einem Lederband ein Anhänger mit einer Presseakkreditierung. Er musterte Lena kurz, dann wuchtete er aus dem Heck des Clio einen Alukoffer – Gaston Ferrier, schloss Lena.

»Si vous voulez, entrer!«, sagte er im Vorbeigehen, um sie hereinzubitten, und sperrte das Tor auf.

»Merci«, sagte Lena und folgte ihm in das Studio.

Er stellte den Koffer ab und steckte einen Scheinwerfer an, der an der Decke hing und den Raum taghell erleuchtet. Dann ging er zu einem Tisch an der Hinterwand, auf dem ein Wasserkocher stand und schaltete auch diesen ein.

»Oui, was kann ich für Sie tun?«, fragte er in Richtung Lena und deutete auf einige Sessel, die im Raum herumstanden.

»Ich bin Lena Halberg, die Freundin von Franco Barelli aus Bologna«, begann sie. »In seinem Notizbuch habe ich einen Gaston gefunden ...« Sie hielt inne, da sie bemerkte, dass er sie ungläubig anstarrte. »Na ja, es ist lange her, aber vielleicht erinnern Sie sich noch an ihn?«

Lena ging zu einen der Sessel und setzte sich. Gaston kam zu ihr. Er roch nach Schweiß und Alkohol. Unwillkürlich rückte Lena etwas zurück. Gaston bemerkte die Bewegung.

»Geben Sie mir fünf Minuten, ich war die ganze Nacht unterwegs«, sagte er schnell und verschwand nach draußen.

Lena hörte, wie er die Eisentreppe hochlief. Sie sah sich in dem Raum um, der innen um vieles größer wirkte als von außen. Er war leer, bis auf einige Scheinwerfer und Stative, und dem Tisch mit dem Wasserkocher. In einer der Seitenwände war eine Tür. Lena probierte, sie war abgeschlossen. An der Wand gegenüber hingen einige Vergrößerungen, Portraits und Aufnahmen von Straßenzügen, die mit Gaston signiert waren. Lena betrachtete sie und war ehrlich überrascht – er war ein ausgezeichneter Fotograf, mehr Künstler als Reporter.

Als Gaston zurückkam, er hatte doch fast eine Viertelstunde gebraucht, wirkte er um zehn Jahre jünger.

»Gefallen sie Ihnen?«, fragte er, da sie vor den Fotos stand.

»Einige sind toll, überhaupt die Portraits.«

»Ich versuche seit Jahren, eine vernünftige Ausstellung zu bekommen, was in Paris recht schwer ist – einfach zu viel los.«

Er war frisch geduscht und rasiert, hatte einen dunklen Sweater übergezogen und seine noch nassen, grauen Haare zu einem Zopf zusammengebunden. Sehr attraktiv, wie Lena fand. Sie hatte inzwischen zwei Tassen gefunden und den Löskaffee ins heiße Wasser gerührt.

»Ich habe Franco recht gut gekannt«, sagte Gaston nun nachdenklich und nahm einen Schluck aus der Tasse, »das war eine furchtbare Sache, mit seinem Unfall. Ich habe nur durch Zufall davon gehört, aber niemand wusste Genaues darüber, da nichts veröffentlicht wurde.«

»Können Sie sich vielleicht noch an den Tag erinnern, an dem Lady Diana ...«

»Als ob es gestern gewesen wäre.«

»Man sagte mir, Franco wäre in dieser Nacht nicht in Paris gewesen.«

»Wer hat Ihnen das erzählt?«

»Ein Mann vom DST.« Lena war vorsichtig, nicht zu viel zu sagen, sie wollte zunächst einmal Gaston reden lassen. »Angeblich war der Unfall in der Nacht bei Dijon.«

»Schwachsinn«, er sprang auf und begann, im Studio auf und ab zu laufen, »ausgemachter Schwachsinn. Natürlich war Franco da. Er war in Paris, alle waren wir in Paris in dieser Nacht!«

»Aber die haben mir eine Aufnahme von einer Radarfalle gezeigt, wo er kurz vor Mitternacht aufgenommen wurde, und das ist mehrere Stunden von Paris entfernt.«

»Kommen Sie.« Gaston ging zu der Tür in der Seitenwand des Studios und sperrte sie auf, dahinter war ein schmaler, hoher Raum, wo sich auf Regalen bis an die Decke Fotoschachteln türmten.

»Mein Archiv«, erklärte Gaston, »aus der Zeit, als man noch richtige Fotos auf Zelluloid gemacht hat und keine Digis und Selfies.«

Lena fand das sehr sympathisch, aber nicht nur deshalb fand sie Gaston recht anziehend. Er stieg auf eine Leiter und nahm aus einem der oberen Regalfächer einen Karton.

»Das Einzige, was bei mir in Ordnung ist.«

Gaston stöberte in den alten Abzügen und zog schließlich ein Bild heraus, das er Lena gab. Es zeigte Lady Diana, abgeschirmt von einem Bodyguard, wie sie bedrängt von einer Menge Paparazzi ins Ritz hineinging. Im Hintergrund, leicht unscharf, aber deutlich zu erkennen, stand Franco zwischen den Fotografen.

»Hier, das Foto habe ich am Nachmittag aufgenommen, als Diana und Dodi in Paris ankamen.« Gaston deutete auf Franco. »Da war er also hier, wie Sie sehen.«

Lena betrachtete das Bild, sie hatte einen Kloß im Hals, als sie Franco sah. Es war wahrscheinlich das letzte Bild von ihm, schoss es ihr durch den Kopf.

»Ich habe mit ihm dann abends nach elf noch telefoniert«, fuhr Gaston fort, »und deshalb mache ich mir seitdem Vorwürfe.«

Lena verstand nicht.

»Na, er bekam die Fahrtroute, die Diana und Dodi voraussichtlich nehmen würden, von mir. Er hat mich deshalb öfters wieder angerufen und ist dann vorausgefahren, um als erster dort zu sein, so war er hinter dem Bild her. Ich hätte es nicht tun sollen!«

»Und Sie wollten keine Fotos machen?«

»Schon, nur dachte ich, es wäre günstiger hinterherzufahren, falls sie eine andere Straße nehmen, und dann haben sie mich abgehängt. Ich kam erst nach dem Unglück zur Unfallstelle, und bevor ich die Kamera auspacken konnte, wurde ich mit einigen anderen verhaftet.«

»Und Franco?«

»Ich weiß es nicht, ich habe ihn nicht mehr gesehen. Als ich zum Alma-Tunnel kam, war er nicht dort, und in dem ganzen Tumult danach musste ich selbst schauen, aus der Sache heil herauszukommen.«

»Darf ich das behalten?« Lena deutete auf das Bild.

»Nehmen Sie, es ist nur ein Abzug.«

Sie gingen wieder zurück ins Studio. Gaston sperrte sein Archiv ab und drehte sich zu Lena um.

»Franco war sehr clever und auch sehr auf Geld aus, verzeihen Sie, wenn ich das so deutlich sage, aber wenn es ihm gelungen sein sollte, ein Foto zu schießen, hat er das sicher sofort zur Agentur gebracht. Es waren einige Bilder im Umlauf, die jedoch aus Pietät nicht veröffentlicht wurden und dann überhaupt vom Markt verschwunden sind.«

»Wie ist es dann für Sie und die anderen verhafteten Fotografen weitergegangen?«

»Uns haben sie stundenlang brutal verhört, wir mussten uns dabei nackt ausziehen, und noch ein Jahr später wurde ich hier im Studio zusammengeschlagen und vor Gericht gezerrt, obwohl da schon feststand, dass die Fotografen mit dem Unfall nichts zu schaffen hatten. Das sind keine feinen Leute. Aber ich möchte nicht darüber sprechen, es ist lange her und besser wenn man nicht mehr daran rührt.«

Lena wandte sich zum Gehen, blieb aber an der Tür stehen.

»Über wen hat Franco damals seine Bilder verkauft? Wissen Sie das zufällig?«

»Über Le Pix, am Place de la Madeleine. Dort waren die meisten von uns, weil Pix die besten Kontakte hatte, ein Bild binnen Stunden um die ganze Welt zu verkaufen. Die Agentur gibt es noch, aber heute sind diese Firmen nicht mehr so wichtig, viele Fotografen verkaufen jetzt online übers Internet.«

Lena ging in den Hof hinaus. Gaston war ihr gefolgt und stieg die Treppe zu seiner Wohnung über dem Studio hinauf.

»Passen Sie auf sich auf!«

Die Adresse der Agentur war ein vornehmes, sechsstöckiges Bürgerhaus direkt am Place de la Madeleine im Pariser Zentrum. Durch ein freistehendes, von einem steinernen Torbogen flankiertes Eingangstor, über dem ein Engel mit Posaune die Hausnummer hielt, kam man auf den Vorhof. Zu beiden Seiten lagen die Aufgänge zu den Apartments und Firmenbüros, und ebenerdig waren elegante, teure Boutiquen untergebracht. Der Mitteltrakt gegenüber dem Eingang hatte einen Glasvorbau über die unteren beiden Etagen, ähnlich einem großen Wintergarten, den man durch eine hohe Doppeltüre betreten konnte. Oberhalb der Türe prangte die Aufschrift *Le Pix* in glänzenden Messinglettern.

Die Büros der Agentur gingen über drei Etagen, und Lena dachte, als sie durch die großen Grünpflanzen zum Empfang ging, dass die Geschäfte mit den Bildern recht gut gehen mussten.

Nachdem sie ihren Presseausweis gezeigt und betont hatte, dass sie als leitende Angestellte von Eagle News für eine internationale Fernsehstory recherchiere, wurde sie nach einer kurzen Rückfrage direkt zum Leiter der Agentur weitergereicht. Dieser bot Lena galant Platz und Kaffee an, etwas zu überschwänglich, wie sie fand, und setzte sich zu ihr an einen langen Konferenztisch mit schweren, hellen Ledersesseln.

»Es tut mir leid, dass Sie Ihren Besuch nicht angekündigt haben, dann hätte ich einige andere Termine umstellen können«, begann er das Gespräch sehr gefällig. Er blickte auf Lenas Visitenkarte. »Wir bedienen Fernsehen und Presse gerne ohne Zeitdruck, Madame Halberg.«

»Danke, dass Sie mich trotzdem empfangen, ich glaube wir brauchen nicht lange«, gab Lena höflich, aber distanziert zurück.

»Also, womit kann ich behilflich sein?«

»Es geht um einen Fotografen, einen gewissen Franco Barelli.« Sie machte eine kurze Pause nach dem Namen, um ihn zu betonen. »Er hat vor einigen Jahren mit ihrer Agentur zusammengearbeitet.«

»Aha?!« Sein Gesicht zeigte keinerlei Reaktion. »Und wann soll das gewesen sein?«

»Um genau zu sein: im Sommer 1997.«

»Das ist lange her.« Er wurde eine Spur reservierter. »Und was wollten Sie dazu gerne wissen?«

»Es geht um Fotos, die Monsieur Barelli möglicherweise von Lady Diana am Tag ihres Unfalls geschossen hat, und die Ihre Agentur zur Vermarktung hatte.«

Der Agenturchef blickte sie einen Augenblick ausdruckslos an, dann zuckte er mit den Schultern und setzte ein entschuldigendes Lächeln auf. »Da kann ich Ihnen gar nicht helfen ...«

»Vielleicht würden Sie die Güte haben und nachsehen?«, unterbrach ihn Lena. »Als Agentur müssen Sie doch Unterlagen und Verträge haben, immerhin gibt es ein Copyright von fünfzig Jahren auf die Fotos.«

»Nein, bitte lassen Sie mich aussprechen.« Sein Lächeln fror sich fest. »Ich wollte Ihnen erklären, dass genau diese Fotos von der Pariser Polizei beschlagnahmt wurden. Nachdem es einige Fotografen schafften, Bilder von der besagten Nacht in Umlauf zu bringen, durchsuchten Kriminalbeamte alle Agenturen und konfiszierten jedes einzelne Negativ, aus Gründen der nationalen Sicherheit, wie es in solchen Fällen heißt.«

»Aber es müssten doch zumindest Aufzeichnungen existieren, welche Fotografen und welche Aufnahmen betroffen waren.«

»Ja schon, nur die gibt es in unserem Fall auch nicht mehr ...« Er hob entschuldigend die Hände. »Da war diese dumme Sache mit dem Einbruch ...«

»Könnten Sie mir das etwas genauer erklären?«

»Sehen Sie, 1997 war ein trauriges Jahr für unsere Firma. Die Agentur war noch klein, es waren nur die Räume im Parterre, wo heute der Empfang ist, und der damalige Besitzer, Monsieur Cinault, wohnte oberhalb des Büros. Einen Tag nach dem Unfall von Lady Diana wurde er nachts durch Geräusche geweckt. Er lief hinunter, die Eingangstüre stand offen und er stellte fest, dass die Agentur beraubt wurde.« Er lehnte sich zurück und legte die Hände ineinander. »Wie sich dann herausstellte, hatte man alle Computer, die Festplatten und vor allem die ganzen Ordner mit den Abzügen und Negativen der Royals entwendet – die Agentur war auf derartige Aufnahmen spezialisiert.«

Lena war fassungslos.

»Was immer damit geschehen ist, die Bilder sind nie wieder aufgetaucht. Sogar die Polizei musste zugeben, dass es sich um keinen gewöhnlichen Einbruch gehandelt hatte, sondern die Täter ganz gezielt vorgegangen waren. Geld, Kreditkarten und die Handkassa lagen unberührt an ihrem Platz. Man hat gemunkelt, dass es vielleicht die Tat einer Konkurrenzfirma war, die uns ruinieren wollte.«

»Und die Verträge mit den Fotografen?«

»Waren ebenfalls auf den Festplatten und in den Ordnern. Es gibt also aus dieser Zeit und den Jahren davor keinerlei Unterlagen mehr.« Er sagte es mit Bedauern in der Stimme, aber auch mit einem Unterton, als wäre er froh darüber.

»Zumindest Monsieur Cinault sollte sich an seine Fotografen noch erinnern. Könnte ich ihn sprechen?«

»Das ist leider nicht mehr möglich.« Er beugte sich vor. »Monsieur Cinault hat den Freitod gewählt.«

»Wie bitte?«

»Na ja, nachdem alle Geschäftsunterlagen und das ganze Firmenkapital in Form der Negative weg war, stand die Agentur praktisch vor dem wirtschaftlichen Ruin. Überdies war auch eine Flut an Klagen von den Reportern und Fotografen zu erwarten, und Cinault war, wie alle Agenturbesitzer, weit unterversichert.«

»Und?«

»Man hat ihn am Tag nach dem Einbruch im Dachboden des Hauses gefunden, er hatte sich erhängt.«

»Haben Sie zu der Zeit schon für die Agentur gearbeitet?«

»Nein, ich war auf der Suche nach einer Investition in der Branche und habe das Unternehmen einige Monate später vom Konkursverwalter gekauft. Es gab zwar geschäftlich nur wenig Verwertbares, aber der Name war gut und die Lage des Büros ist ausgezeichnet. Ich musste allerdings komplett umstrukturieren.«

»Mit Erfolg, wie man sieht.«

Er sah auf die Uhr und stand auf. »Sie sehen, ich kann Ihnen leider nicht weiterhelfen. Ich muss mich verabschieden, mein nächster Termin wartet. Wenn Sie noch etwas für Ihre Recherche benötigen, lassen Sie es mich bitte wissen.«

Lena stand auf. Er ging voraus in den Vorraum und brachte sie noch zur Treppe.

»Eine letzte Frage«, sagte Lena und drehte sich am Treppenabsatz um. »Was macht Ihre Agentur heute?«

»Wir sind in verschiedenen Sparten tätig, aber hauptsächlich führen wir ein Sicherungsarchiv für eine Bundesstelle. Darüber darf ich aber leider keine Auskunft geben. Sie verstehen, der übliche Geheimhaltungskram.«

Er lächelte kurz, dann ließ er sie einfach stehen.

5

Die Boeing 767 der United Airlines landete trotz böigem Seitenwind sanft auf dem Rollfeld des Thurgood Marshall Airports in Washington. Bronsteen, sein Sekretär und zwei seiner Bodyguards wurden durch den Andocktunnel in die VIP-Lounge geleitet. Die Ankunftsformalitäten erledigte der Sekretär ohne nennenswerte Verzögerung, während Bronsteen sich etwas frisch machte. Die Gruppe reiste mit Sonderpapieren des Verteidigungsministeriums, die Prow organisiert hatte.

Die gepanzerte Limousine des Konzerns, eine dunkelrote Mercedes S-Klasse, wartete beim Seitenportal. Es nieselte und Bronsteen blickte während der Fahrt in den grauen Apriltag hinaus. Die Reise war in allen Punkten erfolgreich gewesen. Sie hatten den Deal für Südamerika abgeschlossen, seine Rede vor den wichtigsten Entscheidungsträgern stärkte seine Leaderposition gegenüber der Branche und er hatte mit den Chinesen – an Prow und der amerikanischen Politik vorbei – die Tests für die Neuro-Chips lanciert.

Seine Laune war gut als er in der Tiefgarage des Bronsteen Towers an der East Lombard aus dem Wagen stieg. Hier war das Zentrum, von dem aus er sein Imperium regierte.

Der schwarze, vierundvierzig Stockwerke hohe Glasturm stand zwischen der Innenstadt und dem Inner Harbour von Baltimore; genau auf dem Grundstück, wo schon Bronsteens Großvater sein Büro hatte. Strategisch günstig zu den politischen Schaltzentralen in Washington gelegen, arbeiteten über sechshundert Angestellte in dem Gebäude. In den unteren Etagen residierte die Zentrale von Bronsteens Rüstungskonzern, darüber war die US-Branch der Eagle News mit angeschlossenem Fernsehsender und ganz oben befand sich die

Verwaltung von Bronsteens Stiftung für wohltätige Zwecke. Diese verwaltete jedoch in Wahrheit nur sein privates Vermögen und konnte jederzeit riesige Summen in Vorhaben investieren, ohne dass es in der Buchhaltung des Konzerns auffiel.

Die Anzahl der Stockwerke war Absicht, da Bronsteen den Tower an seinem vierundvierzigsten Geburtstag eröffnet hatte. Eigentlich waren es nur dreiundvierzig, denn die oberste Etage wurde, außer dem Helikopterlandeplatz an der Westseite, von einem Penthouse mit Dachgarten eingenommen. Bronsteens privates Reich, wo er absolut für sich war. Da gab es keine Besprechungen, keine offiziellen Besuche oder Einladungen und er nahm hier nicht einmal geschäftliche Anrufe entgegen. Bronsteen liebte es, in den wenigen freien Stunden, die er sich gönnte, alleine zu sein und über die Stadt zu schauen – auch einer der Gründe, warum er nie geheiratet hatte und längere, eheähnliche Beziehungen vermied. Sein gesamtes Denken kreiste um den Aufbau seines Konzerns und dem damit verbundenen Einfluss in der Gesellschaft.

Bronsteen fuhr mit dem für ihn reservierten Lift, der direkt in die beiden letzten Etagen zum Chefbüro und ins Penthouse führte, nach oben. Sein nächstes Meeting war erst in zwei Stunden. Er würde noch duschen, einen Imbiss nehmen und – für ihn fast ein Luxus – sich etwas ausruhen.

»Sonst waren die letzen beiden Tage sehr ruhig«, schloss Sarah ihren knappen Bericht, um Bronsteen zu informieren, was während seiner Abwesenheit los war.

Sie saßen zu dritt im kleinen Konferenzzimmer, direkt neben Bronsteens mondänem Büro. Bronsteen, Sarah Perry und David Roth – der innerste Kreis der Macht.

Sarah Perry, energetische vierzig, groß, gertenschlank und rotblond, mit streng nach hinten gebundenen Haaren, lehnte sich zurück. Sie war Bronsteens Protegé, seit er sie vor einigen

Jahren direkt aus Yale – wo sie Biologie und Informatik mit Auszeichnung abgeschlossen hatte – in die Chefetage holte. Bronsteen saß im President's Council der Universität, und die Zuwendungen für gentechnische Analysen an der biomedizinischen Fakultät kamen zum Gutteil aus seiner Stiftung. Nicht ganz uneigennützig, wie die rasche Entwicklung der Neuro-Transmitter bewies.

Sarah war im Konzern für deren Entwicklung zuständig, und auch sonst lief in dem Unternehmen nichts ohne ihr Wissen. Sie war geschäftlich absolut skrupellos, immer auf der Seite des Stärkeren und Bronsteen treu ergeben. Ihr beträchtliches Einkommen investierte sie am liebsten in Schuhe, Botox und Porsches, und zwar genau in dieser Reihenfolge.

Der dritte am Tisch war der ruhige David Roth. Er kannte Bronsteen seit ihrem gemeinsamen Studium und war der Mittelpunkt von dessen dunklen Winkelzügen. Roth wirkte mit fast kahlem Schädel und seinem kurzen, gepflegten Kinnbart älter als er tatsächlich war. Er trug teure, dezente Kleidung in gedeckten Farben, sprach zumeist betont leise und lehnte sich dabei gerne auf seine verschränkten Hände – wirkte also wie ein angenehmer, unauffälliger Zeitgenosse. Diese Fassade hatte Roth über Jahrzehnte kultiviert.

In Wahrheit war David Roth der Chief Assistant of Special Operations beim CIA, womit Bronsteen jederzeit auf die unumschränkten Möglichkeiten des amerikanischen Geheimdienstes Zugriff hatte. Ein Netzwerk, das gegen Bezahlung jeden Auftrag übernahm. Roth war die einzige Person, die alles über die schmutzigen Seiten von Bronsteens Geschäften und die kriminellen Machenschaften wusste. Und es gab keinen Dreck, den er für Bronsteen nicht wegräumen würde.

»Gut«, wollte Bronsteen das Gespräch mit Sarah abschließen, »in Paris war es wie geplant. Der Deal mit den Chemikalien ist unter Dach und Fach, da hat Prow gute Arbeit geleistet.

Er ist übrigens gemeinsam mit Dr. Chao direkt vom Kongress zur Übernahme nach China geflogen. Aber das betrifft ja nur meine Stiftung, da will ich dich nicht mit Details belasten.«

Er machte zu Sarah eine Bewegung, die das Ende des Gesprächs andeuten sollte.

»Da gibt es nur noch eines, das wir besprechen sollten, Arthur«, setzte Sarah rasch hinzu. Sie und Roth waren die einzigen im Konzern, die Bronsteen mit Vornamen ansprachen. »Die Green Party hat ...«

»Die Grünen! Ist das noch nicht vom Tisch?« Bronsteens Tonfall wurde hörbar härter. »Sarah, du hast vor zwei Wochen das offizielle Kommunikee herausgegeben und Prow hat im Fernsehinterview bestätigt, dass alle Vorschriften bei den Kennzeichnungen in Ordnung waren.«

»Um das geht es nicht, das ist erledigt.«

»Womit sind sie denn dann wieder lästig?«

»Es ist genau wegen der chinesischen Chemielieferung, die ihr gerade in Paris finalisiert habt.« Sarah sagte das eher beiläufig, da sie über das Geschäft keine näheren Informationen hatte.

Bronsteen wurde hellhörig, ließ sich aber nach außen nichts anmerken.

»Und was spricht man so darüber?«

»Es geht um Notizen von irgendwelchen Gesprächen, so genau ist das aber noch nicht durchgedrungen. Sie sagen, die Lieferungen wären illegal und sie bekämen irgendwelche Beweise, die sie dem Kongress vorlegen wollen.«

Bronsteen hatte auf David geblickt, der wie unbeteiligt dem Gespräch folgte und bei Sarahs Ausführungen nur unmerklich nickte.

»Na gut, warten wir ab was geschieht«, verabschiedete Bronsteen Sarah nun endgültig. »Wann kommt Prow zurück?«

»In vier Tagen.«

Als Sarah weg war, drehte sich Bronsteen abrupt zu Roth.

»Hast du Genaueres darüber gehört, David?«

»Das Problem liegt nicht bei uns, sondern in Kolumbien«, antwortete Roth. »Irgendein Idiot hat von den Gesprächen etwas ausgeplaudert, und offensichtlich ist das von einer undichten Stelle an die Abgeordneten der Grünen weitergegeben worden.«

»Überall Ratten!« Bronsteen war augenblicklich verärgert. »Wie ernst ist es?«

»Momentan schießen sie nur auf Verdacht, es gibt keine greifbaren Belege. Und die wird es auch nicht geben. Ich habe auch schon mit unseren Leuten in Bogotá gesprochen, dass sie die undichte Stelle finden und schließen sollen.« Er stütze sich am Tisch auf und legte sein Kinn in seine zusammengefalteten Hände. Seine Stimme wurde etwas leiser. »Es könnte aber knapp werden. Vor allem zwei der Abgeordneten möchten sich mit der Sache profilieren.«

»Kennst du sie?«

»Es gibt nur wenig in den Akten, der eine hat drei Kinder und soeben die Scheidung hinter sich, der wird kein Problem darstellen.«

»Und der andere?«

»Ist recht vermögend, unverheiratet und leider bislang sauber, da werden wir also noch im Detail darüber sprechen müssen, falls nötig.«

»Ich werde Prow auf die beiden ansetzen, wenn er zurück ist, damit er mit ihnen spricht.«

»Hoffen wir, dass es genügt.«

»Die Lieferung wird übermorgen verladen und ist in vierzehn Tagen in Hawaii, von dort weg fährt sie dann mit den neuen Papieren weiter, bis dahin darf absolut nichts passieren!«

*

Lena, die noch in Paris weilte, hatte den Tag damit verbracht, alle Pariser Nummern, die in Francos altem Telefonbuch standen, anzurufen. Viele waren nicht mehr gültig oder die Angerufenen erteilten ihr eine Abfuhr. Schließlich rief sie Gaston an und hatte Glück, dass er da war. Sie erzählte ihm von ihrem Besuch bei Le Pix.

»Sie sind in der ganzen Angelegenheit der einzige Mensch, der mich versteht«, sagte Lena genervt. »Irgendein Ansatzpunkt muss sich doch finden lassen.«

»Haben Sie heute Abend schon was vor?«, unterbrach sie Gaston.

»Nein«, entfuhr es Lena spontan, »nachdem ich nur mit einem Telefonbuch im Hotel sitze und keinen Menschen hier kenne.«

»Ich habe da vielleicht eine Idee, wenn Sie möchten, hole ich Sie um sieben ab.«

»Gerne!« Lena war froh, den Abend nicht allein in ihrem Hotelzimmer verbringen zu müssen.

Es war schon zwanzig nach sieben, als der schwarze Clio in der Rue Moliére vor dem Hotel hielt.

»Sorry«, entschuldigte er sich mit einem betont französischen Akzent, »aber in Paris ist man nie pünktlich.«

Lena musste schmunzeln und stieg zu ihm in den Wagen. Im Gegensatz zu ihrem letzten Treffen im Studio war er diesmal sehr schick gekleidet, über der grauen Cordhose und dem weißen Hemd trug er ein legeres schwarzes Wollsakko. Lena bedauerte, dass sie nur Jeans und Lederjacke nach Paris mitgenommen hatte, aber immerhin war sie am Vormittag einkaufen gewesen und hatte sich Lackstiefeletten geleistet, im selben Rot wie ihre Jacke.

Gaston musterte sie von der Seite, während er sehr zügig durch die Pariser Rushhour kurvte.

»Ich muss noch schnell ein paar Bilder machen«, sagte er, als er vor einem Lokal stehen blieb. »Ich bin in zehn Minuten wieder bei Ihnen.«

»Ja, ja!« Lena verdrehte die Augen. »Das kenne ich.«

Gaston hatte wie versprochen nur einige Minuten gebraucht und danach waren sie in die Taverne de Cluny auf einen Drink gefahren.

Nun standen sie in der Mitte des Lokals, das Lena mehr an ein irisches Pub erinnerte, bei Tischen aus aufgestellten Holzfässern, tranken Bier und stocherten in einer Käseplatte.

»Nicht weit von hier«, begann Gaston mit seiner Idee, »gleich hinter dem Friedhof von Montparnasse, wohnt Pierre, ein Bekannter von mir.«

»Solange er nicht auf dem Friedhof wohnt«, scherzte Lena und bemerkte, dass sie seit langer Zeit wieder einmal entspannt lachen konnte. »Ein Fotograf?«

»Nein, ein Sammler, mein Sammler – also der einzige, der bisher Kunstfotos von mir gekauft hat.«

»Und was wollen wir dort?« Lena verstand nicht.

»Er sammelt aus Leidenschaft, unter anderem auch Zeitschriften. Er hat einen ganzen Keller voll davon. Er hat vieles über Lady Di und die britischen Royals und sicher alle wichtigen Veröffentlichungen vom September 1997. Ich habe ihn gleich nach unserem Gespräch angerufen. »

»Wäre ein öffentliches Pressearchiv da nicht zielführender?«, warf Lena ein.

»Glauben Sie mir, falls Bilder von Franco veröffentlicht wurden, dann sind wir dort an der richtigen Adresse.«

»Na gut.« Lena hoffte, dass der Besuch nicht vergebliche Mühe sein würde. »Aber sind Sie sicher, dass wir ihn antreffen, er rechnet doch nicht mit unserem Kommen.«

»Keine Angst, Pierre ist zu Hause.« Gaston sagte das mit einer Bestimmtheit, die Lena verwunderte.

Kurz nach acht läuteten sie in der Einfahrt von einem kleinen Buchladen, im Erdeschoss eines schönen alten Wohnhauses in der Rue Daguerre. Beim Durchfahren der Straße hatte Lena gedacht, sie wäre in der Essmeile von Paris, so viele Restaurants verschiedenster Provenienz säumten die Straße. Die Buchhandlung wirkte dazwischen fast wie ein Fremdkörper.

Auf die kurze Frage, wer da sei, summte das Schloss und die Türe sprang auf. Sie gingen durch in den Verkaufsraum in den hinteren Teil des Ladens. Schlurfend kam ihnen ein älterer Mann auf Krücken und mit dicker Brille entgegen, der sich als Pierre vorstellte. Er hatte überdies eine durchsichtige Nasenklammer, die durch einen längeren Schlauch mit einer Sauerstoffflasche neben der Türe verbunden war.

»Damit komme ich durchs ganze Geschäft«, deutete Pierre auf den Schlauch. »Aber bitte aufpassen, damit Sie nicht drauftreten.«

Lena nickte. Jetzt verstand sie, warum Gaston gemeint hatte, Pierre wäre zu Hause.

»Wie kann ich euch helfen?« Pierre klopfte Gaston freundschaftlich auf die Schulter.

»Ich müsste in dein Archiv, wegen Pressefotos und Artikel aus 1997.«

»Ah, ihr braucht Infos über Lady Diana, sonst wäret ihr nicht zu mir gekommen. Princess of Wales, niemand lässt dich ruhen in Frieden!« Er lachte leise und hob scheinheilig die Hände. »Ist auch gut so, sonst wäre meine Sammlerei ja sinnlos.«

Er nahm einen Schlüssel von einem Haken, im vorderen Raum des Ladens, und deutete auf eine Tür hinter dem Verkaufspult.

Über eine steile Treppe kamen sie nach unten in den Keller. Gaston sperrte auf und machte Licht. Lena traute ihren Augen nicht. In dem Kellergewölbe, das fast die ganze Grundfläche des Wohnhauses einnahm, standen unzählige Stahlregale, die bis an die Decke reichten und zwischen denen nur schmale Durchgänge frei waren. Und alle waren bis oben hin voll mit Zeitungen, Journalen, Schachteln und Ordnern. Nur direkt hinter der Kellertür war ein größerer Tisch mit einigen Sesseln und einer breiten Hängelampe darüber.

»Unglaublich?!«, entfuhr es Lena.

»Habe ich nicht gesagt, es ist die richtige Adresse«, sagte Gaston mit leisem Stolz für seine Idee. Er ging die Regale nach hinten ab, Lena hinterher. Alles war säuberlich geordnet und beschriftet. Im vorletzten Seitengang blieb Gaston stehen und deutete auf ein Regal.

»1997 ... April, Mai ...«, er ging die Reihe ab bis August. »Na also, wir können beginnen zu wühlen.«

Eine Stunde später, der Tisch neben der Kellertür war vollgepackt mit Fotos in Ordern und Zeitungen, hatten sie vier Bilder gefunden, die *Barelli–Le Pix* als Copyright-Angabe aufwiesen. Franco hatte also für die Agentur gearbeitet. Allerdings waren alle vier Bilder bereits am Nachmittag vor dem Ritz aufgenommen.

»Das beweist natürlich gar nichts«, meinte Lena leicht frustriert.

»Außer, dass er am Nachmittag hier war.«

»Ja gut, aber um nachzuweisen, dass das Radarfoto aus Dijon manipuliert ist, müssten wir einen Beleg dafür finden, dass er auch in der Nacht in Paris war.«

»Immerhin dürfte die Geschichte mit dem Einbruch in der Agentur stimmen.« Gaston warf ihr eine Ausgabe von Le Monde über den Tisch, in der ein längerer Artikel über den Einbruch und den Selbstmord des ehemaligen Besitzers Cinault stand.

»Kann ich die ...«

»Ja, Sie können die Ausgabe gerne mitnehmen, ich sage Pierre, dass ich ihm die Zeitung nächstens wieder vorbeibringe.

Normalerweise ist er sehr heikel auf das alte Papier, aber ich habe mir schon öfter Fotos ausgeborgt. Das geht sicher in Ordnung.«

Nachdem sie die Schachteln sorgfältig zurücksortiert und Pierre den Schlüssel wiedergegeben hatten, spazierten sie durch die Rue Daguerre zum Auto von Gaston.

»Ich bin hungrig«, sagte Lena, als an den vielen Bistros vorbeigingen.

»Fahren wir zu mir«, kam es von Gaston zurück.

Lena blickte ihn an, gleichzeitig überrascht und neugierig, wie er bemerkte.

»Ich koche Ihnen was«, setzte er charmant hinzu, und wie selbstverständlich legte er seinen Arm um sie, während sie weitergingen.

Die Wohnung von Gaston, direkt über dem Studio in der Rue de la Liberté, bestand aus einem großen Raum, der bis unter das steile Dach offen war und im vorderen Teil vier breite Dachfenster hatte. Im hinteren Teil des Zimmers hatte Gaston eine zweite Wohnebene aus massiven, alten Holzträgern hineingebaut – sein Schlafzimmer. Darunter waren ein Bad mit Dusche und eine Kochnische untergebracht. Die wenigen Möbel waren aus dunklem, schwerem Holz, und an den Wänden hingen Arbeiten von Gaston, darunter einige meterhohe Portraits und ein Panorama der winterlichen Dächer von Paris.

Sehr behaglich, dachte Lena, die nach ihrem letzten Besuch in Gastons kargem Studio, keine derartige Wohnung erwartet hatte.

Gaston nahm ein langes Scheit und warf es in den kanadischen Holzofen an der Wand neben der Eingangstüre. Fast augenblicklich strahlte eine wohltuende Wärme in den Raum.

»Sie sollten eine Ausstellung machen«, sagte Lena mit Blick

auf die Fotoarbeiten und setzte sich auf eine einladende Couch, die mitten im Raum stand.

»Sie wissen ja, wie das im Leben so geht. Auf der Akademie glaubt man noch, der Nabel der Welt zu sein und ein gefragter Künstler zu werden«, sagte Gaston nachdenklich und ließ sich ebenfalls auf das Sofa fallen. »Doch dann nimmt man Jobs an, die das Leben finanzieren, und rückt so nach und nach immer ein Stück weiter von den großen Plänen ab. Aber trotzdem habe ich noch nicht aufgegeben, und eines Tages gibt's die große Vernissage.«

»Ich kenne das gut«, nickte Lena schmunzelnd. »Ich dachte als Studentin auch, das mit dem Pulitzerpreis wäre leichter.«

»Und, noch hungrig?« Gaston blickte sie von der Seite fragend an.

»Nein, gar nicht mehr«, gähnte Lena und räkelte sich in die weichen Polster, »sondern nur müde.«

»Ausgezeichnet«, sagte Gaston erleichtert. »Ich kann nämlich gar nicht kochen.«

Sie lachten beide. Gaston schlüpfte aus seinem Wollsakko, zog ihr die Stiefeletten von den Füßen und begann, ihre Fußsohlen zu massieren. Lena ließ ihn gewähren und fühlte sich anregend verwöhnt. Schon während sie die Zeitungen im Keller von Pierre durchgesehen hatten, war ihr Gaston manchmal recht nahe gekommen. Sie war überrascht über sich selbst, wie angenehm ihr das gewesen war.

Lena atmete schneller, als seine Hände langsam höher glitten. Sie setzte sich auf, streifte Jacke und Jeans ab und zog ihn zu sich. Seine Hand strich über ihren Nacken. Er fasste sanft in Lenas Haare, bog ihren Kopf weit zurück und küsste ihren Hals. Lena stöhnte leise auf, ihr Oberkörper spannte sich wie eine Sehne. Sie umfasste sein Becken mit ihrem Bein und drückte ihn an sich. Er ist wirklich gut gebaut, fiel ihr noch auf, als sie ihn auf sich spürte, dann verloren sich ihre Gedanken.

Es war noch dunkel draußen, als Lena aufwachte. Gaston hantierte bereits in der Küche und durch den Raum zog sich der Duft von frisch gebrühtem Kaffee. Lena griff sich Gastons Hemd und sog noch einmal den Duft der letzten Nacht ein. Dann schlüpfte sie hinein und stieg von der zweiten Wohnebene hinunter. Gaston lächelte, als er sie sah, und murmelte etwas, während er Croissants und Butter auf den Tisch stellte. Lena gähnte und verschwand unter der Dusche.

Etwas später saßen sie beim Frühstück. Gaston telefonierte bereits wegen eines Fototermins und Lena überflog den Artikel über den Einbruch bei Le Pix, in der alten Ausgabe der Le Monde. Dort stand etwas von dem Diebstahl des gesamten Agenturarchivs, dem darauf folgenden Suizid des Agenturchefs und den Untersuchungen der Kriminalpolizei. Es war, wie bei Le Monde üblich, ein sehr ausführlicher Artikel, der fast über eine Seite ging. Als Lena die Zeitung schon weglegen wollte, hatte sie ein unbestimmtes Gefühl, sie hätte irgendetwas überlesen. Sie las den Text nochmals, diesmal genauer.

Der Sicherheitsdienst war um ein Uhr morgens vorbeigekommen, da war alles noch ruhig, und dann wieder um drei, da war die Türe bereits aufgebrochen. Die Haushälterin, die am Vormittag gekommen war, fand den Erhängten am Dachboden. Jede Hilfe kam zu spät, denn der Gerichtsmediziner stellte fest, dass Cinault bereits seit etwa acht bis zehn Stunden tot war.

Das war der Punkt, der Lena jetzt auffiel. Wenn der Einbruch etwa um zwei Uhr morgens geschah, und Cinault am Vormittag bereits fast zehn Stunden tot war, konnte er vom Überfall noch gar nichts gewusst haben, er hatte also keinesfalls deswegen Selbstmord begangen. Vielleicht aber, spekulierte Lena weiter, wurde er von den Tätern beseitigt, was genau zu den Zeitangaben passte, die es als Selbstmord tarnten, weil er zuviel wusste oder auf den Fotos irgendetwas gesehen hatte. Wieso war aber anscheinend niemand der Spur weiter nachgegangen und warum erzählte man bis heute die Geschichte mit dem Suizid?

Lena ließ die Zeitung sinken. Die Sache stinkt zum Himmel, dachte sie.

»C'est bon, chérie?«, lächelte Gaston über den Tisch, der mit seinem Telefonat schon eine Weile fertigt war und sie still beobachtet hatte.

»Hast du einen Kopierer«, fragte sie noch in Gedanken zurück.

»Auch das ...«, antwortete er zweideutig.

6

Die beiden graugrünen Fahrzeuge des chinesischen Militärs quälten sich mit dröhnenden Motoren durch den knöcheltiefen Morast. Bereits die Hauptstraße mit dem hochtrabenden Namen National Road 321, die sie vor einer halben Stunde verlassen hatten, um höher in die Berge hinaufzufahren, war in schlechtem Zustand gewesen, aber immer noch besser als die Nebenstraße. Direkt nach einer Abzweigung hatten sie eine Furt über einen der unzähligen Flüsse des südchinesischen Berglands genommen. Seitdem bewegten sie sich über eine schmale, mit brüchigem Beton befestigte Kante steil bergauf, entlang der senkrecht abfallenden Berghänge der Lotus Mountains. Durch den tagelangen Regen war das Erdreich oberhalb der Straße ausgewaschen und der braune Schlick schob sich in meterbreiten Muren über die Fahrbahn. Dazwischen hatten Räumfahrzeuge Haufen aus lehmiger Erde und Betonbrocken aus den Schlaglöchern zusammen geschoben. Die Fahrer hatten Mühe, die alten Kabinenlaster durch dieses Labyrinth zu manövrieren, ohne der lockeren Straßenkante zu nahe zu kommen.

Senator Prow, der mit Dr. Chao im hinteren Wagen saß, fluchte leise vor sich hin. Sie waren von Hongkong aus nach Guizhou geflogen, der nächstgelegenen Kreisstadt, und Prow hatte gedacht, die restliche Strecke von etwa dreihundert Kilometern wäre rasch zu bewältigen. Aufgrund der Straßenverhältnisse und dem andauernden Regen waren sie nun jedoch bereits Stunden auf den harten Holzbänken des alten Mannschaftstransporters unterwegs. Sogar Dr. Chao vergaß zwischendurch zu lächeln, was Prow insgeheim freute. Der Ort, zu dem sie mussten, lag in einem abgeschiedenen Seitental auf etwa neunhundert Metern Seehöhe. Sie bewältigten gerade den letzten Anstieg, der nur aus scharfen Serpentinen bestand, die sich scheinbar endlos die Bergflanke hinaufwanden. Prow zog die Decke enger, die er um die Schultern liegen hatte, und starrte in den grauen Nachmittag hinaus. Obwohl der Süden Chinas in gemäßigtem Klima lag, war es in den höheren Regionen noch ziemlich kalt. Volle zwei Tage waren sie seit Paris unterwegs, die Prow wie eine Ewigkeit vorkamen. Wenn er die Umgebung betrachtete, glaubte er, sich überhaupt auf einem anderen Planeten zu bewegen.

»Wir bald kommen!«, sagte Dr. Chao und versuchte aufmunternd zu klingen.

»Es auch schon Zeit werden«, antwortete Prow missmutig und äffte dabei die Sprechweise Dr. Chaos nach, ohne dass dieser davon Notiz nahm.

Weitere vierzig Minuten später hatten sie endlich die letzten acht Kilometer hinter sich gebracht. Sie fuhren von der Straße ab und über eine Waldkuppe in das Tal hinein. Prow öffnete das Seitenfenster des Lastwagens und ließ frische Luft in den Innenraum. Vor ihnen lag eine Anlage mit einigen Häusern, zwei langgestreckten Hallen und mehreren Silos, die den Eindruck eines landwirtschaftlichen Betriebes machten.

»Hier wir offiziell produzieren Chemikalien gegen Schädlinge«, sagte Dr. Chao, als sie auf den Hof der Anlage fuhren. In Wirklichkeit war dies einer der Orte, wo die chinesische Rüstungsmafia, unter dem Schutz der Armee, Dinge produzierte, von denen nicht einmal die politische Führung in Peking etwas ahnte.

»Es kommt ja nur darauf an, um welche Schädlinge es sich handelt«, gab Prow zurück und beide lachten.

»Hier Sie können bequem machen.« Dr. Chao deutete auf eines der Häuser, seitlich des zentralen Hofes.

Prow kletterte mit steifem Rückgrat aus dem Wagen und

versuchte eine Stelle am Boden zu finden, wo er hinuntersteigen konnte, ohne sofort im lehmigen Boden zu versinken. Er hatte die warme Decke im Laster abgelegt und war in sein klammfeuchtes Sakko und den dünnen Trenchcoat geschlüpft. Als er mit seiner Reisetasche über den Hof ging, schüttelte es ihn vor Kälte.

Umso angenehmer empfand er die Wärme des Raumes und war überrascht über das einfache aber recht bequeme Zimmer mit eigener Dusche. Leider stellte er kurz darauf fest, dass das Wasser nur kalt aus den Hähnen kam.

Prow ließ sich todmüde aufs Bett fallen und war schon fast eingeschlafen, als durch einen Lautsprecher eine Fanfare und ein Lied blechern in den Raum hereintönte. Fast gleichzeitig klopfte Dr. Chao an der Türe.

»Arbeitsschluss, darf ich Sie zu Essen einladen?«, rief er höflich und aufgeräumt. Stöhnend stemmte sich Prow wieder hoch.

»Was haben Abzeichen?«, fragte Dr. Chao, als sie beim einfachen, aber trotzdem recht schmackhaften Reisgericht mit scharfem Schweinefleisch saßen, und deutete auf Prows Anzugrevers.

»Das ist der Silver Star für besondere Verdienste in Korea.« Prow war stolz auf seine hohe Tapferkeitsauszeichnung und trug sie auch wenn er privat unterwegs war.

»Ah gut«, nickte Dr. Chao, »viele Köpfe kaputt!«

Nach dem Essen war eine große Versammlung in dem Verwaltungsgebäude, das zwischen den beiden Hallen lag. Prow war mit Dr. Chao über die langen Bretter, die den Matsch auf dem Hof ein wenig abdeckten, zu dem Haus balanciert.

Dr. Chao hatte eine kurze Ansprache gehalten und Prow damit offiziell in der Fabrik begrüßt. Dann musste auch Prow einige Worte sagen, die von einer jungen, schlanken Chinesin übersetzt wurden. Prow war nicht auf eine Ansprache vorbereitet gewesen, also zog er sich aus der Affäre, indem er einige Floskeln über die Leistungsfähigkeit der chinesischen Wirtschaft und die Bedeutung der Handelsbeziehungen mit Amerika von sich gab, die er selbst einmal bei einem Vortrag in der chinesischen Botschaft gehört hatte. Eigentlich war er mehr damit beschäftigt, die Übersetzerin von der Seite zu betrachten, und dachte, wie gut sie doch unter der grauen Einheitskleidung aussehen musste.

Nachdem die Höflichkeiten ausgetauscht waren, gab es noch einen improvisierten Umtrunk mit Reisschnaps, von dem Prow einige Gläser leerte. Der Produktionsleiter der Fabrik vereinbarte mit Dr. Chao alle Formalitäten für die Übernahme der Lieferung am nächsten Morgen.

»Ich hätte gerne, dass wir die kleine Übersetzerin auf unserer Fahrt zum Hafen von Shenzhen mitnehmen«, sagte Prow beiläufig, als sie über die Holzplanken in ihr Quartier gingen.

»Schwierig zu organisieren wegen Kompetenz«, versuchte dieser auszuweichen. »Ist angestellt hier in Fabrik, und Fabrik ist Militär.«

Prow blieb stehen. »Es wird doch die Möglichkeit bestehen, dass ein US-Senator, der hier ist, um ein Millionengeschäft abzuwickeln, vom Lieferanten eine Übersetzerin gestellt bekommt!« Sein Ton war deutlich scharf geworden, er war nicht gewohnt, dass man ihm etwas abschlug.

»Werde sehen, was machen ...«, sagte Dr. Chao unsicher und versuchte sein Lächeln aufzusetzen. »Werde machen, sprechen mit Obersten von Leitung.«

Prow zerdrückte noch eine Bemerkung zwischen den Lippen und verschwand in sein Quartier. Dr. Chao drehte sich mit säuerlichem Gesicht um und ging in die andere Richtung.

Am nächsten Morgen stand die Lieferung in einer der Hallen bereit zur Übernahme, und die Verladung in den Container zum Abtransport war bereits im Gange. Vierzig große Fässer aus blauem Kunststoff, auf denen, entgegen allen internationalen Abkommen, keinerlei Kennzeichnung angebracht war.

Prow war schon früh herübergekommen, er hatte wenig geschlafen und sich in der Nacht mehrmals übergeben müssen, der Reisschnaps vom Vortag machte ihm noch zu schaffen. So war er ohne Frühstück und nach einer kalten Dusche auf müden Beinen unterwegs und fror.

In dem Büroraum, der in der Halle mit Glaswänden abgetrennt war, hatte er gemeinsam mit Dr. Chao eine Menge an Papieren unterschrieben und einige Durchschläge und fotokopierte Datenblätter bekommen, die er achtlos in seine Aktenmappe stopfte.

Ein hoher Offizier in blitzsauberer, chinesischer Uniform, eindeutig der Leiter der Fabrik, kam mit einem verbindlichen Lächeln auf Prow zu.

»Es freut mich, dass wir uns nun endlich kennenlernen. Die Zertifikate sind hoffentlich zu Ihrer vollen Zufriedenheit«, sagte er in beinahe akzentfreiem Englisch. »Ihre Überweisung ist ebenfall ordnungsgemäß eingetroffen, die Ware gehört somit Ihnen.«

»Wunderbar und besten Dank, denn auch ich weiß die Zusammenarbeit sehr zu schätzen.« Prow kämpfte schon wieder mit einer aufsteigenden Übelkeit.

»Auch Ihnen, Doktor Chao, verbindlichsten Dank für die Vermittlung«, sagte der Offizier zu Chao gewandt und sprach dann noch einige Worte in Chinesisch zu ihm.

Nach dem Fabrikleiter stellten sich auch die Leiter der Produktion, der Chefchemiker, der Büroleiter und der Verlademeister an, um Prow und Chao ihre Ehrerbietung zu machen und sich gleichzeitig zu verabschieden. Jeder sagte einige Worte und Prow gingen langsam die höflichen Floskeln aus.

Zum Abschluss kam noch der Büroleiter mit einer Kamera

und die ganze Gesellschaft musste sich vor dem Container mit den Fässern aufstellen.

»Machen Erinnerung«, sagte er beinahe fröhlich.

Nach einigen Fotos gingen die Chinesen wieder an ihre Arbeit, nur der Offizier kam nochmals zu Prow und Dr. Chao. Im Gehen winkte er eine ältere Angestellte zu sich, die bereits während der gesamten Verabschiedung abseits gestanden hatte. Die kleine, dickliche Person war in Schnürstiefeln, trug einen Militärmantel über der Einheitskleidung und eine gefütterte Uniformmütze. Darunter schauten graue, kurze Haare hervor.

»Ihre angeforderte Dolmetscherin, Senator«, sagte der Offizier mit einer Geste in Richtung der Angestellten.

»Senator«, sagte diese mit einer kleinen Verbeugung in Richtung Prow, der so überrumpelt war, dass er den Gruß nicht einmal erwiderte.

»Fräulein Huan-Jiao ist die absolut beste unserer Übersetzerinnen«, fuhr der Offizier mit einem feinen Lächeln fort, »und sie steht Ihnen bis zu Ihrer Abreise aus China zur Verfügung.« Damit nickte er kurz und schritt zurück ins Verwaltungsgebäude.

Prow drehte sich ohne ein Wort zu sagen weg und kletterte in den LKW, der bereits zur Abfahrt bereitstand. Im Vorbeigehen warf er Dr. Chao einen giftigen Blick zu.

7

Es war Sonntagabend, als Lena, die nachmittags aus Frankreich zurückgekehrt war, über die alte Tower Bridge ins Londoner Zentrum fuhr. Die abendlich beleuchtete Skyline spiegelte sich in der graubraunen Suppe der Themse. Lena mochte die modernen Türme, die die Räume zwischen den alten, imperialen Bauten füllten, nicht so gerne, aber nachts gaben sie der Stadt das großstädtische Flair einer Metropole. Es war genau die Mischung aus Vertrautheit und Anonymität, in der sich Lena wohlfühlte.

Sie fuhr am Tower vorbei und bog zur City in Richtung Fenchurch Street ein. Sie hatte zuerst gedacht, den Abend in Ruhe zu Hause zu verbringen, aber dann gingen ihr die letzten Tage in Paris wieder durch den Kopf. Schließlich beschloss sie, doch noch in die Redaktion zu fahren, und sei es nur, um nicht alleine zu sein.

Sie blickte kurz die Rückseite der Eagle Towers hoch, als sie zur Tiefgarage zwischen den beiden Bürotürmen hinunterfuhr. Ähnlich wie Bronsteens Konzernzentrale in Baltimore, war auch das Gebäude in London schwarz verglast.

Im linken Teil war die Hauptverwaltung untergebracht. Hier war die Schaltzentrale für die weltweiten Aktivitäten des Medienkonzerns, der mehr als ein Dutzend eigene Kabelsender betrieb, eine Vielzahl an Zeitungen herausgab und täglich fast eine Milliarde Menschen mit Informationen versorgte. Im rechten Turm residierte das Fernsehstudio, wo auch Lena ihr Büro hatte.

Als sie auf ihren Parkplatz fuhr und ausstieg, fröstelte sie. In London war es noch empfindlich kalt gegenüber den bereits frühlingshaft sanften Temperaturen in Paris, deshalb hatte sie statt des Motorrads ihr Auto, einen schwarzen Mini Cooper, genommen. Im Vorbeigehen an den Fahrzeugreihen sah sie, dass neben einem der Notausgänge eine rote Suzuki GSX stand, exakt die gleiche Maschine wie sie selbst hatte. Niels war da.

Lena stieg in den Lift, drückte nun aber nicht die zwölfte Etage, neben der ein Schild mit Chefredaktion stand, sondern fuhr in den Coffeeshop im letzten Stockwerk. Niels war sicher im Kaffee zu treffen. Lena freute sich ihn zu sehen, die Entscheidung ins Büro zu fahren, um etwas Ablenkung zu finden, war richtig gewesen.

Der Coffeeshop von Eagle, zugleich Kaffeehaus, Restaurant, Kantine und Bar, erstreckte sich über das gesamte Dachgeschoss des Gebäudes und hatte rund um die Uhr geöffnet. Der vordere Teil des Lokals, mit Blick auf den Londoner Tower und die Docks an der langgezogenen Schleife der Themse, lag in einem Wintergarten auf der Dachterrasse. Auf einigen, größeren Flatscreens liefen die Reportagen und News aus allen Teilen der Welt.

Bei den Mitarbeitern war der Treffpunkt auch als Informationsbörse für Firmentratsch beliebt, und die freien Journalisten, die über kein eigenes Büro im Hause verfügten, logierten hier ganze Tage mit Laptop und Handy. Wie Lena vermutet hatte, saß auch Niels mit einem Drink im Wintergarten und telefonierte.

Niels Gordon, gefragter Reporter für Politik und Gesellschaft, war seit vielen Jahren mit Lena und Jan befreundet. Etwa gleich alt wie Lena, hatte er sich vom Laufburschen bei lokalen Zeitungen, bis zum anerkannten Journalisten hochgearbeitet. Er arbeitete freischaffend für verschiedene Medien und liebte heikle Themen, auch wenn er dann bei Nachforschungen häufig am Rande der Legalität operieren musste.

Auch Eagle holte ihn öfters für derartige Reportagen.

Durch sein legeres Auftreten, seine längeren, zerzausten Haare und die saloppe Kleidung neigten die Menschen dazu, ihn zu unterschätzen. Hinter dieser Fassade steckte jedoch ein wacher, kritischer Geist, dem keine Ungereimtheit entging. Besonders gerne berichtete er über Winkelzüge in politischen Kreisen der Macht, was ihn schon öfters in Schwierigkeiten gebracht hatte.

Lena bewunderte vor allem den Stil seiner Berichterstattung, und war jedes Mal erstaunt, wie er es verstand, bei seinen schwierigen Recherchen zu improvisieren. Und natürlich war da noch seine Suzuki. Damit hatte er Lena so richtig auf den Geschmack der Geschwindigkeit gebracht. Als sie dann selbst auf eine schwere Maschine umstieg, musste es die gleiche sein. Überhaupt wirkten die beiden, im schwarzen Lederanzug mit knallrotem Helm, auf ihren Maschinen wie Zwillinge.

Als Niels aufschaute und Lena kommen sah, winkte er ihr mit drei Fingern, und formte ein »Hello« mit seinen Lippen in ihre Richtung, während er weitertelefonierte. Lena erwiderte den Gruß ebenfalls tonlos und drückte sich an der Kaffeemaschine einen großen doppelten Mocca in die Tasse. Kaffee, Tee und Mineral waren im Coffeeshop für Mitarbeiter kostenlos.

»Und, wie war Paris, mon amour?«, scherzte Niels, als er sein Telefonat beendet hatte. »Also Jan hat ja nur vage Andeutungen von dem Unglück gemacht. Konntest du Licht in die Sache bringen?«

»Nein, nur die üblichen Verdächtigen«, seufzte Lena und küsste ihn zur Begrüßung auf die Wange. »Alle lügen irgendwie, oder trauen sich nicht etwas zu sagen.«

»Denkst du, dass etwas dran ist?«

»Ich denke schon, auch wenn es für Jan wieder einmal keine schlüssigen Beweise gibt.«

»Willst du mich einweihen?«

»Gerne, aber nicht hier. Komm runter zu mir ins Büro.« Lena war froh über sein Interesse und es tat ihr gut, mit jemandem in Ruhe über alles sprechen zu können – nur nicht in einem Lokal, wo alle mithören konnten.

»... und das war es mehr oder weniger«, beendete Lena zwanzig Minuten später die Schilderung der Vorgänge um Francos Tod, der alten Postkarte, die nun wieder aufgetaucht war und ihren Erkundigungen während der letzten Tage. Die Nacht mit Gaston klammerte sie natürlich aus.

Sie saßen in Lenas Büro im zwölften Stock, einem schmalen, nüchtern möblierten Raum. Fast die Hälfte des Zimmers nahm der Arbeitstisch aus hellem Holz ein, auf dem zwei Computermonitore und eine Stereoanlage standen. Dazwischen lagen jede Menge Zeitungen, Notizen und Mappen verstreut herum. Als Kontrast zu dem nüchternen Ambiente lag am Boden ein weicher, dunkelroter Gabbeh und an den Wänden hing eine Serie von Lithographien.

»Was meinst du?«, setzte Lena nach. Niels Meinung war ihr wichtig und sie war gespannt auf seine Reaktion.

»Klingt ziemlich nach Vertuschung«, meinte er trocken. »Die Vorgänge sind größtenteils fraglich und sicher keine Zufälle. Nur, lässt sich das auch beweisen? Der spannendste Ansatzpunkt ist für mich der Einbruch in die Pariser Bildagentur.«

»Wieso gerade der?«

»Wegen der Analogien, hier bei uns.«

»Was meinst du?« Lena verstand nicht, worauf Niels hinauswollte.

»Na, die Vorgänge in den beiden Londoner Agenturen in derselben Nacht – mit einer bemerkenswerten Ähnlichkeit.« Niels lehnte sich vor und nahm von Lenas Schreibtisch eine ihrer Zigaretten.

»Davon hab ich nie gehört!«

»Ich hatte damals, nachdem ich nach London gekommen war, gerade beim Mirror angefangen, als Reporter für Storys zu den Royals. Da war ich nach Dianas Unfall natürlich an allem interessiert, was damit in Verbindung stand. So erfuhr ich von den Geschichten.« Er nahm einen tiefen Zug und nippte an seinem Drink, den er aus dem Coffeeshop mitgenommen hatte.

»Was ist geschehen?« Lena war etwas ungeduldig.

»Bei einer der Agenturen lief es genauso ab wie in Paris. Einen Tag nach dem Unfall wurde eingebrochen und die Negative, die Ordner mit den Fotos und die Computerdisketten mit allen Bilddaten gestohlen.«

»Und bei der anderen Agentur?«

»Die andere war ebenfalls auf Aufnahmen von der Königsfamilie spezialisiert und hatte Bilder von Dianas Unfall zugespielt bekommen. Daraufhin hatten sie noch am gleichen Abend Besuch von der Steuerfahndung wegen des Verdachts auf Steuerhinterziehung. Die Beamten beschlagnahmten die kompletten Unterlagen, inklusive der Computer und des Archivs. Tage später kamen die Sachen unaufgefordert zurück mit der Bemerkung, dass es leider eine Fehlinformation gewesen sei. Allerdings waren alle Abzüge von den Unfallfotos verschwunden und auch die Daten dazu aus den Rechnern gelöscht.«

»Es hat den Anschein, da hat jemand gründlich gearbeitet«, sagte Lena bitter. »Kein Bild von dem Unfall durfte an die Öffentlichkeit.«

»Vielleicht, weil es gar kein Unfall war«, meinte Niels nachdenklich. »Aber vielleicht findest du Anhaltspunkte in euren alten Fernsehberichten. Die Eagle News waren da noch recht jung in der Branche und haben sich sicher damit profiliert.«

»Gute Idee.« Lena tippte sich an die Stirn. »Danke für den

Tipp, an das Naheliegende denkt man stets zuletzt.«

Niels stand auf. »Ich muss morgen früh raus, ich fliege auf einen Tag nach Belfast zu einer Pressekonferenz.«

»Ja, ich bin auch müde.« Lena streckte sich und gähnte.

»Es freut mich jedenfalls, dass du zumindest bei Gaston auf deine Kosten gekommen bist«, sagte Niels noch beiläufig beim Hinausgehen.

Lena schaute überrumpelt und wollte protestieren, aber Niels kam ihr zuvor.

»Du hattest da so einen Unterton in deiner Stimme ...« Er grinste und schloss die Türe.

Das Wochenmeeting mit Jan und den anderen Redakteuren war am späten Vormittag zu Ende. Lena war froh, dass ihr die Planung genügend Freiraum für ihre privaten Nachforschungen ließ. Sie saß vor einem freien Monitor im zentralen Arbeitsraum der Journalisten und hatte sich in die Berichterstattung über den Tod Lady Dianas vertieft. Sie zappte durch die Vielzahl von Reportagen und Berichten, jedoch war nichts darunter, was für sie ein neues Licht auf die Dinge geworfen hätte. Ihre Hoffnung, zwischen den Fotografen bei der Ankunft Dianas auch Franco zu entdecken, war vergebens. Die Schar der Reporter und Paparazzi im Hintergrund stand so dicht, dass einzelne Personen nicht klar zu erkennen waren.

»Und, noch immer auf der Jagd?«, fragte Jan, der schon eine Weile hinter ihr stand und über ihre Schulter gesehen hatte.

»Ja«, antwortete Lena betont knapp. Sie fühlte sich von Jan unverstanden und hatte ihn auch nicht weiter informiert.

»Willst du mir nicht sagen, was du vorhast?« Jan setzte sich neben dem Monitor auf die Tischplatte. »Du fährst weg, sagst nicht wohin und wie lange, dann kommst du heute überraschend zum Meeting und jetzt sitzt du über den uralten Berichten.«

»Du hast genau gewusst, wo ich bin, auch wenn ich kein offizielles Schreiben eingereicht habe«, sagte Lena giftig. »Und meine Arbeit mache ich. Also was willst du?«

»Ich möchte einfach nur wissen, ob es dir gut geht und ob ich irgendetwas tun kann, um dir zu helfen«, sagte Jan betont verständnisvoll, »auch wenn ich glaube, dass es verlorene Zeit ist.«

»Es ist alles verlorene Zeit«, äffte sie ihn nach. »Siehst du? Genau das meine ich.«

»Lena, bitte!«

Lena lehnte sich zurück und legte den Kopf nach hinten.

»Okay, entschuldige«, seufzte sie versöhnlich, »es ist nur, ich bin es Franco schuldig, herauszubekommen was los war, oder es zumindest zu versuchen.«

»Du musst damit abschließen, Lena«, meinte Jan ernst, »du hast heute ein ganz anderes Leben, lass die Dinge einfach auf sich beruhen.«

»Es tut mir leid, aber das ...« Lena deutete mit einem Mal auf den Monitor. »Wer ist denn dieser Burdon?«

»Wer?«

»Der Reporter, der seinerzeit die meisten Berichte über Diana für den Sender gemacht hat.«

»Ah, Tom.« Jan schüttelte schmunzelnd den Kopf. »Tom Burdon, Auslandskorrespondent und eine große Nummer im Newsroom.«

»Und warum lachst du?«

»Weil er in seiner Eitelkeit der Beste zu sein, alles derart versemmelt hat«, lachte Jan und griff sich an den Kopf, »dass der ganze Sender fast den Bach hinuntergegangen wären.«

»Erzähl ...«

»Das war noch etwas vor meiner Zeit, aber alle haben noch Jahre später davon geredet. Er war unser Pariser Korrespondent für die gesamte Berichterstattung über den Tod Dianas. Und er hat, während er life auf Sendung war, behauptet, es wäre ein Komplott und hat sensationelles Bildmaterial als Beweis angekündigt.«

»Ja und ...?«

»Der Sender hat für das Material eine Million Franc bezahlt, also ein Vermögen, und dann war nichts zu sehen außer die nächtlichen Straßen von Paris – kein Unfall, kein Komplott, rein gar nichts. Er ist einem Betrüger aufgesessen. Der Sender musste sich daraufhin offiziell entschuldigen, und wir waren tagelang das Gespött der Branche.«

»Und Burdon?«

»Der musste seinen Hut nehmen und verschwand von der Bildfläche. Unser Management hatte noch überlegt, ihn wegen des Verlusts zu belangen, aber die Anwälte haben davon abgeraten, um nicht noch mehr Staub aufzuwirbeln.«

»Was macht er heute?«

»Keine Ahnung, als Journalist ist er jedenfalls tot und auch nirgends mehr aufgetaucht.«

Jan stand auf und ging, noch leise in sich hineinlachend, in sein Zimmer. Lena sah auf das Verzeichnis, in dem die seinerzeitigen Berichte aufgelistet waren, die Ankündigung von dem sensationellen Filmmaterial war allerdings nicht darunter.

»Die Sendung haben sie sogar aus dem Archiv gelöscht«, murmelte sie leise vor sich hin und lächelte nun ebenfalls, »das muss also tief gesessen haben.«

Lena konnte sich nicht helfen, irgendwie war ihr der Mann sympathisch, und vielleicht ... Sie drehte sich zum Monitor, öffnete Google und tippte Tom Burdon in die Maske.

8

Am nächsten Morgen fuhr Lena vom Newham Way, einer Schnellstraße in die östlichen Ausläufer Londons, bei Barking ab. Das Arbeiterviertel am Rande der Großstadt mit seinen großflächigen Industrieanlagen und den Wohnhausreihen aus Backsteinziegeln – eingezwängt zwischen Kaianlagen, Highway-Zubringern und Verschiebebahnhof – wirkte auf sie nicht sehr einladend.

Lena fuhr durch die Suburbs zur Themse und bog dann in die Straße neben dem Industriekanal ein. Fast hätte sie die Abzweigung übersehen, denn zu beiden Seiten der Kreuzung lag ein ausgedehnter Schrottplatz, und die davor abgestellten Autoleichen verstellten die Sicht. Dahinter reihten sich ungepflegte Lagerhallen, Werkstätten und einige Hausruinen, von denen nur mehr die straßenseitigen Stirnseiten mit ausgebrochenen Fensterlöchern standen. Am Ende der endlos gewundenen Straße, deren Name bei jeder Kreuzung wechselte, standen unpersönliche Neubauten aus den Siebzigern mit Balkonen aus Sichtbeton, unter denen der Rost aus den Eisenträgern über die Hausmauern hinunterlief. Die Fahrzeuge am Parkplatz davor waren überwiegend Kleinwagen japanischer Provenienz oder ältere BMWs mit angeschraubten Spoilern. Vor dem Platz nahm Lena die letzte Querstraße, eine kurze Sackgasse mit nur sechs Nummern. Hier am vorletzten Grundstück sollte die Bleibe von Tom Burdon sein, sagten die Google-Maps.

Es war nicht leicht gewesen den ehemaligen Reporter zu finden. Er war wie von der Bildfläche verschwunden und hatte seit Jahren weder Berichte fürs Fernsehen gemacht noch Artikel in Zeitungen publiziert. Der einzige Hinweis, den Lena nach längerem Suchen entdeckte, waren Beiträge im lokalen Kirchenblatt der katholischen Pfarre von Barking, die öfter von einem TC Burdon verfasst wurden. Wie sich bei einer telefonischen Nachfrage in der Verwaltung der Pfarre herausstellte, war sie damit auf der richtigen Spur. Nur mit großer Überredungskunst schaffte sie es, die Sekretärin der Kirchengemeinde zu überzeugen, ihr die Adresse zu geben.

Lena hielt vor dem Grundstück, das von einem niederen, hellblauen Holzzaun begrenzt war, dem schon einige Latten fehlten. Durch das offene Tor führte ein Weg aus unregelmäßig verlegten Waschbetonplatten auf einen Vorhof. Gerümpel und eine Waschmaschine ohne Deckel lehnten hinter dem Zaun. Mitten am Hof stand ein alter, dunkelgrauer Austin Healey ohne Verdeck, nur von einer durchhängenden Kunststoffplane abgedeckt, in der sich braunes Regenwasser sammelte.

Lena ging vorsichtig über die Steinplatten, um nicht zu stolpern und zog den Kragen ihrer Jacke hoch – sie hasste dieses nasskalte Wetter. An der Rückseite des Grundstücks befand sich ein ebenerdiges Gebäude, mehr Schuppen als Wohnhaus, mit einem Blechschild, auf dem kein Namen, sondern nur No. 6 stand. Lena klopfte. Keine Antwort. Sie ging zu einem der Fenster und blickte in das Zimmer dahinter. Durch die dichten Vorhänge konnte sie nur wenig erkennen, aber ein Fernseher lief, es sollte also jemand zu Hause sein. Sie klopfte ans Fenster.

»Was?«, rief nun eine unfreundliche Stimme und jemand stieß die Türe auf.

»Hallo«, sagte Lena höflich, ohne auf den ruppigen Tonfall einzugehen. »Mr. Tom Burdon?«

Ein großer, kräftiger Mann mit längeren, grau melierten Haaren, dunkler Tweedhose und weißem Hemd, kam aus der Türe heraus und betrachtete sie verwundert, aber auch mit Interesse.

»Ja, und?«

»Mein Name ist Lena Halberg, ich bin Redakteurin bei Eagle

und ich hätte sie gerne kurz gesprochen.« Lena hielt ihm ihren Presseausweis hin.

»Na, Sie haben Mut!« Er lächelte und wiegte den Kopf, dann deutete er mit einer Bewegung ins Haus. »Kommen Sie herein, es ist nämlich besser, nicht mit mir gesehen zu werden.«

Lena folgte der Einladung und ging an ihm vorbei ins Haus. Er führte sie in ein recht gemütliches Zimmer mit offenem Kamin, in dem einige Fauteuils und ein großer Arbeitstisch standen. Im Kamin brannte Feuer und am Tisch, der voll mit Büchern und Manuskripten war, lief ein Computer, den sie von draußen für einen Fernseher gehalten hatte. Lena war erstaunt, als sie sich umblickte, nach dem äußeren Aussehen des Hauses, hätte sie keinen solchen Raum erwartet.

»Bitte setzten Sie sich.« Tom deutete auf einen der Lehnsessel. »Kaffee, Tee?«

»Kaffee, aber ich möchte Ihnen keine Umstände machen.«

»Den gibt's hier immer.« Tom ging in die angrenzende Küche, deren Tür offen stand, und goss Kaffee aus einer altmodischen Kanne in eine rosa Tasse mit Smiley-Aufdruck.

»Zucker und Milch?«, fragte er über die Schulter.

»Nur etwas Zucker, danke«, gab Lena zurück. Er kam mit der Tasse zurück, drückte sie Lena in die Hand und nahm vom Arbeitstisch seine Pfeife, die er anzündete. Dann ließ er sich gegenüber von ihr in einen Schaukelstuhl fallen.

»Was verschafft mir die Ehre, nach so langer Zeit?«, fragte Tom Burdon gespannt, nachdem er genüsslich an seiner Pfeife gezogen hatte.

»Es geht um die Bänder, die Sie in Paris ...«

»Ewig die alte Sache«, schüttelte er den Kopf, »und ich dachte schon, Sie überraschen mich.«

»Vielleicht tue ich das ja noch.« Lena wärmte ihre Hände an der heißen Tasse.

»Das glaube ich nicht. Wie haben Sie mich denn überhaupt

gefunden? Ich stehe nicht im Telefonbuch.«

»Aber Sie verfassen Artikel für die hiesige Pfarre.«

»Also, entweder Sie lesen Kirchenblätter aus Barking oder Sie recherchieren sehr clever.« Er zog an der Pfeife und hüllte sich in eine Dunstwolke ein, dann verzog er den Mund zu einem Grinsen. »Beides schwerwiegende Gründe, nicht weiter mit Ihnen zu sprechen.«

Lena grinste zurück, dieser Tom war ihr recht sympathisch, und jetzt wo sie ihm gegenübersaß, konnte sie sich nicht vorstellen, dass er so leicht einem Betrüger aufsitzen würde.

»Was war denn auf den Videobändern?«, versuchte sie ihn aus der Reserve zu locken.

»Wen interessiert das noch, nach so langer Zeit?«

»Mich«, setzte sie nach.

»Und warum?«

»Weil mein damaliger Freund einer der Fotografen war und bei den alten Berichten stieß ich mehrmals auf Ihren Namen. Unser Chefredakteur hat mir auch Ihre Geschichte erzählt.«

»Na dann wissen Sie ja, mit wem Sie es zu tun haben.« Er paffte mit einem grimmigen Ausdruck seine Pfeife. »Was könnte ich also zu Ihrem privaten Feldzug beitragen, da ich vollkommen unfähig bin.«

»Sie sind nicht der Mann, der Filmmaterial für eine Million Franc kauft, auf dem nichts zu sehen ist.«

»Sind Sie da sicher?«

»Absolut!«

»Interessant«, nickte Tom anerkennend, und Lena spürte eine gewisse Befriedigung in seiner Stimme. »Sie sind die Erste, die auf diesen Gedanken kommt, obwohl Sie mich gar nicht kennen.« Er wischte den Gedanken mit einer Handbewegung fort. »Es ist aber nicht gut danach zu fragen, ja bereits zuhören könnte sich negativ auf Ihre Karriere auswirken.«

»Erzählen Sie es mir trotzdem.«

»Ich habe das vermieden, nachdem man mich abgeschoben hat.« Tom stand auf und ging zum Arbeitstisch, auf dem eine Flasche mit schottischem Single Malt Whiskey stand. Er schenkte sich ein Glas ein und begann im Zimmer auf und ab zu gehen. »Warum sollte ich also Ihnen etwas sagen?«

»Weil ich ebenfalls eine Betroffene bin. Ich verspreche, es bleibt hier im Raum.«

»Es bringt nichts, Sie da mit hineinzuziehen. Ich habe für meine vorschnellen Äußerungen jahrelang bezahlt.«

»Dann denke ich, es wird Ihnen gut tun, alte Rechnungen zu begleichen.«

Tom blieb stehen und sah Lena direkt an.

»Na gut, aber das Gespräch hat nie stattgefunden, und wenn Sie etwas davon in Ihrer Arbeit verwenden, weiß ich davon nichts.« Er warf Holz ins Feuer, setzte sich wieder und zündete seine ausgegangene Pfeife nochmals an.

»Ich hatte unter der Hand von einem geldgierigen Beamten der Pariser Verkehrsüberwachung acht Bänder gekauft. Es waren Kopien der Aufnahmen von den Straßenkameras zur Unfallzeit, an der Schnellstraße zwischen dem Grand Palais und dem Eiffelturm. Der Alma-Tunnel liegt da genau in der Mitte. Natürlich habe ich die Videos vorher durchgesehen und das Material war sensationell.«

Er nahm einen Schluck vom Single Malt. Lena war ungeduldig, bemühte sich aber, Tom nicht zu drängen.

»Es war der Crash zu sehen«, fuhr er fort, »aber das eigentlich Interessante war davor und danach.«

»Das Komplott?«, fragte Lena erwartungsvoll.

»Oder zumindest das, was ich dafür hielt«, nickte Tom. »Es war da ein Motorrad, das den Wagen von Lady Diana vor dem Unfall hart schnitt, was das Unglück auslöste, und der weiße Fiat, von dem später alle gesprochen haben, der langsam fuhr und eine der Spuren blockierte. Nach dem Crash hielten beide kurz an, das Motorrad an der Ausfahrt und der Fiat noch im Tunnel, direkt nach der Unfallstelle, so als wollten sie sich davon überzeugen, dass ihr Vorhaben erfolgreich erledigt war.«

Als Tom den Fiat erwähnte, zuckte Lena zusammen, unterbrach ihn aber nicht.

»Nach einigen Augenblicken gaben beide Gas und fuhren hastig weiter. Ich habe sie dann noch auf etwas späteren Aufnahmen gesehen, als sie langsamer wurden und bei der nächsten Ausfahrt die Schnellstraße hintereinander wie normale Verkehrsteilnehmer verließen.«

»Und wo sind sie dann hin?«

»Das entzieht sich meiner Kenntnis, sie fuhren dann über die Brücke in Richtung Eiffelturm und dort verlor sich die Spur, weil sie aus dem Überwachungsbereich draußen waren. Das wäre auch egal gewesen, spannend waren die Stellen im Tunnel und der Unfallhergang selbst. Die wären der Beweis gewesen, dass ich recht hatte und es offenbar doch kein normaler Unfall war.«

Tom war gegen Ende ziemlich heftig geworden. Lena spürte, dass ihn die Geschichte noch mitnahm.

»Und warum haben Sie die Videos dann zwar angekündigt, aber nicht gezeigt?«

Tom sprang aus dem Stuhl hoch, legte die Pfeife auf den Tisch und goss sich noch einen Whiskey ein. Er nahm seine Wanderung durch den Raum wieder auf.

»Die Ankündigung, das war mein taktischer Fehler. Daraufhin kamen zwei Männer in die Redaktion, die behaupteten, sie wären Mitarbeiter der Staatssicherheit und verlangten die Bänder. Ich habe natürlich im Sinne der Pressefreiheit protestiert und gesagt, sie sollen sich gefälligst zum Teufel scheren.« Er lehnte sich zum Kamin und lachte trocken auf. »Was war ich doch für ein Idiot, ich hatte gedacht, als bekannter Reporter kann dir nichts passieren.«

»Was geschah denn?«, fragte Lena beklommen, als sie den eigenartigen Blick von Tom sah.

»Ich wohnte in einer großen Wohnung in der Innenstadt. Als ich an dem Abend nach Hause kam, wurde ich in der Tiefgarage überfallen und derart brutal zusammengeschlagen, dass ich zwei Wochen im künstlichen Koma liegen musste.«

»Mein Gott ...«

»Noch im Spital, kaum wieder halbwegs bei Sinnen, erhielt ich Besuch von einem Herrn, der sich als Mitarbeiter des Secret Service vorstellte. Er sagte, es wäre nur seiner persönlichen Intervention zu verdanken, dass ich noch lebte und drohte mir, dies könne sich jederzeit ändern, wenn ich weiterhin meine absurden Verschwörungstheorien verbreiten würde. Dann versuchte er mich auszuquetschen, ob ich außer den Überwachungsbändern, die inzwischen verschwunden waren, noch andere Beweise hätte.« Tom nickte mit einem bitteren Lächeln auf den Lippen. »Danach ging es Schlag auf Schlag – Bänder weg, Job weg. Daraufhin sperrte die Bank alle meine Konten und kündigte meinen Kredit für die Wohnung. Als ich nach vier Wochen aus dem Spital entlassen wurde, stand ich praktisch auf der Straße.«

Lena blies die Luft hörbar aus.

»Ich hätte nie gedacht«, sagte Tom nach einer Weile, »dass man ein ganzes Leben in nur einem Monat derartig in Trümmer legen kann. Ich habe mich dann eine Zeitlang selbst getröstet«, setzte Tom hinzu und deutete auf das Whiskeyglas. Dann leerte er es in einem Zug. Im Raum herrschte einen bedrückende Stille.

»Und der Sender?«, fragte Lena schließlich.

Tom schüttelte sich kurz, so als ob er die Vergangenheit loswerden wollte, und stellte das Glas auf den Sims des Kamins.

»Die haben mich fristlos entlassen und sich offiziell für mich entschuldigt. Der Eagle war 1997 noch ein kleiner Vogel und hatte die Hosen gestrichen voll. Ich habe nie erfahren, was sich abgespielt hat. Die fünf Bänder, die in der Redaktion aus meinem Kasten verschwanden, wurden vermutlich vom Geheimdienst beschlagnahmt.«

»Fünf«, horchte Lena auf, »Sie sagten vorhin, es waren acht.«

»Ja, ja, aber drei der Kameras standen zu weit weg vom Geschehen, da war überhaupt nichts Brauchbares darauf zu sehen. Die habe ich ins Archiv geschickt.«

»Was war mit denen?« Lena war wie elektrisiert und richtete sich mir einem Ruck auf.

»Die habe ich gleich, nachdem ich aus Paris zurück war, in den Keller ins Archiv ...« Er schaute Lena an, die kerzengerade dasaß und musste lachen. »Oh, nein! Sie denken doch nicht etwa, dass die Bänder noch dort liegen? Überlegen Sie, wie lange das her ist, und glauben Sie mir, es war nichts drauf zu sehen, was verwertbar gewesen wäre.«

»Vier Augen sehen vielleicht mehr als zwei.«

»Aber Sie halten mich da raus! Ich bin froh, mein Leben wieder halbwegs im Griff zu haben.«

»Versprochen.«

»Ich dachte mir gleich, dass Sie hartnäckig sind«, schüttelte er amüsiert den Kopf.

Lena stand auf.

»Danke für den Kaffee. Ich muss leider wieder ...«

»Ich verstehe.« Tom schmunzelte. »Gibt es bei euch im Sender noch U-matic-Maschinen?«

»Was meinen Sie?«

»Na, die alte Fernsehtechnik hieß so.«

»Ich glaube nicht, dass wir solche noch besitzen.«

»Die werden Sie aber brauchen, falls Sie die Bänder finden sollten ...«

*

In China näherte sich der kleine Konvoi mit Senator Prow, Dr. Chao und der Ladung dem Hafen von Shenzhen. Eineinhalb Tage waren sie auf schlechten Straßen unterwegs gewesen. Dr. Chao hatte ganz bewusst eine etwas längere Route gewählt, um den Transport ohne Aufsehen abzuwickeln, abseits von neugierigen Blicken oder möglichen Kontrollen auf den Hauptverkehrswegen.

Sie hatten die letzte Nacht in der kleinen Stadt Guangning verbracht, etwa zweihundert Kilometer von ihrem Ziel entfernt. Nach fast neun Stunden Fahrt in der unbequemen und schlecht geheizten Kabine des alten Armeelasters waren sie durchgeschüttelt und todmüde gewesen. Nur Fräulein Huan-Jiao, die kleine dickliche Übersetzerin, saß ohne mit einer Wimper zu zucken auf den knochenharten Holzbänken und schaute vor sich hin. Etwa einmal pro Stunde fragte sie mit ihrer leicht kehligen Stimme, ob sie behilflich sein und übersetzen solle, was Prow ärgerte, da er mit Dr. Chao die ganze Zeit Englisch sprach.

Zwischendurch hatte sie dann noch eine Thermoskanne ausgepackt und daraus ein bräunliche Flüssigkeit, die für Prow wie abgestandenes Fett gerochen hatte, in einen Becher gegossen.

»Dürfte ich Ihnen höflichst eine Suppe zum Aufwärmen anbieten?«, hatte Fräulein Huan-Jiao in geschliffenem Englisch gefragt und Prow die Brühe unter die Nase gehalten. Er hatte mit einem stummen Kopfschütteln abgelehnt. Das war die ganze Kommunikation mit ihr während der langen Fahrt gewesen.

Zumindest hatte Prow in dem einfachen aber sauberen Quartier, das ihn mehr an eine englische Farm als an ein chinesisches Gasthaus erinnerte, letzte Nacht gut geschlafen. Allerdings war er aus Platzmangel genötigt gewesen sich mit Dr. Chao ein Zimmer zu teilen. Und bereits früh am Morgen weckten ihn die Geräusche des Morgensports, den Fräulein Huan-Jiao im Hof des Hauses unter freiem Himmel ausübte.

Nun hatten sie die letzte Etappe des Weges fast hinter sich. Nach der Verladung des Containers auf das Schiff stand für Prow ein Helikopter bereit, der ihn zum Flughafen nach Hongkong fliegen würde, zur Abendmaschine nach Washington. Das verbesserte seine Laune zusehends, während Fräulein Huan-Jiao wieder ausdruckslos vor sich hinschaute.

»Sie schon länger aktiv in Südamerika?«, riss Dr. Chao Prow aus seinen Gedanken.

»Ja, schon seit den Sechzigern«, antwortete Prow, »da hat der Vater von Bronsteen mit Waffenlieferungen begonnen. Durch die rasch wechselnden politischen Kräfte ist das eine sehr wichtige Region für uns geworden.«

Prow konnte mit Dr. Chao ganz offen sprechen. Der zwar nicht im Detail in die Geschäfte eingeweiht war, aber genau wusste, was Prow für Bronsteen tat. Er machte schließlich das Gleiche für die chinesische Waffenlobby.

»Viele Umsturz gut! Für liefern an beide Seiten.« Er lachte und hob die Hand, so als wolle er Prow auf die Schulter klopfen. »Und was los in Columbia?«

»Wir unterstützen da eine Gruppierung, die der Regierung nahe steht und wieder große Probleme mit den Paramilitärs hat. Das verstärkt die Bindung an die USA und unsere Handelsgeschäfte.«

»Ah, zuerst kommen Chemie und Granaten und dann Jazz, Kaugummi und Hollywood. Gute System!« Dr. Chaos klang anerkennend.

»Ja, mit dem American Way of Life haben wir schon die halbe Welt unterwandert«, lachte Prow.

»Ist vielleicht allerbeste Massenvernichtungswaffe, wirkt in Kopf«, feixte Dr. Chao zurück.

Die Hafenanlagen des Handelszentrums Shenzhen gehören zu den fünf größten Containerhäfen weltweit und werden von weit über hundert Reederein bedient. Die Stadt, nur durch einen Fluss von der ehemaligen britischen Kronkolonie Hong Kong getrennt, ist eine der am schnellsten wachsenden Metropolen Asiens. Ende der Siebzigerjahre hatten gerade einmal dreißigtausend Menschen in ihr gelebt, nun waren es bereits über zwölf Millionen. In den drei Hafenterminals konnten über fünfundzwanzig der riesigen Containerschiffe gleichzeitig beladen und abgefertigt werden. Genauso groß wie die Kapazität dieser Piers war auch die Geschäftigkeit bei den Anlieferstellen und Verladebrücken.

Prow hatte für die Verschiffung der Fässer ausdrücklich auf diesen Hafen bestanden. Er kannte sich in der Region recht gut aus und wusste, dass ein einzelner Container hier unauffällig in der Menge unterging. Somit war die nötige Anonymität garantiert, die Prow und Bronsteen für die Ladung benötigten.

Ihr Schiff, die MS Chien Dong, war schon fast bereit zum auslaufen, als Dr. Chao den Container eincheckte. Es herrschte das übliche Durcheinander der letzten Stunde zwischen den spät eintreffenden Ladungen, die noch an Bord zu nehmen waren, und den Kontrollen durch die lokalen Zollbehörden. Alles musste schnell gehen, da eine Verspätung die sensiblen Abläufe im Hafen empfindlich stören würde. Prow hatte richtig kalkuliert – sie waren genau zum richtigen Zeitpunkt eingetroffen, niemand hatte Zeit die Ware so kurz vor dem Auslaufen zu besichtigen. Die Ladescheine wurden abgestempelt und ohne Verzögerung schwebte der Container am Kran an Bord.

Vorher hatte Prow den Frachtbrief und die Begleitfaktura, die er in Paris von dem Schweizer Kontaktmann gekauft hatte, zu den anderen Dokumenten gesteckt. Neben den üblichen Angaben von Nummer, Menge und Gewicht, hatte er unter

Warenbezeichnung *Herbicide Basagran* eingetragen und als Route gab er an: Hawaii – Buenaventura. Ab Hawaii war die Lieferung damit der Container einer Schweizer Firma mit harmlosen Pflanzenschutzmitteln gegen Unkraut, der an eine Farm in Kolumbien geliefert wurde. Bevor sie sich trennten geschah noch etwas, das Prow nicht erwartet hatte. Fräulein Huan-Jiao öffnete ihre Tasche und nahm einen Fotoapparat heraus.

»Gestatten Sie mir, noch ein Erinnerungsfoto zu machen?«, fragte sie höflich und mit einer kleinen Verbeugung.

»Selbstverständlich«, gab Prow ebenfalls verbindlich zurück, und stellte sich, mit mühsam freundlichem Gesicht, neben Dr. Chao am Pier vor dem Schiff auf. Es wäre höchst unwahrscheinlich, dachte er dabei, wenn sich die kleine, dicke Übersetzerin gerne an die Tage im unbequemen Laster erinnern würde. Also schrieb er es der allgemeinen Lust der Asiaten am Fotografieren zu.

Als Fräulein Huan-Jiao abgefahren war, übergab Prow die Frachtpapiere an Dr. Chao, der die Fässer als offizieller Vertreter des Schweizer Lieferanten bis Kolumbien begleiten würde, um die Ladung an den Empfänger zu übergeben. In Wahrheit jedoch, würde er im geeigneten Augenblick die chinesischen Verladebestätigungen gegen die Schweizer Papiere tauschen und den Container ohne größere Kontrolle durch den kolumbianischen Zoll schleusen. Wenn die Summe des Schmiergeldes stimmte, stellte das nie ein Problem dar.

Bevor die MS Chien Dong auslief, saß Prow bereits im Helikopter in Richtung Hongkong. Die Tage waren endlos und mühsam gewesen und er war froh China hinter sich zu lassen.

9

Es war spät abends und Lena hatte Bereitschaftsdienst im Sender. Sie war erst am Nachmittag von ihrem Gespräch mit Tom Burdon zurückgekommen und hatte die anstehenden Arbeiten in der Redaktion in Windeseile erledigt, um sich danach ihrer Suche nach den alten Bändern widmen zu können. Sie war im Nachtdienst für das Redigieren der stündlichen Nachrichten eingeteilt, übergab dies aber einer Kollegin von der Bereitschaft. Wenn also kein Notfall eintrat, würde es eine ruhige Nacht werden und sie sollte ausreichend Zeit haben. Lena drückte sich noch einen Caffè latte zur Stärkung aus dem Automaten und fuhr in den Keller.

Das Archiv der Eagle News erstreckte sich über das gesamte Kellergeschoss unterhalb der Tiefgarage. Der überwiegende Teil wurde von der Ablage der Zeitungsredaktionen eingenommen, denn obwohl seit Jahren der gesamte Produktionsprozess, von der Recherche bis zum Druck, im Computer geschah, wurden alle wesentlichen Unterlagen noch zusätzlich ausgedruckt und auch einige Belegexemplare jeder Ausgabe aufgehoben. Das ergab, bei acht Tageszeitungen und einer Anzahl von Wochenjournalen, eine Menge Papier im Laufe der Jahrzehnte.

Lena wanderte die Regalreihen ab. Sie musste an das private Lady Diana-Archiv von Gastons Freund Pierre in Paris denken und seine Sammelleidenschaft. Der würde hier seine wahre Freude haben, unter dieser Menge an altem Papier und angestaubten Zeitungen.

Rings um die Landschaft aus Archivgestellen, die nahezu die Größe eines Fußballfeldes hatte, standen entlang der Außenwände des Kellers hohe Stahlschränke, deren Regalsystem auf

Knopfdruck elektrisch nach vorne herausfuhr. Sie enthielten die Filmaufnahmen und die Videobänder der fertigen Sendungen seit Beginn des Senders. Die Stirnseiten waren jeweils mit den Jahreszahlen beschriftet.

»Oh nein«, murmelte Lena vor sich hin, als sie beim Schrank von 1997 stand, und das Regal herausfahren ließ. In den Reihen zu beiden Seiten standen hunderte Bänder und, wie Lena mit einem Blick bemerkte, waren sie nicht geordnet. Sie fand eine Aluleiter, die sie an den Schrank lehnte und begann in der obersten Reihe die vergilbten Beschriftungsschilder zu lesen.

Es dauerte fast eine Stunde, bis sie mit dem Kastenteil 1997 durch war – gefunden hatte sie aber nur die Bänder mit den fertigen Sendungen. Es waren die gleichen, die sie schon im digitalen Archiv am Computer in der Redaktion angesehen hatte, bevor sie zu Tom Burdon ging. Sie versuchte es noch mit den Schränken daneben, was aber auch kein Ergebnis brachte.

Inzwischen war es halb ein Uhr nachts und Lena war müde. Sie schloss die Stahlschränke und ließ sich auf einen der Sessel fallen, die hier herumstanden. Obwohl das Rauchen im Archiv strengstens verboten war, zündete sich Lena eine Zigarette an und starrte in die leeren, düsteren Regalgänge. Tom hatte recht gehabt, das Material gab es nicht mehr, dachte sie und nahm einen Schluck aus dem Plastikbecher mit dem restlichen Caffè latte. Er war kalt, abgestanden und schmeckte grauenhaft. Sie ließ die angerauchte Zigarette hineinfallen und stand auf, sinnlos weiter herumzusuchen; oben in der Kantine war es bei weitem angenehmer und es gab frischen Kaffee und Sandwichs.

Sie stellte die Leiter zurück, die am letzten Kasten gelehnt war, und drehte sich gähnend um. Im Weggehen stocke sie jedoch nach einigen Metern. Irgendetwas war mit Filzstift auf eine der Türen des Kastens geschrieben gewesen, schoss es ihr durch den Kopf. Sie hatte es gar nicht bemerkt, als sie die Leiter holte, und auch jetzt nur unterbewusst wahrgenommen.

Trotzdem ging sie die paar Schritte zurück.

Der Kasten war keiner der hohen Archivschränke, sondern ein ganz gewöhnlicher Blechspind. Lena betrachtete die linke Tür. Dort stand, zwar schon verblasst aber noch lesbar: Alte U-Matic. Das Videosystem, das Tom erwähnt hatte, Lena war schlagartig munter und ihr Puls stieg sprunghaft an. Sie schwenkte die Türen auf. Der Kasten war fast leer, nur auf einem der oberen Fächer lagen verschiedene, hellgraue Kassetten mit abgerissenen Etiketten. Lena nahm sie heraus und las die Aufschriften – nichts. Da sah sie unten im Schrank eine Plastiktüte vom Pariser Flughafen liegen, mit dem Aufdruck des Duty Free in Paris. Die Tüte war oben umgeschlagen und mit mehreren Heftklammern verschlossen. Lena nahm sie und riss sie auf, drinnen waren drei Kassetten. Sie hatte das Material von Tom Burdon gefunden.

»Wo haben wir noch eine U-Matic-Maschine?« Lena stürzte in der Kantine auf einen der Techniker zu, die dort gerade Pause machten und von dem sie wusste, dass er schon lange im Sender arbeitete.

»U-Matic?«, fragte dieser kauend zurück. »Was willst du denn in der Steinzeit?«

»Sag schon, haben wir sowas noch?«

»Ich bin nicht sicher ... möglicherweise.«

»Und wo?«

»Könnte nur im kleinen Sichtungszimmer sein, im Zehnten gleich hinter den Schnitträumen.«

»Danke!« Lena wollte zurück zum Lift.

»Die ist aber sicher nicht angeschlossen«, rief er ihr nach.

»Na, dann komm!« Lena wedelte im Gehen ungeduldig mit der Hand.

»Es ist mitten in der Nacht, da sollten Redakteure Hausverbot haben«, grummelte der Techniker unhörbar zwischen den Zähnen, leerte seine Tasse in einem Zug und folgte Lena leise stöhnend zum Aufzug.

Keine zwanzig Minuten später war der entsprechende Videorecorder gefunden und aufgestellt. Lena saß vor dem Monitor im kleinen Sichtungszimmer und schob die erste Kassette ein. Die Aufnahmen waren in einem flackernden Graugrün und helle Streifen durchzogen das Bild, dort wo die Beschichtung des Bandes durch die Jahre schon gelitten hatte. Trotzdem waren die nächtlichen Pariser Straßen gut zu erkennen. Am unteren Ende waren die Zeit und der Standort eingeblendet.

Auf dem ersten Band war die Schnellstraße entlang der Seine vor dem Alma Tunnel zu sehen. Lena fuhr durch die Aufnahmen im Schnelldurchlauf und betrachtete den Abendverkehr. Abrupt endete die Kassette bereits vor Mitternacht, war also nicht sehr hilfreich. So ähnlich war es auch bei der zweiten Kassette. Sie zeigte zwar direkt die Unterführung bei der Alma Brücke, endete jedoch ebenfalls kurz nach Mitternacht, noch vor den Geschehnissen. Lena war frustriert, als sie die Kassette aus der Maschine nahm.

Das dritte Band hatte am Anfang die Angabe 00:10 am unteren Rand.

Endlich eine Zeitspanne, die interessanter ist, dachte Lena. Sie spulte weiter, bis die Anzeige auf 00:20 stand und drückte dann wieder auf Play. Während der folgenden fünf Minuten, es war genau die Zeit des Unfalls, war die Straße aber ruhig. Die Kamera zeigte – in einer starren, durchgehenden Einstellung – den Straßenverlauf weiter stromabwärts und die Ausfahrt von der Schnellstraße beim Trocadéro. Um 00:28 kam ein Motorrad ins Bild, das sich der Ausfahrt näherte, zunächst nicht außergewöhnlich, doch Momente später schloss dahinter ein weißer Fiat Uno auf, verlangsamte das Tempo und nahm, dicht hinter dem Motorrad, ebenfalls die Ausfahrt. Unmittelbar danach brach die Aufnahme ab. Lena zuckte nach vorne und spulte die Stelle zurück, Franco hatte so einen Fiat gemietet. Mehrmals sah sie sich die Bilder an, aber die beiden Fahrzeuge waren noch zu weit von der Kamera entfernt, sodass nicht zu erkennen war, wer in dem Fiat saß. Jedes Mal ärgerte sie sich, wenn das graue Rauschen kam, bevor die Fahrzeuge näher an der Kamera gewesen wären.

Lena stand auf, nahm sich eine Zigarette und holte sich einen frischen Kaffee aus dem Automaten am Gang vor den Studios.

»War's das?«, sagte sie verdrießlich vor sich hin. Die ganze Mühe des stundenlangen Suchens im Keller und nun fehlten einige lächerliche Sekunden?

Nach Espresso und halb gerauchter Zigarette ging sie zurück, um den Videorecorder abzudrehen und die Bänder wieder ins Archiv zu bringen. Als sie den Sichtungsraum betrat schaute sie verblüfft, denn im Monitor war, statt des grauen Einheitsflimmerns, wieder ein Bild. Sie hatte das Video nicht gestoppt, als sie ärgerlich hinausging, und offenbar waren nach einer leeren Stelle, die Aufnahmen einer weiteren Kamera aufgezeichnet. Sie zeigten Überwachungsbilder von der Kreuzung vor dem Eiffelturm, man sah die Brücke über die Seine und die Abzweigung auf den Kai. Die Zeit am Band stand auf 00:35. Lena ging zum Tisch und drückte auf Rücklauf, spulte das Band zurück und startete wieder ein. Die Aufnahmen begannen bei 00:25, die Brücke war leer.

00:26 ..., 00:27 ..., ein Lieferwagen bog auf die Brücke ein und tuckerte langsam über den Fluss. Lena zündete sich, trotz des Rauchverbots in den Räumen, nervös eine Zigarette an – gleich mussten sie kommen. Und tatsächlich, bei 00:28, kurz bevor der Lieferwagen aus dem Bild verschwand, kreuzte hinten ein Motorrad auf und unmittelbar dahinter fuhr der Fiat. Bingo!

Tom hatte bei der leeren Stelle davor sicher angenommen, das Band sei zu Ende, denn das hätte sie auch, wenn es nicht zufällig weitergelaufen wäre.

Im Monitor näherten sich die Fahrzeuge, die beiden Typen am Motorrad klappten die Visiere der Helme hoch und bogen Richtung Kai ein. Leider war es zu dunkel, um die Gesichter zu erkennen. Sekunden danach zog der Fiat auf die linke Spur und fuhr neben das Motorrad, die Szene spielte sich nun genau vor der Überwachungskamera ab. Die beiden auf der Maschine sahen ruckartig zu dem Auto hin, als sich jemand mit einem Fotoapparat im Anschlag aus dem Seitenfenster lehnte und abdrückte. Fast gleichzeitig löste der Blitz des Fotoapparats aus und das Bild im Monitor wurde weiß.

Lena schnellte nach vorne und stoppte, dann ging sie zurück zu der Stelle vor dem Blitz, Bild für Bild, und auf zwei davon konnte man das Gesicht des Fotografen erkennen – Franco. Lena atmete schwer und ließ sich auf den Stuhl zurücksinken. Sie starrte wie gelähmt auf das Standbild.

»Verrückt«, murmelte sie tonlos und begann zu weinen. Jahrelang quälten sie die Gedanken an Francos merkwürdigen Unfall und nun stellte sich heraus, dass hier im Keller des Senders, wo sie seit Jahren arbeitete, diese Aufnahmen gelegen hatten. So nahe war sie all die Zeit dem Beweis gewesen, dass er in jener Nacht in Paris war. Sie trocknete ihre Tränen ab und versuchte wieder in die Gegenwart zu kommen. Sie brauchte einen Drink.

In der Kantine war noch Betrieb, obwohl es bereits auf drei Uhr zuging. Lena setzte sich an die Bar und bestellte einen Longdrink mit Gin und mit viel Eis, um sich abzukühlen.

»Alkohol im Dienst«, sagte eine tadelnde Stimme hinter ihr. Lena wendete sich um und sah, dass Jan auch an der Bar saß. Sie war mit ihren Gedanken noch bei Franco gewesen und hatte ihn gar nicht bemerkt.

»Wen kümmert's?«, meinte sie trocken. »Du bist heute auch hier?«

»Ja, ich habe mich selbst als Chef vom Dienst eingeteilt, nachdem ich privat derzeit nicht gebraucht werde.« Er klang etwas vorwurfsvoll.

Lena lehnt sich an ihn und nahm einen tiefen Schluck von dem Drink. Es tat ihr leid, ihn zu vernachlässigen, auch wenn er ihre Beweggründe nicht verstand.

»Entschuldige, ich bin nur so beschäftigt im Moment.«

»Ich weiß, die geheimnisvolle Nacht. Und, gibt es was Neues?« Er schaute sie von der Seite an. »Falls du mir davon erzählen willst.«

Lena trank in einem Zug aus und stellte das Glas auf die Theke. Sie fühlte sich jetzt schon bedeutend besser.

»Komm«, sagte sie und nahm Jan forsch beim Ärmel. »Ich zeig dir was.«

»Ich bin aber gerade gekommen und wollte vor dem Dienst noch eine Kleinigkeit essen.«

»Das kannst du später auch noch.« Sie schubste ihn leicht vom Barhocker.

»Gut, wenn es so dringend ist ...«

»Na, was sagst du?«, fragte Lena Minuten später erwartungsvoll im Sichtungszimmer. Sie hatte Jan von ihrem Besuch bei Tom Burdon erzählt und ihm auch die Aufnahmen der Überwachungskameras gezeigt.

»Ich gebe schon zu, dass es auf den ersten Blick einige Ungereimtheiten gibt ...«

»Einige Ungereimtheiten? Wir sprechen hier von einigen Attentaten.«

»Was überhaupt nicht bewiesen ist.«

»Somit denkst du, dass es am Tod von Diana nichts Ungelöstes gibt?«

»Genau das denke ich. Die französische Polizei hat sicher alles Nötige zur Aufklärung getan. Da hätte sich doch niemand getraut, etwas zu vertuschen.«

»Lächerlich!«

»Lena, wir leben im einundzwanzigsten Jahrhundert, mit Internet, Wiki-Leaks und globaler Vernetzung, da ließe sich eine Verschwörung sicher nicht verbergen.«

»Außer man sitzt an den Hebeln, die all das steuern.«

»Und wer, bitte, sitzt dort?«

»Was weiß ich, Geheimdienste, Regierungen, Konzerne ...«

»Ja, ich hab die einschlägigen Bücher auch gelesen. Du wirst doch als fähige Journalistin nicht solch schrägen Verschwörungstheorien aufsitzen?«

»Somit hältst du etwa auch die Überfälle auf die Bildagenturen für Zufall?«

»Dass Geheimdienste, wenn eine Berühmtheit wie Prinzessin Diana zu Tode kommt, das Bildmaterial einziehen, ist doch klar. Die Franzosen, um Paris möglichst herauszuhalten, und wir in England aus Pietät den Kindern und der Königsfamilie gegenüber.«

»Bildmaterial einziehen ist gut, nächtliche Raubzüge waren das, und sie haben den Besitzer der Pariser Agentur sogar umgebracht.«

»Na ja, über die Methoden lässt sich streiten! Die waren vielleicht ein wenig unsensibel. Aber auch das ist nicht bewiesen.«

»Du verstehst überhaupt nicht, was da abgeht!« Sie verstand nicht, dass Jan etwas so abtun konnte. »Und das Motorrad, das den Wagen abgedrängt hat?«

»Ist doch nur ein Gerücht.«

»Tom Burdon hat es auf den Bändern selbst gesehen!«

»Tom Burdon ...« Jan verdrehte die Augen.

»Ah, du wirst doch als fähiger Journalist nicht den bekannten Vorurteilen aufsitzen?«, konterte sie hart, indem sie seine eigenen Worte verwendete. »Du kennst Tom doch überhaupt nicht!«

»In dem Fall genügt mir, was über ihn im Sender erzählt wird. Wer weiß, ob es überhaupt je acht Bänder gegeben hat, ist dir das schon einmal in den Sinn gekommen?« Jan war genervt, dass sich Lena in dem Thema so festbiss. »Vielleicht hat er nur die drei gekauft, die hier am Tisch liegen, dann gesehen, dass er übers Ohr gehauen wurde, und einfach eine Geschichte über fünf verschwundene Bänder erfunden, auf denen angeblich ein Komplott zu sehen ist.«

»Aber zumindest beweisen sie doch«, ihre Stimme bebte und sie konnte nicht vermeiden, dass ihr Tränen übers Gesicht liefen, »dass Franco in Paris war und die beiden auf dem Motorrad fotografiert hat.«

»Und?«

»Ein Foto, Jan, wofür er sterben musste!« Lenas Augen blitzten zornig, als sie ihm den Satz ins Gesicht schrie.

Jan zuckte nur mit den Achseln, er versuchte Lena zu verstehen, nur war für ihn nicht bewiesen, ob die Dinge überhaupt zusammenhingen. Langsam gingen ihm jedoch die Argumente aus, um Lena von der Sache abzubringen, also nahm er sie in den Arm. Sie lehnte an seiner Schulter und weinte.

»Was wirst du tun?«, fragte er, nachdem sie sich wieder etwas beruhigt hatte.

»Ich werde alles versuchen, um das Bild zu finden, das Franco damals geschossen hat.«

»Und dann?«

»Dann hat sein Tod zumindest ein Gesicht ...«

10

Das Büro von Senator Prow lag in einem mondänen Stadthaus am Regent Park, direkt hinter dem Capitol, im Regierungsviertel von Washington. Prow fühlte sich als Stadtmensch, der seine Zeit am liebsten in Restaurants und Bars verbrachte, in Washington mehr zu Hause als in seiner Residenz im noblen Queenstown an der Eastern Bay.

Das Stadthaus hatte Prow vor einigen Jahren erworben und benützte es auch zu Wohnzwecken, wenn er geschäftlich länger in der Stadt bleiben musste. Das Gebäude hatte an einer der Ecken einen quadratischen Vorbau, der ähnlich wie ein Turm hochgezogen war. Hier, in dem quadratischen Zimmer im Obergeschoss mit Aussicht nach drei Seiten, residierte Prow. Von seinem ausladenden Schreibtisch aus dunklem Palisanderholz dirigierte er seine Geschäfte und überblickte die Schaltstellen Amerikas, so empfand er es zumindest. Wenn er dann, in Anlehnung an das Oval Office des Weißen Hauses, von seinem *Square Office* sprach, fühlte er sich den Mächtigen dieser Welt sehr nahe.

Er war nach den mühsamen Tagen in China wieder blendender Laune, hatte nach seiner Rückkehr ausgiebig getafelt, eine halbe Flasche besten Brandy geleert und daraufhin elf Stunden durchgeschlafen. Nach dem Frühstück diktierte er seiner Privatsekretärin alle Daten und Notizen der Reise, sofern sie unbedenklich waren. Für die Dienststellen war er nur zu einer Fabrikseröffnung in Hong Kong gewesen. Als Regierungsmitglied konnte er Bronsteens Interessen natürlich nur inoffiziell vertreten, da ein Senator sich für keine derartigen Geschäfte hergeben durfte. Zumindest nach außen hin, um den Schein zu wahren. Doch auch die meisten seiner Kollegen im Senat hatten etwas nebenbei laufen, man hängte das nicht an die große Glocke. So archivierte Prow die vertraulichen Unterlagen zu den Geschäften ausschließlich in seinem privaten Rechner in der Residenz in Queenstown, damit sie nicht in falsche Hände fielen.

Selbstgefällig lehnte er in seinem schweren Drehsessel und blickte hinaus auf Washington. Bereits vor zwanzig Minuten hatte ihm seine Privatsekretärin gemeldet, dass im Vorzimmer die Herren Asher und McKinley warteten, die beiden Abgeordneten der Green Party, die auf ein klärendes Gespräch gekommen waren. Prow liebte es, andere Menschen warten zu lassen. Für ihn war das eine Demonstration seiner Macht – warten musste der Schwächere. Nun drückte er den Knopf auf der Gegensprechanlage und ließ die beiden eintreten.

Er begrüßte sie ohne eine Entschuldigung und kam ohne Umschweife zur Sache.

»Wie Sie wissen, meine Herren, bin ich neben meinen vielen Verpflichtungen im Senat auch einer Reihe von Unternehmen hilfreich, die für unser Land wesentliche Arbeit leisten und die Sicherheit unserer Regierung und der Nation ermöglichen ...«

Was folgte, war ein Vortrag über die Wichtigkeit einer schlagkräftigen Armee, einer umfassenden Bewaffnung und dem unbedingt wichtigen Zusammelhalt aller politischen Kräfte, im Interesse des Staates.

Die beiden Abgeordneten ließen den Redeschwall einige Zeit mit gleichgültigem Gesicht über sich ergehen. Sie kannten derartige Reden.

»Wir verstehen was Sie meinen, Senator«, unterbrach dann McKinley, »aber das ist nicht der Punkt, warum wir hier sind.«

»Na und ob das der Punkt ist«, konterte Prow direkt. »Man muss Konflikte lösen, bevor sie auf die Vereinigten Staaten übergreifen. Oder wollen Sie die Probleme hier bei uns haben?«

»Es gibt aber in Kolumbien keinen derartigen Konflikt, und

wir hören aus bestens informierten Kreisen, dass der Rüstungskonzern BAT, für den sie offensichtlich im Hintergrund die Fäden ziehen, dort sehr aktiv ist.«

»Das ist nötig, auch wenn Sie das von hier aus nicht überblicken können«, versuchte sich Prow herauszuwinden. »Denken Sie nur an illegale Einwanderer, die auch aus Südamerika verstärkt kommen, oder an das Drogenproblem. Dafür hat der Konzern bereits sehr viel Hilfreiches getan und unsere Regierung bei der Bekämpfung der Drogenkartelle unterstützt.«

»Was vor allem im eigenen Interesse war, auch wenn Sie das nicht so gern hören. Und derzeit unterstützen Ihre Freunde die subversiven Elemente der dortigen Politik, was keinesfalls im Sinne unserer Regierung sein kann. Wir wissen über unsere südamerikanischen Kontakte von einer recht interessanten Lieferung Chemikalien. Es gibt da die Kopien eines Gesprächsprotokolls ...« McKinley hatte bei den letzten Sätzen jedes Wort ausdrücklich betont.

Prow schluckte, ließ sich aber nach außen hin nichts anmerken. Er dachte fieberhaft nach, wo die undichte Stelle sein könnte. Es blieb Prow nur die Flucht nach vorn. Er wischte sich mit einem Finger den Schweiß aus dem Hemdkragen und kam direkt auf den Punkt.

»Sehen Sie, genau darüber wollte ich mit Ihnen sprechen, lassen wir doch die langen Einleitungen«, lachte er, um seine Unsicherheit zu überspielen. »Meine Freunde, wie Sie sie nennen – und das sind sie ohne Zweifel, obwohl ich als Senator da neutral agiere – sind an dem Erwerb der Kopien interessiert.«

Die Bombe war geplatzt. Die beiden Abgeordneten der Green Party schauten Prow ungläubig an. Zuerst dachten sie, Prow wolle günstige Stimmung machen oder erfahren, welche Informationen sie hätten, doch nun versuchte er ganz offen sie zu kaufen. Und das mit einer Unverfrorenheit, die ihnen den Atem nahm.

»Was!?«, entfuhr es McKinley.

»Zum entsprechenden Preis selbstverständlich«, setzte Prow hinzu. »Deswegen sind Sie doch gekommen, oder?«

»Eigentlich wollten wir Ihnen als Senator die Gelegenheit geben, die Reißleine zu ziehen und in diesem Fall für Klärung zu sorgen. Schon in Ihrem eigenen Interesse, bevor wir den Kongress und die Presse informieren.« McKinley sprang hoch und lief zur Türe. »Aber es ist sinnlos, ich hätte es mir denken können. Sie werden mit untergehen, und es macht mir sogar Spaß, dabei zuzusehen.« Damit ging er hinaus und knallte die Tür zu.

Auch Asher, der bislang kein Wort gesprochen hatte und dem man ansah, dass ihm die ganze Situation unangenehm war, stand auf.

»Sie haben drei Kinder und soeben eine Scheidung hinter sich«, sagte Prow schnell und stand ebenfalls auf. Er steckte Asher eine seiner privaten Visitenkarten zu und sprach rasch und leise auf ihn ein, während er mit ihm zur Tür ging. »Denken Sie an Ihre Familie, rufen Sie mich an. Glauben Sie mir, es ist nicht nur des Geldes wegen. Gewisse Leute verstehen keinen Spaß, wenn es um die Störung ihrer Geschäfte geht. Ich meine es gut mit Ihnen ...«

Der Anruf kam bereits mittags und Prow traf sich mit Asher auf dem Parkplatz eines Einkaufszentrums, wo es zwischen den geschäftigen Besuchern nicht auffiel, wenn man sich im Auto unterhielt. Prow gab seinem Chauffeur den Nachmittag frei und nahm für die kurze Strecke sein unauffälliges Dienstfahrzeug, ein graues Lincoln Town Car. Er stellte sich bewusst in die Mitte des überfüllten Parkplatzes, wo sie weniger auffallen würden als an den Randplätzen, an denen jeder vorbeiging.

Er hatte gerade den Motor abgestellt, als Asher an die

Seitenscheibe klopfte. Prow deutete ihm einzusteigen. Asher war gehemmt und wusste nicht, wie er das Gespräch anfangen sollte. Prow hingegen war wie ausgewechselt, seine kurze Unsicherheit von vorhin war verflogen. In dem Spiel jemanden zu schmieren, der korrupt und empfänglich war, war er zu Hause.

»Ich denke, Sie möchten mir ein Angebot machen«, drehte er ohne Begrüßung gleich zu Beginn den Spieß um. Es war von Vorteil, die anderen kommen zu lassen, denn meistens hatten die Menschen Scheu vor derartigen Gesprächen und die geforderten Summen blieben dadurch im Rahmen.

»Ich möchte nicht, dass Sie einen schlechten Eindruck von mir bekommen«, begann Asher stockend. »Ich bin normalerweise ein äußerst loyaler Mensch ...«

Bla, bla, dachte Prow, bemühte sich aber, ein interessiertes Gesicht zu machen.

»Aber ich glaube, in diesem Fall dürfte nichts hinter der Sache stehen, dass die Öffentlichkeit ... Ich meine, es gibt Dringenderes, als ...«

Prow ging das Gelaber auf die Nerven, und er versuchte, das Gespräch abzukürzen. »Wo sind die Unterlagen?«

»Bei mir. Ich besitze die Kopien, von denen gesprochen wurde. Ich war vor einigen Tagen zu einem Umweltmeeting in Bogotá und habe sie persönlich mitgebracht. Sie liegen in meinem Bankschließfach.«

»Und sonst?«

»Sonst weiß nur McKinley davon, dem habe ich sie gezeigt.«

»Und die Partei?«

»Die wollen wir gemeinsam bei unserem monatlichen Round Table informieren, Ende nächster Woche.«

Oder auch nicht, dachte Prow grimmig. Er schwieg jedoch, um den vollen Druck des Gesprächs auf Asher zu belassen.

»Und woran hätten Sie im Gegenzug dafür gedacht?«, fragte Asher schließlich mit belegter Stimme, nach einer Weile drückender Stille.

»Die Bronsteen Stiftung, die wie Sie wissen viele gemeinnützige Projekte durchführt, hat soeben ein Hilfsprogramm für die Räumung von Landminen gestartet. Ich könnte Ihnen die Leitung der Firma in New Delhi anbieten, die dieses Projekt für uns durchführt.«

»New Delhi? Etwas weit weg ...« Asher schaute irritiert, da er nur an Bargeld gedacht hatte.

»Aber, es ist eine Position, auf der Sie einiges bewegen können – auch im Sinne Ihrer Partei. Und das Jahresgehalt liegt bei Hunderttausend, zuzüglich Boni und Pensionskasse. Sie wären ein gemachter Mann, Mister Asher, und leisten überdies einen wesentlichen Beitrag für die Menschen in Krisenregionen.«

»Und die Schulen dort ...?«

Jetzt habe ich dich, dachte Prow.

»Soviel mir bekannt ist, lebt seit der Scheidung nur ihr ältester Sohn bei Ihnen und die beiden anderen Kinder bei Ihrer Exfrau.«

Asher war verblüfft, wie genau man über sein Privatleben Bescheid wusste.

»Doch um die Frage zu beantworten«, fuhr Prow fort, »es gibt eine der besten englisch geführten Privatschulen in Delhi, das St. Stephen's College, mit einer Reputation ähnlich wie Havard oder Yale. Die Kosten würde in Ihrem speziellen Fall natürlich die Stiftung übernehmen.«

»Soviel sind die paar Kopien wert?« Asher konnte das Angebot noch nicht richtig fassen.

»Sagen wir so, im Moment wäre da eine Unruhe bei diesem Geschäft recht ungünstig. Außerdem ist Bronsteen großzügig mit loyalen Menschen, und so einer sind Sie ja, wie Sie selbst betont haben.«

Asher wusste nun, dass er die Gelegenheit ergreifen würde,

denn seine Finanzen waren nach der Trennung und den Unterhaltszahlungen sehr angespannt. Überdies arbeitete seine Exfrau auch in der Partei und ein Großteil der Kollegen waren auf ihrer Seite. Mit seinem Sohn längere Zeit von Amerika wegzugehen, war demnach eine gute Option. Dabei gab nur ein Problem – McKinley. Die Hände von Asher zitterten und er blickte starr geradeaus beim Fenster hinaus.

»Sie müssten mir nur McKinley vom Hals halten und dafür sorgen, dass er keine Schwierigkeiten macht«, sagte er leise. Nach dieser Bitte, gab es kein Zurück mehr für ihn, er würde mit den Konsequenzen leben müssen.

»Ihr Wunsch ist mir Befehl«, antwortete Prow mit einem hinterhältigen Grinsen, das bei Asher Übelkeit auslöste.

*

Am Beachy Head, einem steilen Felsen an der englischen Südküste bei Eastbourne, standen die zwei Suzukis von Lena und Niels hoch über dem Ärmelkanal. Die beiden saßen in einer Nische nahe der Felskante, ziemlich dicht am Abgrund, und schauten in die tief stehende Sonne, die die weißen Klippen in ein sattes Violett tauchte. Unter ihnen stand der weiß-rote Leuchtturm im seichten Wasser, als wäre die Zeit stehen geblieben.

Nachdem Niels wieder aus Belfast zurück war, hatte er Lena aufgrund des schönen Wetters – und auch um sie auf andere Gedanken zu bringen – zu einer abendlichen Ausfahrt überredet. Es war angenehm windstill und schon ziemlich warm für April. Sie genossen die Fahrt durch die Londoner Vororte und über die kleinen Nebenstraßen Südenglands, bis an die Küste.

Lena war froh, den Trubel der letzten Tage hinter sich zu lassen und beim Motorradfahren, wenn es im hohen Tempo über kurvenreichen Asphalt ging, vollkommen abzuschalten. Und sie fuhr die Maschine, als ob sie darauf geboren worden wäre. Niels war in seinen stürmischen Jahren einige Rennen gefahren, trotzdem musste er oft sein ganzes Können auspacken, damit ihn Lena nicht abhängte.

»Hast du schon eine Idee, wie du weitermachen willst?«, fragte Niels in die Stille hinein.

»Ja, ich habe heute eine Reportage geschnitten.«

»Und worum geht's?«

»Um die ungeklärte Frage, warum ein unschuldiger Fotograf sterben musste. Ich bringe auch einiges aus meiner Geschichte ein, natürlich ohne Details, und zeige, als Anlass für den Bericht, die neu entdeckten Aufnahmen der Pariser Überwachung von den beiden mysteriösen Gestalten am Motorrad.«

»Mutig! Was sagt denn Jan dazu?«

»Der weiß noch nichts davon, er hatte Nachtdienst und deshalb gestern einen freien Tag.«

»Wann gedenkst du es denn zu senden?«

Lena blickte auf die Uhr. »Es dürfte gerade laufen, wenn sie pünktlich sind.«

»Wie?« Niels pfiff leise durch die Zähne.

»Ich war heute Chef vom Dienst, und im internationalen Teil unserer Sendung hatten wir noch Platz, also alles recht günstig.« Sie lachte leise in sich hinein, schloss die Augen und lehnte den Kopf zurück.

»Lena, du wirst Schwierigkeiten bekommen«, meinte Niels mit Besorgnis, musste aber auch schmunzeln, als er Lena von der Seite betrachtete. So war sie, frontal durch die Wand, egal was nachher geschah. Ihr schmaler, fein gezeichneter Mund bekam dann einen trotzigen Zug, sie fuhr sich energisch durch die kurzen, blonden Haare und blitze einen mit ihren Augen an, die keine Widerrede akzeptierten. Er liebte es, in solchen Augenblicken in ihrer Nähe zu sein und sie zu beobachten.

Niels wandte sich ab und ließ den Blick aufs abendliche

Meer gleiten. Er war gerne mit Lena unterwegs und empfand mehr für sie, als er sich selbst zugestehen wollte. Aber sie war eben mit Jan zusammen – oder was Jan eben darunter verstand. Niels war sicher, dass Jan, verstrickt in den Konventionen seiner kontrollierten Existenz, keine Ahnung von dieser Frau hatte. Was könnte man mit ihr ...

»Du beneidest Jan wieder einmal?« Lena hatte sich aufgerichtet und lachte, als sie den Blick sah, mit dem er aufs Wasser starrte.

Niels war so in Gedanken gewesen, dass er es nicht bemerkt hatte.

»Ach was ...«, gab er sich belanglos.

Lena strich die Haare nach hinten, lehnte sich an seinen Rücken und legte den Kopf auf seine Schulter. Niels' Pullover roch noch ganz leicht nach seinem herben Eau de Toilette und nach dem Leder des Rennanzugs. Lena mochte diesen Geruch, der für sie sehr ursprünglich und männlich war. Es war ein ganz anderes Gefühl als bei Jan, mit seinem süßlichen, schweren Parfum und den dunklen Anzügen.

Beides zu haben wäre schön, dachte sie und schaute Niels an. Es wäre so einfach, aber leider war er in diesem Punkt überkorrekt. Auf irgendeine Art waren Männer kompliziert.

»Fahren wir?«, fragte Niels, stand mit einem Ruck auf und streckte sich.

»Müssen wir wohl«, antwortete Lena und kam ebenfalls hoch. Das war es nicht, was sie gerne gehört hätte.

11

Am nächsten Morgen war die frühlingshafte Stimmung des Vortags wieder in eine graue Suppe übergegangen und nieselte. Jan ärgerte sich, dass er das alte BMW Cabrio genommen hatte. Durch die Ritzen im dünnen Stoffdach zog es und an einigen Stellen tropfte der Regen sogar durch.

»Shit«, murmelte Jan, als er in der Tiefgarage der Eagle Towers ausstieg und bemerkte, dass sich über die linke Schulter seines grauen Anzugs ein nasser Fleck zog.

Dementsprechend gelaunt kam er im Büro an. Er ließ sich einen Kaffee vom Automaten holen und wollte gerade die Zeitung aufschlagen, als sein Telefon läutete. Einer der Redakteure deutete auf den Hörer und gestikuliert wild durch die Glasflächen, die die Räume voreinander abtrennten.

»Bronsteen«, kam die Stimme trocken und nicht gerade freundlich aus der Leitung. »Mister de Maas?«

Unwillkürlich zuckte Jan zusammen, er erkannte Bronsteens Stimme und wusste, dass etwas ziemlich schief gelaufen war, wenn dieser ihn mit Nachnamen ansprach.

»Ja, bitte«, gab Jan zurück und dachte fieberhaft, was denn los sein könnte.

»Können Sie mir den blödsinnigen Bericht von gestern Abend eigentlich erklären?«

Jans Hand schnellte vor zur Computermaus und durch die kurze Bewegung fuhr der Monitor des Terminals hoch, das rund um die Uhr lief.

»Was meinen Sie, bitte?«, sagte er dabei gedehnt, um Zeit zu gewinnen, und drückte auf Redaktionsarchiv und dann auf die gesendeten Beiträge.

»Ich meine die absurde Reportage über ein Komplott beim

Tod von Lady Diana ...«

Lena, durchzuckte es Jan, und gleichzeitig sah er auch schon die kurze Sendungsnotiz am Monitor und öffnete das Infofeld.

»Haben Sie Ihre Mitarbeiter nicht im Griff«, ging es unfreundlich weiter, »oder seid ihr alle schwachsinnig geworden?«

»Also erlauben Sie«, entgegnete Jan auf die beleidigende Bemerkung.

»Nein, ich erlaube nicht, dass man dem Ansehen des ganzen Unternehmens schadet«, bellte Bronsteen.

Jan spürte instinktiv, dass er sich keine Blöße geben durfte und zitierte hastig aus Lenas Notizen zur Sendung.

»Es ging nur um einen Fotografen, der ebenfalls einen Unfall hatte, und von dem nun neues Material aufgetaucht ist und von einem Komplott war überhaupt keine Rede.«

Hoffentlich, dachte er bei sich, und war zornig, dass er Lena decken musste, um bei Bronsteen nicht als uninformiert dazustehen. Am anderen Ende der Leitung brummte Bronsteen etwas Unverständliches.

»Es ist doch das Erfolgskonzept des Senders«, setzte Jan nach, »dass wir heiße Eisen angreifen und auch spekulativ sind.«

»Und wo habt ihr die Bänder mit dem angeblich neuen Material her?«

»Da müsste ich mit der verantwortlichen Redakteurin sprechen, aber sie wird die Quellen nicht nennen, auch nicht intern. Das ist ein ungeschriebenes Gesetz bei uns.«

»Und mein ungeschriebenes Gesetz ist, dass ihr in dieser Sache nicht wieder Mist baut, wie schon einmal ...«, spielte Bronsteen auf die alte Sache mit Tom Burdon an. »Wer ist diese Lena Halberg überhaupt, die den Bericht verfasst hat?«

Jan hatte sich wieder im Griff, und der Ärger gegen Lena drehte sich nun gegen Bronsteen. Was dachte der, ihn so vorzuführen, und welchen Ton schlug er seinem Chefredakteur gegenüber an.

»Eine unserer besten Journalistinnen und meine persönliche Assistentin«, sagte er deshalb in einem deutlich härteren Ton. »Die viel für den Sender leistet.«

»Sie bewegen sich auf sehr dünnem Eis.«

Damit war die Leitung tot.

Jan legte den Hörer zurück und lehnte sich auf den Tisch. Er klickte die Sendung an und verfolgte die zehn Minuten online. Er fand nichts Ungewöhnliches daran – einfach journalistisches Tagesgeschäft. Der Bericht stellte wie üblich auch die Frage nach möglichen Zusammenhängen, aber von einem Komplott war keine Rede. Jan atmete beruhigt auf und verstand nicht, warum Bronsteen deswegen anrief und so heftig reagierte, da er sich normalerweise nie persönlich um das Tagesgeschäft kümmerte.

*

Bronsteen hatte den Hörer verärgert auf die Gabel geworfen und war ins Besprechungszimmer hinübergegangen. Dort traf er sich mit Prow und Roth.

Prow gab einen knappen Bericht über seine beiden Gespräche mit den Abgeordneten von der Green Party und der gelungenen Bestechung von Asher.

»Der eine wäre also in unserem Sinne erledigt«, schloss er. »Ich habe ihm einen Vertrag als Leiter der Firma für die Anti-Minen-Kampagne in Indien in Aussicht gestellt.«

»Der richtige Job für einen Grünen, den konnte er gar nicht ausschlagen«, pflichtete Bronsteen bei. »Wieviel hast du ihm versprochen?«

»Hunderttausend Jahresgage und die üblichen Nebenkosten.«

»Mich wundert immer nur, dass man die Menschen so billig haben kann. Die Papiere sind ein Vielfaches wert. Übrigens haben wir sie schon.«

»Ja, Asher hat sie bereits vorbeigebracht. Er ist danach weggefahren, bis die Angelegenheit mit McKinley geklärt ist.«

»Gut, vernichte die Dokumente. Und David«, wandte er sich an Roth, »ich möchte wissen, wer von den Scheißkerlen in Kolumbien geplaudert hat, und dann erledige das!«

Roth, der bisher nur zugehört hatte, nickte unmerklich.

»Den kennen wir bereits, betrachte das Problem als gelöst.«

»Gut.« Bronsteen wandte sich wieder Prow zu.«Wie sicher ist die Information, dass außer Asher und McKinley niemand von den Papieren weiß?«

»Ich denke, dass Asher die Wahrheit sagt, schon im eigenen Interesse. Sie planten die gemeinsame Enthüllung beim nächsten Round Table Meeting sicher als Knalleffekt, um die eigene Position in der Partei zu stärken.«

»Hoffen wir's.«

»Was machen wir mit McKinley?«, fragte Roth. »Der ist wohlhabend und wird mit Geld nicht zu knacken sein.«

»Haben wir außer den üblichen Methoden eine andere Möglichkeit, an ihn heranzukommen?«

»Er hat bislang einen untadeligen Ruf«, warf Roth ein, »keine Kinder, keine Schulden, nicht einmal Strafzettel wegen Falschparkens.«

Auch Prow schüttelte den Kopf.

»So wie er auf meinen Vorschlag reagiert hat, wird es schwer möglich sein, ihn ruhigzustellen. Im Gegenteil, ich hatte den Eindruck, er ist noch stolz, einen Kreuzzug gegen uns zu führen.« Sein plumpes, undiplomatisches Vorgehen verschwieg Prow wohlweislich. »Und, was erschwerend hinzukommt, sein Vater ist ein anerkannter Major bei der Air Force und arbeitet im beratenden Stab im Pentagon. Er ist zwar in den politischen

Ansichten nicht der gleichen Meinung wie sein Sohn, aber wenn wir Druck ausüben, würde er auf alle Fälle zu ihm stehen.«

»Dann bleibt uns keine Wahl, und wir müssen die Sache anders erledigen und zwar vor dem Meeting der Grünen.«

»Ich rufe Z an«, sagte Roth knapp.

»Aber keine Spuren diesmal ...« Bronsteen schaute Roth direkt an und seine Stimme wurde kalt. »Keine vergessenen Videoaufnahmen Jahre später, David.«

»Der Bericht gestern in England, ich weiß.« Roth verzog den Mund. »Meine Leute haben ihn mir bereits kopiert, ich schaue ihn mir nachher an. Es gibt aber keine Verbindung zu uns.«

»Das will ich hoffen, denn im Moment wäre das heikel. Das müssen wir von vornherein unterbinden. Ich habe bereits mit Jan de Maas, dem Chefredakteur, gesprochen und ihn deswegen zurechtgewiesen.«

»Machen wir damit nicht erst recht die Pferde scheu?«, gab Roth vorsichtig zu bedenken.

»Nein, ich habe mich natürlich auf das Image des Senders bezogen und ihn an den Flop mit Tom Burdon erinnert«, schnitt Bronsteen Roths Kritik ab. »Stell lieber fest, wer diese Lena Halberg ist und welches Interesse sie als Journalistin an den alten Hüten hat. De Maas hält große Stücke auf sie.«

»Mache ich sofort.«

Bronsteen stand auf, ging zum Fenster und schaute hinaus.

»Und stell fest, ob sie mit de Maas fickt, mir hat das am Telefon so geklungen. Dann müssen wir uns um beide kümmern, falls es Probleme gibt.«

»Ich check das mit den beiden.«

»Ich dulde keine Störung, schon gar nicht aus den eigenen Reihen.«

12

McKinley rieb sich die Augen und gähnte. Ein Geräusch musste ihn geweckt haben, obwohl wieder alles still war. Er drehte sich zum Nachttisch und sah auf die Uhr – erst halb drei.

»Was weiß ich«, murmelte er. »Wahrscheinlich habe ich nur geträumt.«

Er ließ sich zurückfallen und den Kopf wieder wohlig in die Polster sinken. Sekunden später hörte er es wieder, es klang hölzern. Ein Holzbrett schlug irgendwo an.

»Verdammt«, fluchte er. Die Frau, die sein Wochenendhaus sauber hielt, hatte vergessen die Fensterläden zuzumachen.

McKinley strampelte die Decke weg und suchte im Dunkeln nach seinen Hausschuhen. Dann schlurfte er schlaftrunken in den Flur hinaus und machte Licht. Er öffnete die Türe zum angrenzenden Arbeitszimmer und kontrollierte die Fenster, sie waren aber geschlossen und auch die Fensterläden schienen verriegelt.

Da war es wieder, diesmal lauter, er hörte es ganz deutlich, es kam von draußen. Es war, als würde jemand auf ein Brett schlagen. Während er noch überlegte, was es sein könnte, drang aus dem Wohnzimmer am Ende des Flurs ein Knirschen von der Terrassentüre.

Man versucht die Türe aufzubrechen, durchzuckte es ihn. Nun war er schlagartig wach und sein Herz begann zu rasen. Das Landhaus stand hier draußen ziemlich einsam und hatte weder Telefon noch eine Alarmanlage. Es lag inmitten ausgedehnter Wälder in einem Seitental des Shenandoa National Parks außerhalb von Waynesboro. Obwohl nur zwei Autostunden westlich von Washington, war man hier fernab der Zivilisation und der alltäglichen Hektik der Großstädte.

McKinley benutzte das Haus für Ferienaufenthalte oder wenn er sich in Ruhe auf etwas vorbereiten wollte. Er war hergekommen, um sich gemeinsam mit Asher auf die Veröffentlichung der Dokumente gegen Bronsteen vorzubereiten. Asher wollte morgen nachkommen.

McKinley überlegte fieberhaft, was zu tun war. Er löschte das Licht, lehnte sich an die Wand und lauschte. Im Moment war es wieder still. Sein Handy lag auf dem Tisch im Wohnzimmer, dort wollte er nicht mehr hin, denn vielleicht war schon jemand eingedrungen. Er konnte aber von der Küche, die neben dem Arbeitszimmer lag, auf den Hof hinausklettern und es vielleicht bis zum Auto schaffen.

Er griff im Dunkeln nach seiner Kleidung, die gleich hinter der Türe auf einem Sessel lag und schlüpfte leise hinein. Dann schlich er in die Küche und spähte durch das Fenster in den Hof. Draußen schien alles ruhig zu sein, so wie immer. Er kletterte über die Fensterbank, sprang hinaus in den Hof und rannte keuchend zur Garage gegenüber.

Die ganze Zeit über stand Z am Hügel über dem Haus und blickte durch ein Nachtglas auf das Anwesen hinunter. Er hatte alles genauestens geplant, und Ashers Information, McKinley würde im abgelegenen Landhaus sein, erleichterte die Dinge ungemein.

Ein Kinderspiel, dachte Z, überdies in einer Gegend, in der er sich gut auskannte. Er hatte zwei Leute von seiner Truppe mitgenommen, um rund ums Haus Lärm zu machen. Sie sollten nicht bei McKinley eindringen, sondern nur dafür sorgen, dass er in Panik das Haus verließ. Den Rest würde Z dann selbst erledigen. Als das Licht im Haus anging, wusste er, dass McKinley wach war und er gab das vereinbarte Zeichen für den fingierten Einbruch an der Terrassentüre. Schlagartig ging das Licht wieder aus und knapp danach sprang McKinley aus dem

Küchenfenster und hetzte über den Hof zu Garage.

Z nickte, alles lief wie er vermutet hatte. Der Grüne hatte einfach nicht Mumm genug um sich zu wehren, er hatte die Hosen voll und wollte nur weg.

»Feiger Scheißkerl!« Z zerquetschte die Silben zwischen seinen Zähnen. Dann lief er den Hügel auf der Rückseite hinunter und stieg in seinen schwarzen Dogde Ram, der einen gewaltigen Rammschutz aus Stahlrohren auf der Stoßstange montiert hatte.

»Bitte spring an«, flüsterte McKinley eindringlich, als das Garagentor elektrisch zur Hälfte aufgefahren war und er den Zündschlüssel seines Toyota Prius Hybrid drehte.

Der sprang an, starb sofort wieder ab. McKinley war in Panik – er startete nochmals. Diesmal sprang der Wagen an und McKinley schoss ohne Licht aus der Garage hinaus. Dabei zertrümmerte er sich am Gestänge des Tores den rechten Seitenspiegel und streifte mit einem hässlich metallischen Geräusch die Mauer an der Ausfahrt. McKinley nahm das gar nicht richtig wahr.

Nur weg, dachte er.

Als er auf der Straße hinunter nach Waynesboro war, schaltete er das Abblendlicht ein und atmete auf. Er war schweißgebadet und seine Hände zitterten. Er wollte schon langsamer werden und seitlich der Fahrbahn halten, um sich zu beruhigen, als über der Kuppe hinter ihm Scheinwerfer aufblitzten.

Ein großes, breites Fahrzeug kam die Straße hinunter und hielt direkt auf ihn zu. Es hatte, zusätzlich zu den normalen Lichtern, noch vier Scheinwerfer am Dach des Führerhauses, die voll aufgeblendet waren. McKinley zuckte zusammen, als er begriff, dass der Truck, oder was es war, direkt auf ihn zuhielt. Er drückte das Gaspedal durch, aber der Prius kam viel zu langsam von der Stelle.

Hinten im Dodge verzog Z den Mund zu einem zynischen Grinsen, als er das Manöver sah. Er reduzierte sein Tempo soweit, dass er den Toyota nicht rammte, sondern regelrecht vor sich hertrieb. Der schwere V8-Motor des Dodge war frisiert und Z hatte keine Mühe mit dem Toyota beliebig zu spielen.

»Elektroauto«, sagte Z spöttisch vor sich hin und fuhr wieder dichter auf.

»Shit«, murmelte McKinley. Das Rammgitter nahm den ganzen Rückspiegel ein. Egal was er machte, er kam von dem Truck nicht weg. Insgeheim hasste er sich dafür, dass er aus Umweltgründen dieses Auto fuhr. Hätte ich die fette Limousine meines Vaters, dachte er, wäre ich schon weg.

Wieder kam der Dodge näher und diesmal touchierte er sein Heck. Der Toyota schleuderte etwas, ließ sich aber gut wieder einfangen. McKinley fuhr sich mit Hand über die Stirn und wischte sich erneut den Schweiß ab, der ihm in die Augen lief und höllisch brannte. Er würde es auf dieser Straße nicht bis Waynesboro schaffen, das wurde ihm klar. Er musste also eine Entscheidung treffen. Nach der nächsten langgezogenen Kurve war eine Abzweigung, die führte auf eine schmälere Nebenstraße durch den Wald, dort war eine Durchfahrt unter einer alten Steinbrücke. McKinley war diese Straße schon öfters gefahren und wusste, dass der Toyota gerade noch unter die Brücke passte. Der Truck hinter ihm war sicher zu hoch, also würde er entweder dagegenrasen oder aber zurückbleiben müssen – das war die Chance zu entkommen.

McKinley konzentrierte sich, um die Abzweigung nicht zu verpassen und die scharfe Kurve richtig zu nehmen.

Einige Male rammte Z den Toyota in der Kurve leicht, dann ließ er ihn wieder davonziehen. Keine fünfzig Meter weiter war eine Abzweigung in die alte Waldstraße. Wenn alles nach Plan lief, würde der Toyota dort abbiegen. Z verringerte etwas sein Tempo.

Genau vor der Abzweigung bremste der Toyota vor ihm scharf und der Fahrer riss den Wagen in die Kurve.

»Na also«, entfuhr es Z. Er bremste ebenfalls, wuchtete das schwere Fahrzeug um die Biegung und gab Vollgas. Nach einer kurzen Strecke hatte er den Toyota wieder eingeholt und schob ihn vor sich her.

McKinley hatte alle Hände voll zu tun, um nicht von der Straße gedrängt zu werden. Nur noch das kurze Stück, dachte er, während er sich konzentrierte, um den nächsten Stoß abzufangen.

Vorne tauchte schon die Steinbrücke auf. McKinley gab noch einmal kräftig Gas und fuhr auf die Durchfahrt zu. Im Rückspiegel sah er, dass die Lichter des Trucks abrupt kleiner wurden und der Truck nun mit voller Kraft bremste.

»Na, was machst du jetzt, Arschloch«, schrie McKinley und lachte hysterisch auf. Seine Stimme war eine Mischung aus Hass und Genugtuung. Er blendete die Scheinwerfer auf, um die schmale Passage besser zu sehen und raste hinein. Im gleichen Augenblick erstarrte er. An der Ausfahrt, am anderen Ende der Brücke, lagen Baumstämme quer über die Fahrbahn. Es schien McKinley, als würde er auf eine Wand zufahren.

Er öffnete im Schock den Mund, um einzuatmen; der Aufprall erfolgte allerdings so schnell und mit einer derartigen Wucht, dass er nicht mehr dazu kam. Innerhalb von Bruchteilen einer Sekunde bäumte sich der Toyota auf, der Motor wurde unter die Bodenplatte gepresst, und das Fahrzeug schob sich auf die Hälfte zusammen. Innen lösten zwar die Airbags noch aus, konnten aber nicht verhindern, dass ein armdicker Ast durch die Windschutzscheibe und den offenen Mund McKinleys hindurch in die Polsterung der Rücksitze getrieben wurde. McKinley sah den Ast noch kommen und wunderte sich, den Rest spürte er nicht mehr.

Z holte einen Kanister mit Benzin von der Ladefläche des Dodge und ging zu dem völlig zerstörten Fahrzeug unter der Brücke. Überall liefen Flüssigkeiten aus und dort, wo einmal die Fahrertür gewesen sein musste, lag etwas, das nach dem Teil eines Fußes aussah.

Z blickte mit einer Taschenlampe ungerührt in das Wrack hinein, dann goss er den Kanister darüber aus.

»Ihr seid alle so berechenbar«, sagte er angewidert, dann warf er ein brennendes Streichholz in den Blechhaufen.

13

»Wo warst du denn?«

Lena, die gerade gekommen war und die täglichen News der ausländischen Agenturen durchblätterte, drehte sich um. Hinter ihr stand Jan mit hochrotem Kopf. Er hatte schon auf ihr Erscheinen gewartet und war nun entsprechend aufgebracht in ihr Zimmer gerauscht, da er sie nach Bronsteens Anruf den ganzen Tag nicht erreicht hatte.

»Ich hatte frei ...«

»Aber du hast ein Telefon, oder?« Lena sagte nichts dazu. Natürlich war ihr bewusst, warum Jan sie hatte sprechen wollen, aber man muss ja nicht immer verfügbar sein.

»Was hast du dir dabei gedacht?« Jan warf das Manuskript der Sendung vor ihr auf den Tisch.

»Ich weiß nicht, was du meinst?«, heuchelte Lena.

»Heikle Sachen muss ich vorher abnehmen ...«

»Solche Reportagen mache ich laufend und habe sie bisher gesendet, ohne dass du dich überhaupt dafür interessiert hast.«

»Aber doch nicht bei einer Sache, bei der das Image des ganzen Senders auf dem Spiel steht!«

»Das Image des Senders?«, wiederholte Lena ungläubig. »Es geht um einen Zehn-Minuten-Bericht am Ende des internationalen Teils. Die meisten Zuschauer haben da bereits auf einen Film gezappt und den Beitrag gar nicht gesehen.«

»Bronsteen hat ihn gesehen, das reicht wohl.« Jan ließ sich auf einen der Besuchersessel fallen.

»Wieso weißt du, ob Bronsteen unsere Reportagen sieht?«

»Weil er mich gestern angerufen hat und darüber sehr aufgebracht war.«

»Was!?« Lena konnte es nicht fassen. »Der ruft hier an,

wegen so einer Lappalie?«

»Diese Lappalie kann uns den Kopf kosten – vor allem mich!«, betonte er. »Du weißt, wie schnell das bei Bronsteen geht.«

»Erzähle ...«

»Da gibt es nicht viel zu erzählen. Er hat ziemlich gereizt geklungen und gemeint, dass er sich solche Sachen verbiete und vor allem wollte er die Quellen wissen.«

»Und was hast du gesagt?«

»Ich habe dich natürlich gedeckt, was hätte ich denn machen sollen. Ich konnte doch nicht sagen, dass ich keine Ahnung habe. Zum Glück habe ich in der Sendeliste gesehen, dass du sehr sachlich geblieben bist und in der Reportage zumindest das neue Material zeigst.«

»Ich hoffe, du hast Tom Burdon nicht erwähnt?«

»Ich nicht, aber Bronsteen hat sofort darauf angespielt!«

»Sag, spürst du nicht, dass da was faul ist?« Lena stand auf und lief aufgeregt hin und her. »Wenn sich Bronsteen sogar persönlich einschaltet.«

»Was soll da faul sein?« Jan verzog säuerlich den Mund. Er mochte solche Auftritte von Lena gar nicht.

»Entweder er deckt jemanden oder ...« In Lena kam ein beunruhigender Verdacht hoch.

»Oder?«

Sie blieb stehen und starrte Jan an.

»Oder er hängt mit seinem Rüstungskonzern selbst irgendwie mit drinnen. Merkst du, was da vielleicht abgeht?«

»Nichts, was mit dem Sender oder deiner Arbeit hier zu tun hätte«, antwortete Jan nun beinahe unfreundlich. »Ich will deiner persönlichen Geschichte nicht nahe treten, nur verstehe ich nicht, dass du die Vergangenheit nicht ruhen lassen kannst.«

»Vergiss doch meine Geschichte«, konterte Lena, »schau dir die Dinge nur rein journalistisch an und du wirst bemerken, dass es viele Ungereimtheiten gibt.«

Jan sprang auf.

»Nein! Ich muss mich leider auf die Seite des Unternehmens stellen, auch wenn es dir nicht passt«, sagte er dezidiert und seine Stimme wurde laut, »und als dein Chef untersage ich dir hiermit, das Thema weiter zu verfolgen.«

Für Lena war das ein Moment, in dem zwischen ihr und Jan ein Riss entstand, der nicht mehr zu kitten sein würde. Nicht was er gesagt hatte traf sie, sondern auf welche Art und mit welchem Unterton. Gleichgültig wie sie sonst zueinander standen, ob sie ihn mochte, oder sich das zumindest bisher eingebildet hatte, so durfte niemand mit ihr sprechen. Sie stieß sich vom Fenster ab und setzte sich mit einem betont abfälligen Blick ihm gegenüber an ihren Schreibtisch.

»Du bist entweder absichtlich blind oder hast bereits vergessen, warum du Journalist geworden bist.«

»Komm wieder runter, es gibt genug anderes ...« Er warf ihr eine Pressemitteilung und einige Fotos auf den Tisch, die sie nur mit einem kurzen Blick streifte, aber liegen ließ. »Es gab da gestern in den USA einen Unfall von einem Politiker der Grünen. Darüber sollten wir etwas machen und ich dachte, du kannst das übernehmen.«

»Wie der Chef will«, antwortete Lena sarkastisch.

»Flieg hin und mache deine Arbeit, für die du hier bezahlt wirst.« reagierte Jan sauer auf Lenas Spitze. »Ich lege dir einen Kontakt nach New York. Es wird dich auf andere Gedanken bringen.«

»Wenn du meinst ...«

»Das meine ich allerdings.«

Lena nahm die Pressemitteilung vom Tisch. Nach dem Gespräch mit Jan war sie in der Kantine gewesen, hatte Kaffee getrunken und eine Zigarette geraucht. Nun hatte sie sich wieder einigermaßen beruhigt.

Sie betrachtete zunächst die Fotos, die bei dem Bericht lagen. Das zertrümmerte, ausgebrannte Auto schaute furchtbar aus. Dann überflog sie die Meldung, die über Mail hereingekommen war, stockte aber bereits nach einigen Absätzen. Es war unglaublich, was sie hier las. Sie begann nochmals. Hier stand, dass der Politiker, ein gewisser Paul McKinley, einen tödlichen Verkehrsunfall auf einer Nebenstraße hatte. Er war mit seinem Fahrzeug mit überhöhter Geschwindigkeit gegen einen Baum gerast und war sofort tot. Das Auto brannte anschließend zur Gänze aus.

Lena ließ den Ausdruck sinken, der Unfallhergang kam ihr wie ein Muster vor, das sich wiederholte. Das konnte kein Zufall sein. Die Morde, und sie zweifelte nicht mehr daran, dass es welche waren, mussten einen gemeinsamen Hintergrund haben. Franco hatte etwas fotografiert, wofür er sterben musste, und McKinley war anscheinend den gleichen Leuten in die Quere gekommen.

Lena spürte instinktiv, dass sein Tod nun der Schlüssel zu der ganzen Affäre sein konnte. Denn die, die Franco auf dem Gewissen hatten, waren noch am Werk. Und wenn sie herausbekäme, was McKinley vorhatte, würde sie auch erkennen, wie die Teile dieses Puzzles der Gewalt zusammengehörten.

»Na gut, Jan«, sagte Lena leise vor sich hin, »du willst einen Bericht zu McKinleys Tod? Du sollst ihn haben.«

Sie kramte in den Unterlagen nach dem Kontakt, den ihr Jan aufgeschrieben hatte. Es war die Exfrau eines US-Senators, die in New York lebte – Lisbeth Prow.

*

Das White Horse war wie immer gesteckt voll. Das berühmte Londoner Vorstadt-Pub, in einem schmucken, altenglischen

Eckhaus direkt am Parson's Green, führte eine riesige Karte mit den besten Bieren, viele davon direkt aus dem Fass. Es hatte in der Branche einen einzigartigen Ruf, und die Gäste reisten von weither an, nur um einmal an dieser Theke zu stehen.

Niels war oft und gerne hier, er mochte die Atmosphäre dieses Lokals, vor allem den Raum, der in den Innenhof führte und wie eine alte Scheune ausgebaut war, mit rustikaler Holzdecke, weißen Ziegelwänden und einem offenen Kamin. So hatte er auch, als ihn Jan anrief, um sich mit ihm zu treffen, das White Horse als Treffpunkt vorgeschlagen. Die beiden waren schon lange befreundet, trotzdem war Jan eifersüchtig auf die Motorradtouren, die Niels regelmäßig mit Lena unternahm. Umso mehr wunderte es Niels, dass Jan ihn wegen ihr sprechen wollte.

Niels sah sofort, dass etwas nicht stimmte. Jan hatte den Kragen offen, den Trenchcoat über dem Arm, obwohl der Abend recht kühl war, und an seinen geröteten Augen sah man, dass er schon getrunken hatte. Sie fanden Platz in einer Ecke, auf einer abgeschabten, rotbraunen Chesterfield-Garnitur und bestellten Bier und Brandy.

»Was ist denn los?«, fragte Niels besorgt, in einem derartigen Zustand hatte er Jan noch selten gesehen.

»Mit Lena habe ich die größten Probleme!«, sagte dieser und zog seinen Mantel aus.

»Das ist doch nichts Neues.«

»Diesmal ist es anders, ich glaube, mir geht gerade die Beziehung flöten.« Er setzte sich mit einem Seufzen. »So verrannt in einen Vorfall hat sie sich noch nie.«

»Kannst du denn gar nicht verstehen, dass Lena einer Sache nachgeht, die sie persönlich betrifft, auch wenn es dir manchmal unrealistisch erscheint?«, meinte Niels, nachdem die Getränke gekommen waren.

»Schon, nur wenn sie so weitermacht, sind wir bald beide

unseren Job los. Sie nützt ihre Position in der Redaktion dafür aus.« Er stürzte den Brandy in einem Zug hinunter.

»Es ist doch klar, dass sie das tut. Sie ist Mitarbeiterin bei einem bekannten Medium, also was liegt näher, wenn man direkt an der Quelle sitzt?«

»Es ist eine Privatsache ...«

»Was stört dich, dass es um Franco geht? Du wolltest doch eine lockere Beziehung ohne Verpflichtungen. Und jetzt bist du auf einen Toten eifersüchtig?«

»Hat sie dir davon erzählt?«, wischte Jan die Bemerkung mit einer Handbewegung weg.

»Ja, auch von der Reise nach Paris, darum versteh ich sie. Was sie herausbekommen hat, bestätigt doch ihren Verdacht, den sie seit Jahren hatte. Dann kommt noch das zufällig gefundene Material dazu, und auf einmal passen Dinge stimmig zueinander und ergeben ein ganz neues Bild.«

»Nichts, was man unbedingt in die Öffentlichkeit bringen muss.«

»Es spricht aber auch nichts dagegen. Es ist gleich wichtig oder spannend wie alles andere, das gesendet wird, und bringt sogar zusätzliche Aspekte ein. Ich verstehe dich nicht, sei doch froh, dass du eine so engagierte Journalistin im Team hast.«

Jan lächelte säuerlich.

»Bronsteen hat mich deshalb persönlich angerufen und zurechtgewiesen«, murmelte er und vertiefte sich ins Bier.

»Dann ist was dran«, überlegte Niels und wiegte den Kopf. Er spürte sofort, dass mehr dahinter steckte. »Vielleicht hat jemand interveniert, oder ...«

»Nicht du auch noch«, stieß Jan hervor.

Niels lehnte sich zurück und betrachtete Jan, der aussah, als wolle er sich betrinken, was er sonst nie tat.

»Hast du Angst?«, fragte er ihn direkt.

Jan drehte den Kopf weg, nahm einen langen Zug vom Bier

und schaute durch die Fensterwand, in der sich die vielen Besucher des vollen Lokals spiegelten, auf die Straße hinaus.

»Eine Scheißangst ...«, sagte er leise und stellte sein leeres Glas auf den Tisch.

»Aber was sollte passieren?«

»Du kennst doch Tom Burdon, der hat sich auch stark gemacht und heute ist er kaltgestellt, so gut wie tot. Nein, tot wäre besser. Der Vorfall hat mich früher amüsiert, aber seit Bronsteens Anruf kann ich darüber nicht mehr lachen.«

»Du glaubst also selbst, dass was dran ist?«

»Ich will überhaupt nichts glauben! Ich bin Chefredakteur von Eagle, Bronsteen ist mein Boss, und ich kann, was auch geschehen sein mag, an den Dingen nichts mehr ändern – das sind die Fakten. Und ich möchte den Job gerne behalten.«

»Und ich dachte, es ginge um Lena«, murmelte Niels.

14

Lena landete nach einem unruhigen Nonstop-Flug am JFK International Airport von New York. Wie so oft war der Luftraum über der Ostküste ziemlich frequentiert und sie mussten eine halbe Stunde kreisen, bevor sie endlich Landeerlaubnis erhielten.

Seit den Terroranschlägen vom 11. September waren Flüge in die USA mit ihren übertriebenen Sicherheitschecks keine Erholung mehr. So war sie froh, als sie alle Kontrollen und die mühsame Prozedur beim Immigration Officer hinter sich gebracht hatte.

Warum glauben Amerikaner, jeder möchte sofort bei ihnen einwandern, dachte sie ärgerlich, als sie mit ihrem Koffer endlich im Taxi saß.

Lena hatte im Time Hotel in der 49. Straße in Midtown gebucht, das nur einige Minuten von Lisbeth Prows Büro am Central Park entfernt lag. Sie wollte sich gerne noch etwas ausruhen vor ihrem Treffen, doch durch den zähen Verkehr in Queens kamen sie nur langsam voran. Als Lena schließlich im Hotel eingecheckt hatte, blieb ihr gerade noch Zeit sich frisch zu machen. So legte sie nur rasch ein wenig Make-up auf, schlüpfte in ihren roten Hosenanzug und beschloss, die kurze Strecke zu Fuß zu gehen. Über die Seventh Avenue waren es kaum fünfzehn Minuten, genau richtig, um nach dem langen Sitzen wieder fit und ganz munter zu werden.

Unterwegs rief sie sich aus ihren Unterlagen nochmals die Details zu ihrem Treffen ins Gedächtnis. Lisbeth Prow stammte aus einer wohlhabenden New Yorker Familie, ihr Vater war Vorstand einer Privatbank und politisch bei den Republikanern aktiv. Dort hatte sie als junges Mädchen schließlich Alexander

Prow kennengelernt und war dann fast dreißig Jahre mit ihm verheiratet gewesen. Sie hatte auch seinen Aufstieg vom kleinen Lokalpolitiker aus Tennesee bis zum Senator mitbegleitet. Nachdem der gemeinsame Sohn Bobby im Krieg in Afghanistan gefallen war, trennte sich das Paar. Obwohl das Vermögen der Prows recht ansehnlich war, kam es zur Überraschung der Presse zu keinem Rosenkrieg und der erwartete Skandal blieb aus. Ganz im Gegenteil, die Scheidung erfolgte in stillem Einvernehmen, ohne dass Details über die Einigung öffentlich bekannt wurden.

Lisbeth war danach von Washington nach New York zurückgegangen und hatte ein eigenes Büro als Consultant für Public Relations eröffnet. Sie beriet Politiker und Wirtschaftsleute bei öffentlichen Auftritten, erledigte die Pressearbeit und organisierte Meetings. Es war die gleiche Arbeit, die sie schon jahrelang für ihren Mann getan hatte, und die kleine Firma hatte mittlerweile eine Reihe von respektablen Klienten, bis in die höchsten Kreise.

Lisbeth logierte standesgemäß an einer der ersten Adressen New Yorks, dem bekannten Hampshire House, einem der elegantesten Blöcke am Central Park South – hier hatten schon Berühmtheiten wie Greta Garbo oder Luciano Pavarotti gewohnt. Lena bog um die Ecke und blieb auf der gegenüberliegenden Straßenseite stehen. Dieser wunderschöne alte Wolkenkratzer strahlte noch das Flair der Fünfzigerjahre aus. Die oberen Stockwerke waren wie eine Pyramide zurückgebaut, wodurch in einigen Etagen direkt vor den Apartments große Außenflächen blieben, die als Sonnenterrassen ausgebaut waren.

Das Haus besaß einen Empfang, der Lena anmeldete und zum Lift geleitete. Lena sah auf die Uhr, sie war pünktlich. Das Büro von Lisbeth lag in einer dieser oberen Luxusetagen und bevor Lena klingeln konnte, wurde die Türe mit einem

Summen geöffnet. Eine Mitarbeiterin begrüßte Lena höflich, führte sie durch ein langgestrecktes Vorzimmer und öffnete eine breite Doppeltüre aus Glas, die in einen Büroraum führte.

»Willkommen in New York«, sagte Lisbeth und stand von ihrem Schreibtisch auf. »Ich hoffe, Sie hatten einen angenehmen Flug?«

»Danke, ich freue mich hier zu sein.«

Lisbeth deutete auf zwei bequeme Couchen, die gegenüber vom Schreibtisch standen.

»Bitte nehmen Sie Platz. Sie werden sicher hungrig sein, wenn Sie eben erst angekommen sind. Ich habe ein paar Sandwiches und etwas zu trinken geordert.«

Lena setzte sich und blickte sich um. So lässt es sich leben, dachte sie. Der Raum war geschmackvoll und dezent eingerichtet – die Möbel waren edle Designerstücke. Die Mitte nahm ein leuchtend oranger Seidenteppich ein, und die Wand nach draußen bestand aus drei hohen Glasüren, die auf eine Terrasse führten. Dahinter lag die beeindruckende Kulisse des Central Parks. An den Wänden zwischen den Türen hingen einige zarte, japanische Tuschezeichnungen – Originale, die sicher ein Vermögen wert waren, mutmaßte Lena, die sich mit Kunst ganz gut auskannte.

»Gefallen sie Ihnen?«, fragte Lisbeth, die Lenas Blick bemerkte.

»Oh, sehr«, nickte Lena, »ich sammle Lithografien und auch Kunstfotos ...«

Bei Brötchen, Orangensaft und Kaffee unterhielten sich die beiden über moderne Kunst, Promis und Lenas Arbeit beim Fernsehen. Lisbeth war eine angenehme Gesprächspartnerin und plauderte humorvoll. Sie trug ihr graues Haar kurz und wirkte sehr gepflegt. Lena schätzte sie auf Ende fünfzig.

»Woher kennen Sie und Jan sich eigentlich?«, fragte Lena und rührte in ihrer Tasse.

»Das liegt lange zurück. Er hat an seiner Abschlussarbeit für die Uni geschrieben, einer Studie über die Beziehung zwischen Politik und Medien, und mich um Hilfe gebeten, da ich die PR für meinen Mann gemacht habe. Ich bin dann auch Schuld gewesen, dass er Bronsteen kennenlernte und bei Eagle landete.«

»Ah, das hat er mir nie erzählt.«

»Ich lud Jan zu einer Gartenparty ein, zu der auch Bronsteen kam und die beiden diskutierten nach einigen Drinks ziemlich heftig über das gezielte Manipulieren von Nachrichten durch Massenmedien ...«

Lena lachte auf und griff sich an den Kopf.

»Ja, mir war es auch unangenehm«, lachte Lisbeth mit, »vor allem wegen Bronsteen, der es nicht gewohnt ist, dass man ihm Kontra gibt. Aber er hat Jan am nächsten Tag nach Baltimore in sein Büro eingeladen und ihm einen Job angeboten – der junge Hitzkopf hat ihm imponiert.«

Was für ein Unterschied zu heute, dachte Lena, diese Seite hatte sie an Jan noch nie entdeckt.

»Aber kommen wir zu dem Zweck Ihres Besuches.« Sie hatten das Frühstück beendet und Lisbeth wurde eine Spur förmlicher. »Sie kommen wegen des Unfalls von Paul?«

»Von Mr. McKinley, ja.«

»Eine tragische Sache.« Lisbeth fiel es sichtlich schwer darüber zu sprechen. Lena ließ ihr die Pause und suchte in ihrer Tasche nach einem Notizblock. »Sein Tod geht mir ziemlich nahe, daher ersuche ich Sie, kein Tonband zu verwenden und keine Fotos zu machen. Ich gebe auch kein offizielles Interview – ich hoffe, Sie verstehen das. Aber ich helfe Ihnen gerne mit Informationen und Einzelheiten, wo ich kann.«

Lena spürte instinktiv, dass Lisbeths Kontakt zu McKinley mehr war als reine Freundschaft.

»Als ich mein Consultingbüro eröffnet habe, war Paul mein

erster Klient und gerade am Sprung zur Karriere bei den Grünen. Mir gefiel sein Engagement und so begann ich seine ganze Öffentlichkeitsarbeit zu koordinieren. Das war auch spannend für mich, denn selten hatte ich jemand so schwungvoll reden hören.« Lisbeth schaute durch die Terrassentüren hinaus auf den Central Park. »Haben Sie vielleicht eine Zigarette?«

»Ja, gerne.« Sie holte die Schachtel aus ihrer Tasche und reichte sie Lisbeth hin. Die zündete sich eine an.

»Ist zwar überall verboten in Amerika, aber was soll's.« Sie nahm einen Zug. »Gut. Also Paul und ich haben danach eine längere Zeitspanne zusammengearbeitet – bis er dann nach Washington ging. Er übernahm dort einen Ausschuss, der sich mit Landesverteidigung und Rüstung beschäftigt, und rutschte da von seinen ökologischen Ideen mehr in Richtung einer radikalen, pazifistischen Einstellung. Er war besessen davon, alles aufzudecken, was mit Kriegstreiberei, wie er es nannte, oder mit politischem Druck zu tun hatte. Das wurde sehr bald zu einem Feldzug gegen die gesamte Rüstungsindustrie – ein Kampf gegen Windmühlen, wie sie sich vorstellen können. Und gefährlich obendrein, man darf eben keine Beweise gegen die Waffenlobby sammeln.« Sie drückte die halbgerauchte Zigarette aus.

»Sie glauben, er hat etwas herausgefunden vor seinem Unfall?«

»Unfall?« Lisbeth sagte dies mit einer Mischung aus Zorn und Hilflosigkeit.

»Oder was es sonst war«, setzt Lena nach.

»Hören Sie«, Lisbeth betonte jedes Wort, »ich kann offiziell nichts dazu sagen und wir haben nie darüber gesprochen.«

»Vollkommen klar«, bestätigte Lena. Sie musste die Karten auf den Tisch legen. »Ich bin nicht nur wegen der Story hier, sondern auch in eigener Sache.«

Lisbeth verstand nicht.

»Es ist Jahre her«, erklärte Lena, »mein damaliger Freund hatte ebenfalls einen Unfall, und zwar genau den gleichen, das gleiche Muster. Auch dieser Unfall wurde nie geklärt und für mich hängen die Fälle zusammen.«

»Erzählen Sie es mir.«

Lena entschloss sich Lisbeth zu vertrauen und erzählte ihr die Ereignisse und ihre Recherchen. Als sie fertig war, ging Lisbeth zum Fenster und schaute hinaus.

»Unfassbar«, sagte sie nach einer Weile. »Da Sie mir ihre Geschichte anvertraut haben, erzähle ich Ihnen etwas über den Senator, meinen Ex-Mann, weil ich glaube, dass Sie vielleicht etwas nachgehen, die sehr heikel werden könnte.«

Lena nickte dankend.

»Prow war relativ simpel gestrickt und hatte sich, als wir uns kennenlernten, gerade für eine Karriere in der Politik und bei den Konservativen entschieden. Er hielt in seinem Wahlkreis in der Nähe von Nashville lautstarke Reden, die bei einer gewissen Bevölkerungsschicht gut ankamen. Für ihn gab es nur schwarz oder weiß, dementsprechend einfach waren seine Botschaften. Genauso ungestüm hat er auch um mich geworben und sehr bald waren wir ein Paar. Ich war noch zu naiv, um zu bemerken, dass er im Grunde genommen ein Rassist ist.« Lisbeth erzählte so, als würde sie von einer Zeit erzählen, an die sie sich nur mehr dunkel erinnerte. »Mein Vater, der angenommen hatte ich würde einen gut situierten Banker von der Wall Street heiraten, fiel aus allen Wolken, als ich ihm von meinen Verlobungsplänen mit Prow erzählte. Trotzdem organisierten wir unser Leben perfekt und hatten rasch Erfolg. Prow wurde zum beliebten Provinzpolitiker und ich war die Frau im Hintergrund, die seine Reden schrieb, seine Krawatten aussuchte und die Gästelisten zusammenstellte.«

Sie machte eine kurze Pause und setzte sich wieder zu Lena.

»Und dann trat Bronsteen in unser Leben. Er erkannte sofort, dass er mit Prow einen energetischen Politiker kaufte, der alles dafür geben würde, um an der Macht mitnaschen zu dürfen; und er gab ihm das, was Prow sich gewünscht hatte – einen Aufstieg bis nach Washington. Bronsteen machte ihn zum Senator und verschaffte sich selbst dadurch Einfluss in der Regierung. Ab diesem Zeitpunkt gingen wir getrennte Wege und unser Privatleben zerfiel nach und nach. Vorher war die Ehe zwar nicht glücklich, aber angenehm normal, würde ich sagen. Natürlich hatte Prow seine Eskapaden und Seitensprünge, aber über diese Eintagsfliegen konnte man hinwegsehen.«

»Sie hatten gemeinsam einen Sohn, habe ich das richtig gelesen?«

»Ja, der half mir auch über diese Zeiten. Es wäre so weitergegangen, wenn ich nicht dahinter gekommen wäre, dass sich mein Mann als Lobbyist von Bronsteen und dessen Konzern zu Dingen einspannen ließ, die nicht sauber waren.«

»Wissen Sie, welche?«

»Im Detail natürlich nicht, da haben die beiden sehr aufgepasst. Es waren aber sicher Deals, an der Grenze der Legalität, die Prow für den Rüstungskonzern eingefädelt hat.«

»Und Bronsteen hat mit den Eagle News auch die Nachrichten zu seinen Gunsten manipuliert«, ergänzte Lena, für die gerade eine Welt zusammenbrach, als sie erkannte, für wen sie arbeitete.

»Das würde ich ihm jederzeit zutrauen. Ich erinnere mich an einen Abend, an dem wir bei Bronsteen eingeladen waren. Ich war kurz in seinem Gästebad, um mir die Hände zu waschen, da hörte ich ihn auf der Dachterrasse telefonieren. Ich löschte das Licht im Bad und blieb neben dem offenen Fenster stehen. Er sprach mit jemandem in Übersee und fühlte sich unbeobachtet. Er sagte, dass es für die Industrie immer schwieriger würde geeignete Konflikte zu schaffen, um genügend Abnehmer zu haben. Das hat mir einen Stich versetzt. Dann sagte er noch, sein Gesprächspartner solle sich nicht selbst die Hände schmutzig machen, denn dazu hätte man ja Senatoren. Und er lachte. Ab diesem Abend hatte ich Angst.«

Lisbeth tat es sichtlich gut über all diese Dinge zu sprechen. Sie stand auf und ging wieder zum Fenster. Diesmal folgte ihr Lena und stellte sich neben sie.

»Ich war dann richtig froh«, fuhr Lisbeth nach einer Atempause leiser fort, »als Prow mit Sarah Perry, Bronsteens Protegé und Entwicklungschefin des Konzerns, eine Affäre anfing – es war der gesuchte Scheidungsgrund für mich.«

Lena deutete auf den kleinen Wandtisch neben den Terrassentüren, wo ein großes, gerahmtes Foto stand, auf dem man Lisbeth als jüngere Frau sah. Im Vordergrund war ein Junge von etwa fünf Jahren.

»War das Ihr Sohn?«, fragte sie vorsichtig.

»Bobby, ja!« Lisbeth folgte dem Blick. »Sie können es ruhig ansehen.«

Lena nahm das Bild und betrachtete es. Das Foto war auf einem Segelboot aufgenommen. Außer Lisbeth und Bobby waren noch zwei lachende Männer im Hintergrund.

»Da war die Welt noch in Ordnung. Wir hatten ein Segelboot, nichts besonderes, aber es waren die Momente, in denen mein Mann ganz mir gehörte. Und Bobby war noch da.« Lisbeth schluckte einen Anflug von Trauer hinunter. »Da hinter mir links, das ist mein Ex, und auf der anderen Seite, das ist David Roth, ein Bekannter von Bronsteen, mit dem Prow viel zusammenarbeitet und der damals mitfuhr. Ich weiß noch, dass wir uns am Tag davor gestritten hatten, weil Bobby von Roth einen Spielzeugpanzer mit Fernsteuerung bekam und ich das nicht wollte.«

»Ihr Sohn ist in Afghanistan gefallen?« Lena hoffte, keine alten Wunden aufzureißen.

»Durch Bronsteens Waffen ...« Lisbeth klang bitter.

»Was?«

»Das werde ich Prow nie verzeihen«, sagte Lisbeth leise. »Unser Sohn war bei einer Vorhut in einem Dorf in den Bergen, in dem angeblich Taliban versteckt gewesen sein sollten, und sie hatten den Befehl vorzurücken. Dort war aber niemand mehr, nur hatten die Terroristen das Gelände vermint und Bobby ...« Sie brach ab, da ihr Tränen in den Augen standen. Als sie weitersprach, bebte ihre Stimme vor unterdrücktem Zorn. »Es waren Minen von Bronsteen, die Prow Jahre zuvor den Taliban verschafft hatte. Ich habe Bobby nicht einmal zurückbekommen.«

Lisbeth stieß die Türe auf und die beiden gingen hinaus auf die Terrasse. Es war recht frisch im Freien, aber die kühle Luft, die vom Central Park heraufwehte, tat ihnen gut.

»Verstehen Sie«, fragte Lisbeth, nachdem sie sich wieder gefangen hatte, »warum ich Ihnen rate, sich vom Senator und von Bronsteen fernzuhalten? Wieso kommen Sie zu dem Schluss, dass der Unfall ihres Freundes und der von McKinley zusammenhängen?«

»Beide sind genau auf die gleiche Art gestorben – durch einen Crash, beide Autos sind ausgebrannt, vielleicht um die Spuren einer Manipulation zu beseitigen. Franco hat etwas fotografiert, was er nicht sehen sollte und McKinley hat etwas gegen Bronsteen in der Hand gehabt. Nebenbei erwähnt, auch Lady Dianas Fahrzeug konnte nach dem Unfall nicht vom Hersteller untersucht werden und sie ist öffentlich gegen die Verwendung von Minen aufgetreten.«

»Der Gedanke ist ungeheuerlich. Bitte, Sie müssen mir glauben, dass ich von derartigen Dingen keine Ahnung hatte.« Lisbeth setzte sich auf eine Steinbank, die auf dem Dachgarten stand. »Und lassen Sie die Finger davon, Kindchen. Bevor Ihnen etwas zustößt.«

»Ich kann leider nicht anders«, entgegnete Lena mit einem Gesichtsausdruck, der keinen Zweifel an ihrer Entschlossenheit zuließ. »Das Risiko muss ich in Kauf nehmen, denn ich könnte mich sonst nicht mehr in den Spiegel schauen.«

»Ich verstehe Sie gut. Ich kann nur selbst leider nicht genauso handeln. Vielleicht bin ich einfach zu feige.« Sie hob entschuldigend die Achseln. »Aber ich werde Ihnen einen Kontakt legen. Ich kenne da jemanden, von dem ich glaube, dass er Ihnen weiterhelfen kann.«

Lisbeth deutet nach drinnen und sie gingen wieder in ihr Büro zurück. Nachdem sie die Türen geschlossen hatte und sich umdrehte, hatte sie wieder ihre geschäftliche Miene aufgesetzt, so als wäre es nur ein normaler Businesstermin.

»In welchem Hotel wohnen Sie?«

»Im Time Hotel, einige Blocks von hier.«

»Gut, ich lasse Sie anrufen, ich verspreche es. Und wenn Sie etwas brauchen, lassen Sie es mich wissen.« In ihrer Stimme schwang ein wenig Angst mit. »Selbstverständlich nur inoffiziell.«

Lena schlenderte über den Broadway zurück in ihr Hotel. Sie mochte diese lebendige Straße mit den imposanten Theaterreklamen über den Eingängen und den vielen, bunten Shops. Sie war jedoch dabei die Dinge zu ordnen, die ihr nach dem Treffen mit Lisbeth im Kopf herumgingen, sodass sie nach einer Stunde vor dem Hotel stand, ohne sich an ihren Spaziergang zu erinnern.

Das Time Hotel lag mitten im Theaterviertel und war ein sehr modernes, stylisches Cityhotel. Ein wenig unpersönlich, fand Lena, die schon einige Male hier gebucht hatte, aber die Annehmlichkeiten mit durchgehend geöffnetem Fitnesscenter, perfektem Zimmerservice und einem hervorragenden, italienischen Restaurant überwogen.

Draußen begann es langsam dunkel zu werden. Lena duschte ausgiebig und warf sich dann aufs Bett, um ein wenig auszuruhen. Als sie aufwachte, blinkten von den Fenstern die Neonlichter des Broadways herüber. Sie fühlte sich gut erholt und bestellte etwas zu trinken aufs Zimmer, dann warf sie ihr Netbook an und klinkte sich ins WLAN ein.

Sie wollte Jan mit den Erkenntnissen ihrer Recherche konfrontieren. Nach seiner unfreundlichen Zurechtweisung war sie noch nicht so gut auf ihn zu sprechen und freute sich insgeheim, dass sie mit ihren Behauptungen recht hatte. Das würde ihm nicht gefallen, doch er hatte sie auf den Bericht angesetzt und sie machte nur ihre Arbeit.

Zuerst hatte sie nur vorgehabt kurz die Fakten aufzulisten, benutzte das Mail dann aber gleich, um den Stand der Dinge zusammenzufassen. Sie ging umfassend auf die Beziehung zwischen Prow und Bronsteen, den Unfall von McKinley und ihre Schlussfolgerungen zu den möglichen Zusammenhängen ein. So wurden es schließlich über drei Seiten, die fast schon eine fertige Reportage waren.

»That's it! Ob es dir nun in den Kram passt oder nicht«, murmelte sie und drückte den Send-Button. Danach ging es ihr besser, sie hatte sich einmal alles in Ruhe und ohne Emotionen von der Seele geschrieben.

Sie schlüpfte in bequeme Jeans und eine warme Jacke. Der Time Square wartete, vielleicht bekam sie noch Karten für eines der vielen Theater rundum, um sich ein wenig abzulenken.

15

Stefano Venteros wollte kein Verlierer mehr sein, das sagte er sich jedes Mal, wenn er durch die staubigen Straßen der Vororte von Santiago de Cali fuhr. In dem Viertel wo er aufgewachsen war und als junger Mann begonnen hatte, für die lokalen Kapos kleine Aufträge zu erledigen, standen die hohen Wohnklötze dicht an dicht. Schon von Jugend an hatte Ventero gewusst, was er wollte – Einfluss, Geld und vor allem raus aus Cali.

So brachte er es in kurzer Zeit vom einfachen Laufburschen der *Drug Lords* bis zum fixen Handlanger bei einem der Unterbosse. Doch der Aufstieg auf der Karriereleiter stockte bald. Venteros war fast vierzig und hatte es trotz aller Bemühungen bisher nicht geschafft, eine respektable Position zu erreichen. Dabei kannte er einige der ganz Großen sogar persönlich, wusste Bescheid über ihre Machenschaften und war in so manches schmutzige Geschäft eingeweiht.

Von der Terrasse seines Apartments schaute Venteros nachts manchmal sehnsüchtig auf die eindruckvolle Skyline der Millionenmetropole und dachte an die schicken Penthäuser und Villen.

Sein Traum war, es soweit zu bringen wie sein Brötchengeber. Der bewohnte eine schicke Hazienda aus der Kolonialzeit auf einem der umliegenden Hügel außerhalb der Stadt. Der schaffte es, nach der Zerschlagung des Kartells sein Vermögen wegzuschaffen, wechselte die Seiten und war jetzt ein seriöser Geschäftsmann. Er besaß eine Transportfirma und arbeitete für die Armee und andere regierungsnahe Kreise. Und Venteros blieb ewig der kleine Handlanger.

Doch vor einem halben Jahr war etwas geschehen, was für

ihn endlich die große Chance brachte. An seinem freien Abend hatte er sich herausgeputzt und war ins noble Hotel Sheraton gefahren. Er machte dies manchmal, um das Gefühl zu haben, auch wer zu sein. Wie üblich hatte er gut gespeist und war danach auf einen Drink an die Bar gegangen.

Im Laufe des Abends war er mit einem Amerikaner ins Gespräch gekommen, mit dem er sich blendend unterhielt, und dem er nach einigen Drinks sein Leid klagte. Zu seinem Erstaunen hatte ihm sein Gegenüber daraufhin ein unglaubliches Angebot gemacht. Der Amerikaner, der angeblich ein hohes Tier in der Politik war, bot ihm als Gegenleistung für entsprechende Auskünfte einen Neustart in den USA. Eine neue Identität, mit Namen, Haus und vernünftigem Job. Venteros, der weder Frau noch Kinder hatte, überlegte da nicht eine Sekunde.

Sie trafen sich dann Wochen später nochmals und besiegelten eine Vereinbarung: Sobald Venteros konkrete Fakten und Beweise lieferte, die halfen, die illegalen Geschäfte von Amerikanern in Kolumbien aufzudecken, lief das Zeugenschutzprogramm an.

Diese Möglichkeit hatte sich ergeben, als Venteros die Gespräche um die Lieferung von Bronsteens Container belauschte. Peinlich genau hatte er aus dem Gedächtnis das Gesagte rekonstruiert und mit allen Namen und Verbindungen niedergeschrieben. Das war seine Fahrkarte, die Vergangenheit endlich hinter sich zu lassen.

Als Z am Aragon International in Cali aus dem Airbus stieg, hatte es trotz früher Abendstunde noch fast dreißig Grad und fast hundert Prozent Luftfeuchtigkeit. Z stöhnte. Nach den kühlen Frühlingstemperaturen in Washington war es hier wie in einer türkischen Sauna. Er war froh, schon im Waschraum des Flugzeugs seine Winterkleidung gegen ein grellbuntes

Surferhemd und eine englische Short getauscht zu haben. Die anderen Sachen stopfte er achtlos in seine große Umhängtasche zu Waschzeug und frischer Unterwäsche. Mehr Gepäck hatte er auf die Reise nicht mitgenommen. Um das Outfit des Frühlingstouristen perfekt zu machen, drückte er sich beim Aussteigen noch einen zerknautschten weißen Stoffhut auf den kurz geschorenen Schädel.

Er hasste Hitze und schwor sich bei jedem Einsatz in tropischen Regionen, es würde sein letzter sein. Z wurde im Herbst sechzig und mittlerweile langweilten ihn sogar die Aufträge. Er war bei den Special Forces des militärischen Nachrichtendienstes gewesen, als sogenannter Ausputzer für heikle Rettungseinsätze. Das hieß soviel wie reingehen, alles ausschalten, was sich in den Weg stellte, und das mitnehmen, was gerade gerettet werden musste.

Auch David Roth, der damals schon beim CIA war, kannte er noch aus dieser Zeit. Seit Z seinen Militärdienst quittiert hatte, erledigte er für Roth lukrative Aufträge in Eigenregie.

Er kletterte ins Taxi und gab die Adresse seines Kontaktmannes an, den er treffen musste, um an eine Waffe zu kommen. Sie fuhren durch die abendliche Hitze und den lauten, ungeordneten Verkehr. Auch wenn sich die Stadtverwaltung redlich bemühte, die älteren Plattenbauten durch moderne, bunte Betontürme zu ersetzten, und dazwischen Grünflächen mit Palmen pflanzte, war Cali keine schöne Stadt. Wie in allen südamerikanischen Metropolen gab es auch hier mehr Menschen als Wohnraum, und die Favelas, die Armenviertel mit ihren Wellblechhütten, drängten sich dicht an teure Geschäftsstraßen.

Cali war das Zentrum des Rohrzuckers und des Kokains. Einige mächtige Familien dominierten die Region. Obwohl das berüchtigte Cali-Kartell, ehemals eines der mächtigsten Drogenkartelle der Welt, zerfallen war, spielten Drogenhandel und

Gewalt noch immer die entscheidenden Rollen in der drittgrößten Stadt Kolumbiens. Abgesehen von den heißen Temperaturen, dachte Z, ein interessanter Ort für eine stabile Auftragslage für seine Geschäfte.

Venteros war verunsichert, als er zu den Parkplätzen seines Wohnhauses einbog. Er parkte den alten Chevi auf Nummer III/37, die zu seinem Apartment im dritten von acht der üblichen Betonblöcke gehörte.

Er hatte dem Amerikaner die versprochenen Papiere und Protokolle bereits vor einer Woche übergeben und seitdem wartete er auf die vereinbarte Nachricht. Sie hatten versprochen ihn durch die US-Botschaft zu verständigen, sobald die Dinge bereit waren und die Sache anlaufen würde. Dazu bekam er ein neues, noch unbenutztes Mobiltelefon, auf welchem eine SMS eingehen sollte. Sobald die Nachricht kam, musste er laut Vereinbarung alles liegenlassen und innerhalb einer Stunde zur der Botschaft kommen. Dort würde ein US-Marshal in Zivil warten, der ihn direkt zum Flughafen begleiten würde. Ein Charterflugzeug sollte ihn dann umgehend in sein neues Leben bringen.

»Wir haben das schon tausendmal gemacht«, sagte der Ami beim letzten Treffen zuversichtlich. »Also kein Grund zur Beunruhigung.«

Trotzdem fühlte sich Venteros nicht wohl in seiner Haut. Jemand könnte das Handy entdecken, oder vielleicht kam die SMS, wenn er mit seinem Boss unterwegs war – solche und ähnliche Gedanken quälten ihn seit Tagen. Und das Warten dauerte bereits viel zu lange.

Er stieg in der neunten Etage des Wohnblocks aus dem Lift, am Gang roch es muffig und die Nachbarn hatten Fisch zum Abendessen.

»Buenos Dias, Señor Venteros!« Die Stimme sprach spanisch

ohne Akzent und kam aus dem Dunkel des Raumes hinter ihm.

Venteros, der durchs Zimmer gegangen war, um die Balkontüre zu öffnen, erstarrte. Er drehte sich langsam um und traute seinen Augen kaum. Ein großer, korpulenter Mann in Shorts und Hawaiihemd, eindeutig Amerikaner, saß an seinem Esstisch und hatte ein angebissenes Sandwich vor sich liegen.

»Es tut mir leid, dass ich mich selbst bedient habe«, sagte Z weiter auf Spanisch. »Aber ich warte schon länger und am Flug gab es nur die üblichen Plastiksnacks. Ihr geräuchertes Roastbeef ist übrigens köstlich.«

Der US-Marshal, schloss Venteros sofort, das kam aber unerwartet.

»Ja bitte, gerne«, stotterte er, »nehmen Sie nur. Hätte ich nicht eine SMS bekommen sollen?«

»Es ist doch so um vieles komfortabler für Sie.«

»Schon, aber wie sind Sie denn hereingekommen?«

»Machen Sie sich keine Gedanken, es hat alles seine Richtigkeit.«

Z stand auf, schob sich das restliche Sandwich in den Mund und stellte den Teller ordentlich in den Abwasch in der angrenzenden Küche.

Venteros machte sich auch keine Gedanken mehr, im Gegenteil, ihm war es gleichgültig, wer in seiner Wohnung war, er brauchte sie ja doch nicht mehr. Er wurde richtig fröhlich und deutete auf seine Reisetasche, die seit einer Woche gepackt im Zimmer stand.

»Okay, gehen wir, ich bin reisefertig.«

Z war mit einem langen Schritt bei Venteros, erwischte seine Hand, die nach der Tasche griff und drehte das Schultergelenk mit einem Ruck aus der Kugel. Gleichzeitig rammte er ihm eine Faust in den Nacken und drückte ihm den Kopf in die Reisetasche.

Venteros, der überhaupt nicht erfasst hatte, was mit ihm

geschah, schrie auf wie ein gequältes Tier. Die Reisetasche erstickte sein Aufheulen und nahm ihm die Luft. Er ruderte mit dem freien Arm, aber der Griff war unerbittlich.

»Ganz ruhig«, sagte Z und zog den schwer Atmenden hoch. »Gibt es noch weitere Kopien Ihrer Protokolle?«

»Wieso denn?«, gurgelte Venteros geschockt über den momentanen Angriff, dabei zitterte er am ganzen Körper. »Ich habe euch doch alles gegeben, was soll ich denn noch haben?«

Z nickte. Er sah, dass sich Venteros in einem Zustand befand, in dem er sicher nicht log. Er hob ihn wie eine Puppe in die Höhe und schob ihn zur offenen Balkontüre.

»Bitte, bitte ...«, wimmerte Venteros, dem die Beine versagten, dabei pisste er sich vor Angst und Schmerzen in die Hosen. »Man hat mir doch ein neues Leben versprochen!«

»Das könnte klappen«, sagte Z tonlos und wuchtet Venteros auf die Betonbrüstung des schmalen Balkons.

»Aber ..., aber, wenn das nicht geht, ist das okay, ich verrate kein Wort ...«, kreischte der.

»Da bin ich sicher«, bemerkte Z trocken und ließ los.

Venteros verlor das Bewusstsein, noch bevor er neun Stockwerke tiefer auf den Beton knallte. Im letzten Atemzug dachte er noch an die Worte, die sein Boss öfters gesagt hatte: Sei stets vorsichtig bei Amerikanern, Stefano, das sind alles Schweine!

16

Die Brise, die von der Nordsee hereinwehte, ließ kleine Wellen rhythmisch an die Bootsstege von Cuxton klatschen. Das flache Marschland am südöstlichen Zipfel der britischen Inseln wechselte seinen Charakter je nach Jahreszeit. Im Sommer eine grüne, dicht bewachsene Flusslandschaft, mit regem Bootsverkehr und herrlichen Sonnenaufgängen, war das nasskalte Frühjahr hier schlammig, grau und trostlos. Wie schmutzige Finger zogen sich die Wasserarme von der Küste ins Landesinnere.

An dem Kanal, der die mittelalterliche Stadt Rochester mit dem Meer verband, hatte Jan an einem der Anleger sein Kajütenboot liegen. Vom Liegeplatz aus übersah er die weiten, offenen Ausläufer des Kanals fast bis zur Mündung. Jan mochte das unwirtliche Wetter hier draußen und genoss es über den trüben, nebeligen Sund zu blicken. Es war seine Art abzuschalten und Ruhe zu tanken. Die Wärme der geheizten Kajüte und ein heißer Tee vermittelten ihm einen Eindruck von Geborgenheit. In dem zugehörigen Bootshaus konnte er im Winter auch seinen alten BMW unterstellen und falls nötig kleinere Reparaturen vornehmen.

Den Kutter hatte er von einer lokalen Fischerei gekauft und in seiner Freizeit liebevoll restauriert. Durch das klassische Ruderhaus mit enger Kombüse ging es über eine kurze steile Treppe in den Rumpf, wo Jan einen Schlafraum und eine Waschgelegenheit eingebaut hatte. Rechts und links in der Seitenwand, knapp oberhalb des Wasserspiegels, waren je drei Bullaugen. So konnte man, wenn man in der Koje lag, direkt übers Wasser sehen.

Jan hatte nach den Aufregungen der letzten Tage beschlossen, das Wochenende hier draußen zu verbringen, weit weg von Arbeit und Alltag. Am Samstagabend war Niels vorbeigekommen. Nach Jans Stimmung im White Horse hatte er gewusst, wo er ihn finden würde. Auch Jan war froh, nicht alleine sein zu müssen, und lud Niels ein über Nacht zu bleiben. Sie hatten herrlich dicke Bohnen mit Speck und Brot direkt aus der Dose gegessen und waren in warme Decken gehüllt an Deck gesessen.

Am Sonntagmorgen, nach Kaffee, Buttertoast und einer Katzenwäsche im engen Duschraum im Bauch des Bootes, machten sie einen ausgedehnten Spaziergang entlang der Kanalmündung. Als sie zurückkamen, fand Jan das Mail von Lena in seiner Inbox. Der alte Laptop an Board war die einzige Verbindung zur modernen Welt. Sonst gab es auf dem Boot weder Telefon noch Fernsehen, nicht einmal ein Funkgerät. Sogar das Handy ließ Jan abgeschaltet, um nicht gestört zu werden. Abwechselnd lasen sie das Mail, Jan mit wachsender Verärgerung und Niels mit aufkeimender Sorge.

»Für Lena gibt es nur mehr Verschwörer«, feixte Jan, als er das Mail zum zweiten Mal überflogen hatte. »Da gebe ich ihr eine simple Story über den Autounfall eines Abgeordneten, und prompt hat das wieder mit einem Komplott zu tun, in das sie sich verbohrt.«

»Du musst aber zugeben, dass die Dinge verblüffend zusammenstimmen.«

»Wenn man möchte, kann man in eine Sache alles hineininterpretieren. Und mit Lenas Augen betrachtet ist scheinbar alles ein Mordanschlag.«

»Gibt dir das nicht zu denken, dass sogar eine Frau wie Lisbeth Prow, die politisch abgebrüht ist und einiges erlebt hat, Angst bekommt?«

»Ich kenne sie seit vielen Jahren, aber verängstigt ist sie mir noch nie vorgekommen. Sicher hat sie nur belanglose Dinge erzählt, die Lena einfach überbewertet.«

»Ich kenne Lisbeth Prow auch ganz gut«, hielt Niels dagegen. »Sie würde nie etwas Belangloses sagen, schon gar nicht, wenn es um ihren Ex-Mann geht. Dazu ist sie viel zu klug. Es muss also hinter all dem eine ernstzunehmende Warnung an Lena stecken. Frauen untereinander sind da sensibler und sprechen über ihre Gefühle. Uns gegenüber würde Lisbeth das nie erwähnen.«

»Ich glaube, sie kann nur den Tod ihres Sohnes nicht überwinden und macht alle dafür verantwortlich«, versuchte Jan Niels Argumente abzutun.

»Ist doch auch klar, wenn er von einer Mine in die Luft gesprengt wurde, die die Amerikaner den Terroristen vorher verkauft haben, wie Lena schreibt ...«

»Was wir aber wiederum so nicht bringen können.«

»Es geht doch nicht um die Story, wach endlich auf!«

Jan ging nicht darauf ein und setzte frischen Tee auf.

»Nehmen wir an, es stimmt, dass bereits einige Menschen beseitigt wurden, weil sie hinter gewisse Machenschaften gekommen waren.« Niels lehnte sich an das große Holzruder und schaute hinaus in den nebligen Vormittag. »Das heißt doch, dass jemand am Werk ist, der alles aus dem Weg räumt, was eine Störung seiner Geschäfte bedeuten könnte. Und dann bedenke, was Lena da vielleicht entdeckt hat. Was folgt daraus?«

»Dass sie aufhören und sich wieder um normale Sachen kümmern sollte.«

»Du kennst Lena, das würde sie nie tun, was heißt, dass sie sich in Gefahr begibt. Und wenn sie auf konkrete Beweise stößt, ist ihr Leben keinen Pfifferling mehr wert.«

»Hört sich an, als würden wir im Chicago der Dreißigerjahre leben.«

»Da hat sich sicher nicht allzu viel geändert in gewissen

Kreisen. Hast du keine Angst um Lena?«

»Nein, weil ich nicht an die große Verschwörung glaube. Ich gebe zu, dass es da einige Parallelen gibt, aber das ist sicher Zufall. Und ich will mir schon gar nicht vorstellen, dass Bronsteen in so etwas verwickelt sein könnte. Außerdem ist er mein Boss, es geht also auch um unsere Brötchen.«

Niels starrte weiter hinaus aufs Wasser. Er verstand Jan im Moment überhaupt nicht.

*

In Lenas Zimmer im Time Hotel in New York läutete das Telefon. Sie brauchte etwas, um wach zu werden und zu begreifen, wo sie war, so tief hatte sie geschlafen. Stöhnend wälzte sie sich auf die andere Seite und sah auf den Radiowecker – er zeigte zehn vor sechs. Zu zeitig für einen Anruf, fand sie, und griff missmutig zum Telefon.

»Hallo?«

»Einen schönen guten Morgen! Miss Halberg?« Die männlich sonore Stimme am anderen Ende der Leitung klang bereits sehr munter.

»Ja?«, sagte Lena kurz angebunden.

»Hier spricht Hawk«, ging es unverdrossen weiter, »eine gemeinsame Bekannte hat mir Ihre Nummer gegeben und mich gebeten, mit Ihnen Kontakt aufzunehmen.«

»Ah, ja!« Nun war Lena wach. »Bitte entschuldigen Sie, ich bin erst gestern aus London gekommen und noch ziemlich jetlagged. Es gibt da einiges, das ich für eine Recherche in Erfahrung bringen müsste. Und zwar geht es um einen Vorfall, die bereits länger zurückliegt. Es war ...«

»Miss Halberg ...«, sagte Hawk in ihren Redeschwall.

»Ja?«

»Nehmen Sie eine der Maschinen am Vormittag vom JFK

nach Washington. Ich treffe Sie um eins im Museum für amerikanische Geschichte am Madison Drive. Bitte seien Sie pünktlich.«

»Gut, natürlich.« Für Lena ging das alles sehr schnell und sie versuchte, ihre Gedanken zu ordnen. »Wie erkenne ich Sie?«

»Keine Angst, wir werden uns nicht verfehlen. Gehen Sie einfach dem Geld nach.«

»Sagen Sie mir zumindest ...«

Er war bereits weg. Lena legte irritiert auf, war die Leitung unterbrochen oder hatte er aufgelegt? Wir werden uns nicht verfehlen, dachte sie, ich weiß überhaupt nicht wen ich treffen soll. Es läutete wieder. Lena griff diesmal schnell zum Apparat.

»Ja, wir wurden unterbrochen«, sagte sie hastig ins Telefon, »ich weiß gar nicht, wie Sie aussehen?«

»Super! Einsfünfundsiebzig, längeres Haar, Ende dreißig ...«, sagte Niels lachende Stimme aus dem Hörer.

»Ach du bist es.«

»Ich liebe deine Begrüßungen, da hört man gleich, woran man ist. Wer war der Freier, von dem du wissen wolltest, wie er aussieht?«

»Nicht wichtig. Was willst du so zeitig, außer mich vor fremden Männern retten. Es ist kaum sechs hier.«

Niels wurde ernst. Er war nach dem Frühstück bei Jan mit seinem Motorrad noch länger herumgefahren, um sich darüber klar zu werden, was zu tun sei. Ohne konkreten Plan war er mittags heimgekommen und hatte einfach zum Telefon gegriffen.

»Ich war bei Jan und habe deine Mail gelesen.«

»Zeigt er sie am Ende herum?«

»Keine Angst, wir waren draußen am Boot, es hat niemand außer uns gesehen. Ich habe bei ihm übernachtet, da er am Vorabend einiges getrunken hatte und ziemlich zerstört war.«

»Er hat Angst um seinen Job, richtig?«, sagte Lena bitter.

»Bist du darauf angesetzt, mir die Story auszureden?«

»Nein. Ich rufe an, weil ich glaube, dass du recht hast.«

»Und, weiter?«

»Deshalb solltest du sehr vorsichtig sein, Lena, und zurückkommen.«

»Ich kann schon auf mich aufpassen.«

»Willst du so enden wie der Abgeordnete von den Grünen? Mit den Leuten ist nicht zu spaßen.«

Sie ging nicht darauf ein.

»Ich muss mich fertigmachen. Ich habe einen Termin und muss einen Flieger erwischen.«

»Wen triffst du denn?« Lena antwortete nicht.

»Den Unbekannten, der dir nicht verraten hat, wie er aussieht?«, versuchte Niels einen Scherz.

»Meine Sache«, sagte sie störrisch, da sie noch immer befürchtete, Niels stecke mit Jan unter einer Decke.

»Dann sag mir wenigsten, wohin du fliegst und was du dort machst.«

»Nach Washington, und ich besuche nur ein Museum, wenn du es genau wissen willst.«

17

Die MD-82 der American Airlines setzte auf die Minute genau am Reagan Airport in Washington auf. Lena, die die Maschine in New York gerade noch erreicht hatte, blinzelte in die Sonne und streckte sich. Sie hatte nach den Telefonaten am Morgen nicht mehr einschlafen können und zumindest den Flug für eine kurze Ruhe benutzt. Sie kletterte aus der engen Sitzreihe und nahm ihre Umhängetasche. Es war ihr einziges Gepäck, sie würde am Abend wieder zurückfliegen.

Während der Fahrt mit dem Taxi über den Potomac River, vorbei am Jefferson Memorial und entlang des Jachthafens am Südwest-Kanal zeigte sich die Stadt von ihrer eindrucksvollen Seite. Die Sonne stand mittags schon hoch am Himmel und oberhalb der Brücke ragte die Spitze des Washington Monuments hinter den Grünanlagen hervor. Unten flirrte das Wasser unter den Jachten, die teilweise schon ihre erste Frühlingsausfahrt hinter sich hatten. Viele der Besitzer waren heute, am ersten warmen Sonntag des Jahres, bei ihrem Boot und putzten die Reling.

Gleich daneben, an der Constitution Avenue, lag das Museum, in dem sich Lena mit Hawk treffen würde – das *Smithsonian's National Museum of American History*, eines der bedeutendsten Archive des Kontinents. Es lag mitten im Museumsviertel, wurde in den Sechzigerjahren eröffnet und inzwischen beherbergte es über drei Millionen Schaustücke zur Geschichte und Kultur des Landes.

Lena kam sich in der weitläufigen Halle zunächst etwas verloren vor. Gehen Sie einfach dem Geld nach, hatte Hawk am Telefon zuletzt gesagt. Lena wusste nicht so recht, was er damit gemeint haben mochte. Auf einer der Verteilertafeln in der

Eingangshalle fand sie jedoch den Hinweis auf die Dauerausstellung: Stories on Money. Das konnte es sein.

Die Schau war in einem schmalen Raum im Ostflügel des Erdgeschosses. Lena durchquerte die Halle und ging in den Ausstellungsbereich hinein. Entlang der Wände waren Leuchtkästen montiert, in denen Münzen, Medaillen und Geldscheine aus allen Epochen ausgestellt waren.

Sie schlenderte durch die Sammlung. Die Räumlichkeiten waren leer, zumindest konnte sie keine anderen Besucher hier entdecken. Sie blickte auf ihre Armbanduhr – es war Punkt eins.

»Gold, damit hat alles angefangen«, sagte im gleichen Augenblick eine sonore, angenehme Stimme direkt hinter ihr. »Miss Halberg?«

Lena zuckte zusammen, sie hatte niemand kommen gehört, und wandte sich um. Hinter ihr stand ein großer hagerer Mann in einem dunklen Tuchmantel. Eine vornehme Erscheinung mit dichtem weißen Haar und einem ebensolchen gepflegten Vollbart. Obwohl seine grauen Augen vor Energie blitzten, musste er bereits an die Siebzig sein.

»Ja«, nickte Lena und machte einen kleinen Schritt auf ihn zu. »Mister Hawk, nehme ich an?«

»Gewiss.« Er machte zur Begrüßung die unmerkliche Verbeugung eines perfekten Gentlemans. Dann deutete er auf die Vitrine, vor der sie standen. »Gold! Das Wertmaß unserer Zivilisation, der zu Metall gewordene Beweis des Erfolges und die Geschichte von Gier, Krieg und Zerstörung. Aber auch der Machbarkeit von Dingen, die wir Wirtschaft nennen.«

Lena schaute auf die große Goldmünze, die auf Samt hinter dem Glas lag.

»Die einzigartige Zwanzig-Dollar-Münze aus purem Gold von 1849«, sagte Hawk, dem Blick folgend. »Die Herausgabe war eine Demonstration der Macht der Freiheit in einem

Amerika, das begann, sich selbst zum Wächter dieser Freiheit aufzuspielen. Die Münze war aber nie zur Verwendung für den normalen Menschen gedacht, so wie auch die Freiheit einer gewissen Schicht vorbehalten blieb.« Er deutete auf die Vitrine links davon. »Und gleich daneben, die meistgeprägte Münze der Weltgeschichte, der einzelne Penny. Auch wieder ein Anfang.«

Lena verstand nicht, was er damit meinte.

»Sie kennen doch den Spruch: Ein Penny für deinen Gedanken«, erklärte Hawk. »Mit diesem Satz beginnt, wenn man es genau betrachtet, das Kaufen von Ideen, Meinungen und Informationen. Nur, dass man sich heute oft vor dem Bezahlen drückt. Aber ich möchte Sie nicht mit amerikanischer Geschichte langweilen. Wie mir Lisbeth kurz erzählt hat, sind Sie nicht hergekommen, um an einer Führung teilzunehmen.«

»Und warum sind Sie hergekommen?«, stellte Lena die Gegenfrage. Bevor sie sich auf nähere Details einließ, wollte sie gerne wissen, mit wem sie es zu tun hatte.

»Ach, wissen sie, Sonntag ist ein guter Tag für einen Museumsbesuch«, lächelte Hawk charmant und strich sich über den Bart. »Aber das wird Ihnen nicht genug sein, denke ich, also gehen wir ein wenig, das fällt weniger auf.«

Sie spazierten aus der Münzkammer hinaus und gingen durch die anderen Ausstellungen des Museums, ohne aber noch größere Notiz von den Sammlungen zu nehmen.

»Ich habe lange Jahre im Weißen Haus gearbeitet«, fuhr Hawk fort, »nie in einer bedeutenden Position, weshalb ich alle Administrationen seit Jimmy Carter überlebt habe.«

»Und, was war Ihr unbedeutender Posten?«, betonte Lena fragend, um Hawk zu zeigen, dass sie sehr wohl bemerkte, wie er seine Stellung absichtlich herunterspielte.

»Ich war historischer Berater. Jemand der versucht, Situationen einzuschätzen, weil er weiß, was früher geschehen ist und wo Dinge hinführen können. So habe ich in meinem kleinen Büro die letzten dreißig Jahre beinahe unbemerkt verbracht. Ein unermüdlicher Beobachter im Hintergrund, am Rande des Weltgeschehens. Ein Gewissen der Vergangenheit, von dem man glaubt, es zu brauchen, obwohl man sich nie danach richtet.«

»Ähnlich wie der Falke in der Mythologie, der das Bindeglied zwischen Diesseits und Jenseits war«, ergänzte Lena, die vermutete, dass Hawk nicht der richtige Name ihres Gegenübers sein konnte.

»Touché«, sagte er kryptisch, mit einem feinen Lächeln um die Lippen, aber ohne darauf näher einzugehen. »Vor gebildeten Europäerinnen muss man sich in Acht nehmen.«

»Und jetzt?«

»Nun bin ich schon geraume Zeit im Ruhestand.«

»Aber doch nicht ganz«, stellte Lena fest, um auf ihr Treffen anzuspielen.

»Gelegentlich lasse ich mich noch anregen, etwas genauer hinzusehen, schon um meine Freizeit ein wenig auszufüllen. Und dabei fallen mir manchmal Dinge auf ...«

»Zum Beispiel?«

»Zum Beispiel, dass ihre Fragen bei manchen Leuten mächtig Ärger stiften.«

»Das will ich hoffen«, meinte Lena bestimmt.

»Aber riskanter Stoff«, sagte Hawk und blieb stehen. »Wenn Sie das publizieren möchten, beginnen Sie sich mit einigen grauen Eminenzen der internationalen Waffenlobby anzulegen, die im Hintergrund der Gesellschaft ihre Fäden ziehen.«

»Jemand muss die Wahrheit doch ans Tageslicht bringen.«

»Vergessen Sie dabei nur nicht, dass die Wahrheit niemals objektiv ist. Es gibt so viele Wahrheiten wie Menschen, und selbst diese verändern sich in einem ständigen Prozess. Was heute stimmt, kann morgen schon wieder falsch sein.«

»Oder auch nicht«, beharrte Lena. »Wäre der Abgeordnete etwa an diesem Abend in Washington geblieben, würde er noch leben.«

»Das hätte auch nicht geholfen. Er wäre nicht davongekommen. Wenn man über einen längeren Zeitraum im Visier von professionellen Attentätern ist, kann man dem Tod unmöglich entkommen.« Sie waren mittlerweile bis in die Ausstellung der amerikanischen Präsidenten gekommen. Hawk deutete in die Sammlung. »Lincoln, Roosevelt, Kennedy – die Liste ist lange.«

»Aber wo es Attentäter gibt, gibt es auch Auftraggeber.«

»Die bleiben anonym, geschützt im Hintergrund, da gibt es keine Chance heranzukommen. Es trifft nur die Mitläufer, die man sowieso schon kennt. Ein Bauer wird geopfert oder bestenfalls ein Läufer, wie beim Schach. Es gehört zur Natur der Mächtigen, sich durch gegenseitige Diskretion und Gesetze einer persönlichen Verfolgung zu entziehen. So werden Datenschutz und Staatssicherheit zu perfekten Instrumenten der Verschleierung.«

»Aber zu solcher Macht gehört auch ein Umfeld, das dies ermöglicht, und ich bin mir sicher, dass nicht alle Politiker gekauft sein können.«

»Nichts ist ganz sicher. Wer ist von wem abhängig, das ist der Schlüssel, an den Sie denken müssen. An die Macht zu kommen, hat nichts mit Fairness zu tun. Überhaupt seit ausschließlich das Kapital die Welt bestimmt. Wir leben in einer Zeit, in der die Regierungen ihre Länder den Interessen von Konzernen ausliefern. Und wer wird dann wohl von den Schattenleuten an die Macht gehoben?«

»Möglichst der, der in ihrem Sinne nichts blockiert«, setzte Lena trocken hinzu.

»Richtig«, pflichtete Hawk bei. »Freie Hand für die freie Produktion, dem wird alles untergeordnet – keine Kontrolle, keine Bedenken. Das ist der Motor, der uns antreibt. Damit schaffen wir die Probleme zur Seite. Vor allem mit unserer enormen Waffenindustrie, die hält die Lösungen ja bereits in den Händen. Die Voraussetzung dafür sind natürlich Konflikte, sie gehören einfach dazu, sonst machen die Lösungen keinen Sinn. Um Ordnung zu schaffen, muss es das Chaos geben. Falls nicht, erzeugt man es selbst.«

»Mit gezielten Gerüchten und frisierten Nachrichten, im eigenen Fernsehsender und in eigenen Zeitungen.« Lenas Gedanken schwirrten in ihrem Kopf.

»Aber, aber«, sagte Hawk sarkastisch neben ihr. »Sie werden noch Ihren Job aufs Spiel setzen.«

»Wenn schon«, sagte Lena trotzig.

Sie waren am Ende der Ausstellung angelangt und fuhren mit der Rolltreppe wieder hinunter in die große Eingangshalle. Hawk griff in die Innentasche seines Mantels und zog ein Kuvert heraus.

»Sie glauben doch an die Macht der Bilder?«

Lena nickte.

»Suchen Sie sich einen ruhigen Ort«, sagte er und hielt ihr das Kuvert hin. »Vor allem achten Sie auf die Dinge im Hintergrund ...«

Sie waren unten angekommen. Lena spürte, dass das Gespräch zu Ende war. Sie nahm das Kuvert.

»Wird es etwas bewegen?« fragte sie dazu.

»Wenn Sie ihre Karten gezielt ausspielen ...« Er drehte sich ihr zu. »Beweise, die vor einem Gericht halten würden, gibt es natürlich keine. Sie müssen die Öffentlichkeit benützen, selbst Gerüchte schüren und damit die Männer im Hintergrund mit ihren eigenen Waffen angreifen. Mehr kann ich Ihnen leider nicht bieten. Aber wenn Sie Glück haben, macht daraufhin jemand einen Fehler.«

»Danke.« Lena verstaute das Kuvert in ihrer Umhängetasche und verabschiedete sich. »Warum haben Sie selbst all die Jahre nichts unternommen?«

»Na ja«, grinste Hawk, »es wäre leichter gewesen, wenn man wüsste, dass das ewige Leben lebenswert ist.« Er nickte wieder fast unmerklich zur Verabschiedung und mischte sich unter die Menge. Einige Augenblicke später war er aus Lenas Blick verschwunden.

Am späteren Abend war Lena zurück im Time Hotel in New York. Sie war nach ihrem Treffen mit dem mysteriösen Hawk, oder wie auch immer sein richtiger Name sein mochte, noch etwas durch das Regierungsviertel von Washington spaziert und hatte in einem kleinen japanischen Restaurant herrliches Sushi verzehrt. Immer wieder hatte sie das Kuvert in ihre Händen genommen, um es sofort zu öffnen, hatte aber dann doch dem Wunsch widerstanden. Nun war sie an einem ruhigen Ort, wie Hawk ihr geraten hatte, und bereits zum Zerreißen gespannt.

Sie schnitt den Umschlag auf, griff hinein und zog den Inhalt heraus. Es waren Computerausdrucke von zwei Fotos, die sie in der Hand hielt. Das erste Bild zeigte eine Gruppe von Leuten, die in einer Halle vor einem Container stand. Dahinter, entlang des noch offenen Containers standen einige blaue Fässer. Zwei davon wurden soeben mit einem Gabelstapler verladen. Die Aufschriften in der Halle waren eindeutig chinesisch und die eintönig grinsenden Menschen davor waren obendrein noch chinesische Militärs. Mitten in der Gruppe stand allerdings ein größerer Mann, der sich deutlich davon abhob – Senator Prow.

»Sieht aus wie auf einer Armeestation«, murmelte Lena vor sich hin. Aber wie kam ein amerikanischer Senator alleine auf eine Basis des chinesischen Militärs?

Lena erinnerte sich an die Aussage von Hawk, sie solle die Dinge im Hintergrund beachten, und kramte in ihrer

Handtasche. Irgendwo musste das Etui mit der Lesebrille sein, die sie seit zwei Jahren hatte, von der aber außer ihr noch niemand wusste. Sie verwendete sie nur selten, aber nun erwies sie sich von Vorteil, denn neben vielen unbedeutenden Details konnte Lena erkennen, dass die Regale, auf denen die Fässer lagerten, eine Aufschrift hatten. Lena brauchte einige Zeit um die winzigen weißen Buchstaben zu entziffern – *O-Ethyl-S2*. Sie fing mit der Bezeichnung nicht viel an, musste irgendetwas chemisches sein.

Das zweite Foto, aufgenommen auf einem Pier vor einem riesigen Containerschiff, zeigte wieder Prow – diesmal mit nur einem der Chinesen. Der war Lena bereits auf dem anderen Foto aufgefallen, da er als einziger keine Uniform trug. Am Schiffsrumpf konnte man den Namen des Schiffes deutlich entziffern. Es war die MS Chien Dong – ein Frachtschiff. Hawk wollte sie mit den Aufnahmen auf einen Container auf diesem Frachter hinweisen, schloss Lena.

Niels gähnte laut und fluchte dabei hörbar, als ihn das Telefonläuten aus tiefem Schlaf holte. Er sah auf die Uhr, es war halb drei Uhr morgens. Er griff nach dem Hörer.

»Ja?«

»Hi, Niels«, sagte Lena am anderen Ende, »schläfst du schon?«

»Schon ist gut, weißt du, wie spät es ist im guten alten Europa?«

»Ja, tut mir leid, aber ich brauche dich dringend«, antwortete Lena entschuldigend. »Ich habe da etwas, wobei du mir weiterhelfen musst.«

Niels quälte sich aus dem Bett und schüttelte den Kopf. So ist sie eben, dachte er bei sich und ging in die Küche, um die Kaffeemaschine anzuwerfen. Er wusste, das Gespräch würde länger dauern.

»Was ist denn so dringend?«

»Ich habe Fotos bekommen, und da gibt es eine Aufschrift, eine Bezeichnung, die ich nicht kenne.«

»Aber, dafür kennst du eine Telefonnummer, die du jederzeit anrufen kannst«, feixte er und gähnte.

»Sagt dir die Bezeichnung O-Ethyl-S2 etwas?«

»Was willst du denn mit Giftgas?« Niels pfiff leise durch die Zähne.

»Mit was, bitte?«

»Giftgas.« Niels schlurfte mit einer Tasse durch die Küche zum Zucker, warf zwei Würfel hinein und drückte auf Espresso, um durch das starke Gebräu vollends wach zu werden.

»Erklär's mir!«, sagte Lena ungeduldig.

»Du erinnerst dich an den Film *The Rock* mit Nicolas Cage und Sean Connery?«

»Ja, und?«

»Da gibt es diese Kugeln mit der gelb-grünen Flüssigkeit, denen die beiden nachjagen. Die enthalten genau diese Substanz, besser bekannt unter der Bezeichnung VX-Kampfgas. Es ist eine Art schweres Pestizid, das aber nicht auf Insekten, sondern auf Menschen wirkt.«

»Und das ziemlich arg ...«, warf Lena dazwischen.

»Das kann man sagen. Ich habe vor einigen Jahren für einen Artikel über den Kalten Krieg dazu recherchiert. Das Zeug stammt aus den Fünfzigerjahren, als man die entsetzlichen V-Kampfstoffe entwickelte, und VX stellt die einsame Spitze dieser Entwicklung dar. Es gilt als die giftigste Substanz unter den chemischen Waffen und verflüchtigt sich nicht, wie andere Stoffe, sondern kann wochenlang am Einsatzort bleiben.«

»Wurde es je verwendet?«

»Meines Wissens nur von Saddam Hussein. Der hat es gegen die eigene kurdische Bevölkerung eingesetzt, wobei bei einem einzigen Angriff Tausende Menschen qualvoll gestorben sind. Es löst eine Atemlähmung aus, die bereits nach Minuten zum Tod führt.« Er zog sich einen Hocker hin und rührte im frischen Kaffee. »Wie kommst du denn darauf? Die Substanz gibt es heute nicht mehr, denn die Produktion ist aufgrund eines internationalen Abkommens weltweit verboten und alle Vorräte wurden zerstört.«

»Trotzdem gibt anscheinend wieder eine ganze Ladung davon, mehrere große Fässer.«

Weiter kam sie nicht. Niels, der gerade einen Schluck aus seiner Tasse nehmen wollte, zuckte zusammen und goss sich den restlichen Kaffee auf sein T-Shirt.

»Fässer!? Sagtest du, es gibt mehrere Fässer?«

»Ja.« Lena verstand nicht ganz.

»Weißt du, wieviel man braucht um tausend Menschen zu töten? Genau ein Gramm!«

Nun war Lena fassungslos und brachte kein Wort heraus.

»Wie viele Fässer?«, setzt Niels nach. »Sag schon!«

»Ein ganzer Container voll«, antwortete Lena leise mit belegter Stimme.

»Und wohin geht der?« Niels blies die Luft hörbar aus.

»Ich weiß es nicht, aber die Ladung stammt aus China und wurde auf einen Frachter mit der Bezeichnung Chien Dong verladen.«

Lena erzählte Niels in einigen Sätzen von ihrem Treffen mit Hawk und den beiden Fotos von der Verladung.

»Ich ruf dich gleich wieder an«, kam es von Niels aus der Leitung. »Ich habe da einen Kontakt bei einer Reedereiagentur in San Francisco, der ist mir noch einen Gefallen schuldig. Dort ist es jetzt Nachmittag, den sollte ich also erreichen.«

Schon wenige Minuten später war Niels wieder am Apparat.

»Ich hab die Info. Die Chien Dong fährt von China über Hawaii nach Kolumbien und laut Ladeliste gibt es zunächst einen Container aus China mit nicht näher definierten Chemikalien an eine Firma in Hawaii und dann weiter einen zweiten mit Pflanzenschutzmitteln von Hawaii nach Kolumbien, im Auftrag einer Schweizer Firma.«

»Und gibt es einen Zusammenhang bei den beiden?«

»Ja, denn beide haben dieselbe Containernummer.«

»Das bedeutet, dass in Hawaii nur die Papiere getauscht werden.«

»Exakt! Und laut Ladeliste sind es vierzig Fässer mit je 300 Litern, also zwölf Tonnen! Wahnsinn, wenn das VX-Gas ist, könnte man damit halb Südamerika ausrotten.«

»Ich habe einen auf den Fotos erkannt«, sagte Lena, nachdem sie zuerst nur von der Ladung gesprochen hatte. »Senator Prow war auf den Bildern.«

Niels schluckte. Einen Augenblick war es absolut still in der Leitung.

»Dann muss entweder der amerikanische Geheimdienst oder Bronsteen dahinter stecken«, sagte Niels nach einer Pause.

»Oder beide«, konterte Lena trocken.

»Was schwer zu beweisen sein wird.«

Nach den Telefonaten starrte Lena aus dem Fenster hinunter in die belebten Straßen New Yorks. Bronsteen muss darin verwickelt sein, dachte sie bitter, denn Prow war nur eine Marionette in dem Spiel, ein austauschbarer Läufer, ein Bauernopfer, wie Hawk es ausgedrückt hatte.

Für welches Monster hatte sie da all die Jahre gearbeitet, und was plante Bronsteen in Kolumbien mit dieser entsetzlichen Massenvernichtungswaffe? Wen unterstützte er und wie konnte er das mit seinem eigenen Gewissen vereinbaren, sofern er noch einen Rest davon hatte?

Nachdenklich wollte Lena die beiden Fotos schon in das Kuvert zurückstecken, da fiel ihr auf, dass noch ein drittes Bild in dem Umschlag war. Es war größer, leicht geknickt und deshalb steckengeblieben. Lena zog es vorsichtig heraus. Im Unterschied zu den beiden Computerdrucken war die dritte Aufnahme ein Originalabzug, ein gestochen scharfes Schwarzweißfoto. Es zeigte zwei Männer auf einem Motorrad, die irritiert in die Kamera schauten. Dahinter war unscharf, aber deutlich, der nächtlich beleuchtete Eiffelturm zu sehen.

Lenas Hände begannen zu zittern, sie wusste schlagartig, um welches Foto es sich handelte. Es war das Bild, das Franco in jener Nacht in Paris geschossen hatte und wofür er sterben musste. Nach so vielen Jahren sah sie endlich denen ins Gesicht, die Franco auf dem Gewissen hatten.

Lena drehte das Foto um. Hinten stand ein handschriftlicher Vermerk: Originalabzug, Negativ vernichtet, Sache erledigt.

»Sache erledigt«, murmelte Lena, die genau wusste, was mit dieser Bezeichnung gemeint war. Sie konnte sich der Tränen kaum erwehren. »Diese Schweine!«

Einen der beiden hatte sie sofort erkannt. Es war jener Mann, den sie erst gestern bei Lisbeth gesehen hatte, auf dem alten Bild vom Familienausflug am Segelboot. Jener Mann, der dort in bester Laune lachend neben Prow gestanden hatte. Jener Mann, der für Bronsteen arbeitete und Lisbeths Sohn einen Spielzeugpanzer geschenkt hatte – David Roth.

18

Die schweren Dieselmotoren stampften und schoben den über dreihundert Meter langen und neun Stockwerke hohen Containerkoloss durch die anrollende See. Es war schweres Wetter im nördlichen Pazifik und das Sturmtief, das über den Wake Islands hing, peitschte die Wellen meterhoch gegen den Bug der MS Chien Dong. Trotz der Größe rollte das Schiff immer wieder durch den Seegang, was eine ständige Übelkeit bei Dr. Chao hervorrief.

Er stand bei einer Reling, seitlich am Aufbau des Schiffes unterhalb der Brücke und schaute über die Containerstapel auf das eisgraue Meer hinaus. Obwohl er mit tiefen Atemzügen versuchte der Übelkeit Herr zu werden, musste er sich mehrmals übergeben, was aufgrund des böigen Sturmes Spuren auf seinem Anzug und dem Boden zu seinen Füßen hinterließ.

Es war nicht leicht gewesen, die Reederei davon zu überzeugen, dass er die Ladung begleiten müsse und er hatte dafür schon ein beträchtliches Schmiergeld aufwenden müssen. Normalerweise waren auf diesen Containerfrachtern, außer der Mannschaft und gelegentlichen Überfahrten von Angestellten der Schiffseigner – schon aus Versicherungsgründen – keine Passagiere zugelassen. Er hatte sich auf die Reise gefreut, es sollte seine erste Schiffsreise werden. Doch kaum hatten sie die Philippinen passiert und Kurs auf den freien Pazifik genommen, begann das schlechte Wetter.

Ungeachtet dessen war Dr. Chao guter Dinge. Zwischen den Übelkeitsattacken spielte er mit dem Gedanken in Südamerika zu bleiben. Natürlich nicht in Kolumbien, denn er wusste genau, welche Substanz in den Fässern war und was sie anrichten konnte.

Das Geschäft, das er für die korrupte chinesische Armee zustande gebracht hatte, machte auch ihn zum reichen Mann. Er hatte für Prow bereits einiges in Asien eingefädelt, aber dieser Deal war in jeder Hinsicht außergewöhnlich. Dreißig Millionen Dollar waren für die Chemikalien und die Diskretion bezahlt worden, und drei davon waren als Provision auf Chaos Konto in Panama gelandet. Eine Summe, von der niemand wusste, denn offiziell bekam er von seinen Armeefreunden zwanzigtausend chinesische Yuan für die Vermittlung ausbezahlt, was gerade einmal dreitausend US-Dollar waren. Dass er damit an einer Unzahl von Toten mitschuldig werden würde, störte ihn keine Sekunde.

Unten am Containerdeck wechselte wieder die Wache. Im Rhythmus von vier Stunden gingen Mitglieder des Deckpersonals ihre Runden durch die endlosen Reihen und kontrollierten die Befestigungen und Verankerungen der Ladung. Es war kaum zu glauben, aber das riesige Schiff fuhr nur mit sechzehn Mann Besatzung. Dr. Chao entschloss sich, wieder den warmen Mannschaftsraum neben der Schiffsküche aufzusuchen, da er trotz seiner dicken Kleidung bereits empfindlich fror. Er fürchtete zwar den Geruch von Essen, der die Übelkeit erneut hochkommen ließ, hoffte aber, dass ein Tee mit etwas Alkohol seinen Magen beruhigen würde.

»Etwas kühl am Sonnendeck?«, scherzte der Schiffsingenieur, als er das blassgrüne Gesicht Chaos sah. Er verbrachte gerade seine Freizeit bei Eintopf und Bier in der Messe.

»Ja, ja.« Dr. Chao wollte kein Gespräch beginnen, sondern versuchte nur, dem Geruch des Essens auszuweichen und setzte sich auf eine Bank am anderen Ende des Raumes. Er nickte dem Steward zu, der die Situation sofort überblickte und heißen Tee mit Rum brachte.

Langsam kehrten Chaos Lebensgeister zurück und der Rum sorgte für eine bessere Laune. Chao fühlte sich wieder stärker und auch das Ende des Sturms war schon vorhergesagt. Es würde für einige Tage also doch noch eine Art Kreuzfahrt werden.

Dr. Chao beschloss nun endgültig, nicht mehr nach China zurückzukehren. Sollten die unfähigen Politiker und die korrupten Generäle doch selber schauen, wie sie ihre Sachen loswurden. Er würde das Giftgas abliefern und hoffte bereits in Panama bei seinen Millionen zu sein, bevor in Kolumbien der Wahnsinn anfing. Den musste Prow schon alleine verantworten.

*

Dieser stand zur gleichen Zeit in seinem Büro in Washington und blickte auf den Regents Park hinunter. Er wusste nicht so recht, wie er sich in der nächsten halben Stunde verhalten sollte. Lena Halberg, die Journalistin aus England, von der schon bei Bronsteen die Rede war, hatte sich wegen eines Interviews angemeldet. Es war ihm überhaupt nicht recht, dass diese Person wegen des Unfalls von McKinley überall herumstocherte, immerhin hatte sie diesen unangenehmen Bericht über die alte Sache in Paris gemacht. Aber Prow wollte auch keine Angriffsfläche bieten und beruhigte sich damit, dass Bronsteen seine Leute mittlerweile wieder im Griff haben würde.

Lena war mit dem gleichen Flug in Washington gelandet, wie schon am Tag zuvor. Sie hatte sich am Morgen kurzerhand entschlossen, die Konfrontation mit Senator Prow zu suchen, in seinem Büro angerufen und einen Termin fixiert. Sie war sicher gewesen, dass Prow für eine Journalistin von Eagle zu sprechen sein würde, und hatte recht behalten. Für Lena hieß dies, Prow war unsicher und wollte sich nicht mit Bronsteens Fernsehsender anlegen. Sie machte es wie Hawk es ihr vorgeschlagen hatte und benützte ihre Position, um den Spieß umzudrehen.

Es war Lena klar, dass sie einen heiklen Weg einschlug, aber sie musste irgendwo einhaken, und der Senator war das schwächste Glied der Kette.

»Ich bin erfreut, dass Sie mit mir sprechen wollten, da ich seit dem Beginn meiner Karriere ein großes Herz für die Presse habe. Es ist schade, dass wir uns erst jetzt kennenlernen, nachdem Sie schon längere Zeit für Eagle arbeiten, einen Konzern, mit dem mich ja ebenfalls einiges verbindet.«

Prow ließ seinen ganzen Südstaatencharme spielen. Er saß mit aufgeräumtem Lächeln an seinem Schreibtisch, betont entspannt zurückgelehnt und hatte seine Hände vor seinem Bauch gekreuzt. Dabei drehte er verspielt seinen auffälligen Yale-Ring mit blauem Stein um den rechten Ringfinger.

Die Sekretärin hatte Kaffee und Backwerk gebracht, das Getränk war amerikanisch dünn und die Kekse hart, und Lena hatte einen Notizblock vor sich liegen und auch ein Diktaphon eingeschaltet.

»Sie werden mich doch nicht festnageln wollen«, versuchte Prow einen Scherz, über den er selber lachte, mit einem Wink auf das Aufnahmegerät.

»Es dient nur der Erinnerung«, sagte Lena mit einem Anflug von Zynismus in der Stimme, »ich möchte doch keines Ihrer Worte missen.«

Wieder lachte Prow, doch nun wirkte es eher gekünstelt.

»Sie haben den Politiker der Green Party gekannt«, eröffnete Lena das Gespräch.

»Flüchtig, ja, aber ich habe erst aus der Zeitung seinen Namen erfahren. Der Senat ist groß und die meisten Abgeordneten geben dort nur ein kurzes Gastspiel.«

»Eigenartig, da er doch mit Ihrer Frau eng befreundet war«, schoss ihn Lena an.

»Exfrau«, betonte Prow spitz und wich der Bemerkung aus. »Ich bin über ihr jetziges Leben nicht mehr informiert. Da müssten Sie also bei ihr nachfragen.«

»Das habe ich getan«, meinte Lena trocken, »und es war ein sehr aufschlussreiches Gespräch ...«

Prow stockte kurz. Er wusste nicht so recht, wie die Bemerkung gemeint war und begann, um vom Thema abzulenken, ausführlich über seine Tätigkeit als Senator zu sprechen.

Lena nippte von dem Kaffee, tat interessiert und stellte nur kurze Zwischenfragen. Daneben machte sie sich einige Notizen und wechselte einmal die Speicherkarte des Diktaphons.

Prow atmete innerlich auf, denn das Interview verlief angenehm belanglos. Die vereinbarte Gesprächszeit war beinahe vorüber, es wurde also Zeit die Audienz zu beenden. Er blickte mit Nachdruck auf seine goldene Armbanduhr.

»Gibt es sonst noch etwas, das Sie gerne wissen möchten?« fragte er in einem abschließenden Tonfall, dabei stand er auf, nahm von einem Regal hinter seinem Schreibtisch ein Flasche mit Brandy und goss sich ein großes Glas ein.

»Ihre Ausführungen über die vielfältigen Tätigkeiten im Senat waren sehr spannend«, bedankte sich Lena höflich. »Und wie war das Wetter in China?«

»Ach, genauso unfreundlich wie hier, und ziemlich ...« Mitten im Satz erstarrte Prow. Die Frage war so beiläufig und unvermittelt gekommen, dass er sie automatisch beantwortet hatte. Lena hatte ihn kalt abgeschossen, ein schwerer Fehler. Seine Nackenhaare sträubten sich fühlbar in einem Anflug von Unbehagen, und er musste sich zwingen die Brandyflasche ohne sichtbare Reaktion zurückzustellen. »... ziemlich eigenartige Frage. Wie kommen Sie darauf?«

»Nur so, aus Interesse, ich dachte nämlich, dass die Waffenlobby nur mehr in Pakistan und Korea produzieren lässt. Die amerikanischen Beziehungen zu China sind seit den Verträgen mit Taiwan doch eher belastet.«

»Was faseln Sie denn da?«, sagte er nun verstimmt. »Ich war zu inoffiziellen Annäherungsgesprächen dort, es ging um bilaterale Sicherheitsfragen. Um eben für ein gutes Klima zu sorgen.«

»Für Bronsteen und seinen Rüstungskonzern?«

»Nein, was sollte denn Bronsteen mit China zu tun haben?«, versuchte er mit einer Gegenfrage auszuweichen.

»Der Besuch war also im Auftrag der Regierung?«

»Nein, verdammt«, bellte er, »ich sagte, es war inoffiziell.«

»Aber für irgendjemanden werden die Gespräche doch gewesen sein«, ließ Lena nicht locker.

»Übertreiben Sie es nicht, ich kann Ihnen darüber beim besten Willen nichts erzählen, schon aus Gründen der Staatssicherheit.« Prow machte eine unwillige Handbewegung, um das Thema zu beenden. »Aber glauben Sie mir, es war keine Erholungsreise.«

»Das dachte ich mir schon, denn auf einem Frachtschiff wie der Chien Dong macht man üblicherweise keine Kreuzfahrt«, stieß Lena nach und zog eine Fotokopie des Bildes aus der Tasche, das Prow mit Dr. Chao am Pier vor dem Frachter zeigte.

»Ist der Herr neben Ihnen ein chinesischer Regierungsbeauftragter?«, fragte sie mit gespielt unschuldigem Tonfall und deutete auf Chao.

Prow erkannte das Foto sofort, es war die Aufnahme von Fräulein Huan-Jiao, der verdammten Übersetzerin. Er versuchte die Sache herunterzuspielen.

»Das darf ich Ihnen nicht sagen. Außerdem ist dies nur ein Privatfoto! Wo haben Sie das her?« Er richtete sich auf und wurde mit einem Schlag hitzig und unbeherrscht.

»Quellen sind tabu in unserem Geschäft, genauso wie in Ihrem«, schüttelte Lena nur den Kopf.

»Ihr Benehmen wird ein Nachspiel haben«, drohte er Lena und blickte sie von oben herab an.

»Das hoffe ich.«

»Da hoffen Sie richtig. Denn Sie können versichert sein, dass ich als gewählter Senator nur zum Wohle des Staates agiere. Glauben Sie, die Sicherheit des Landes zu erhalten ist einfach? Es ist ein heikles Geschäft, aber einige Personen glauben, sie wissen alles besser.« Seine Augen wurden giftig. »Meistens sind dies schlecht informierte Journalisten, die hinter allem etwas vermuten, das sie aufdecken müssten.«

Er riss die Fotokopie vom Tisch, zerknüllte sie und warf sie in den Papierkorb.

»Also kommen Sie mir nicht mit lächerlichen Aufnahmen. Sie haben keine Ahnung von meinem Geschäft und stören nur Bemühungen, die zum Wohle der Bürger sind.«

»Ich denke, da handelt es sich in erster Linie nur um einige wenige Bürger, nämlich um die, die selbst von diesen Bemühungen profitieren ...«

»Lächerlich!«, warf er verärgert dazwischen.

»Ein kleiner Umsturz, irgendwo weit weg, wo es niemanden stört, schafft viele neue Kunden. Wichtig vor allem, wenn im eigenen Land langsam die Mittel knapp werden. Südamerika würde sich da eventuell anbieten ...« Lena trieb ihn vor sich her.

»Ich möchte Ihnen dringend empfehlen, andere Menschen nicht mit solch unsinnigen Anspielungen zu langweilen.« Jede Freundlichkeit war aus Prows Gesicht wie weggewischt. Seine Stimme war nun laut und grob. »Ihr Leben als Journalistin wird nicht mehr lange dauern, wenn Sie weiter solch absurde Sachen behaupten, da können Sie sicher sein, dafür könnte man sorgen!«

Nun kam die andere Seite von Prows Persönlichkeit zum Vorschein, seine spontanen Anfälle von Zorn. Es war die Eigenschaft, die viele Menschen in seinem Umfeld einschüchterte und so auch seinen Aufstieg vom kleinen Provinzpolitiker zum Senator beschleunigt hatte.

Nur auf Lena wirkte sein Ausbruch nicht. Sie wusste, dass sie auf der richtigen Fährte war, und schaute ihn ungerührt an.

»Ich behaupte gar nichts. Ich stelle bloß Fragen. Zum Beispiel, wer von dem Geschäft profitiert, das Sie in China eingefädelt haben?«

»Sie sollten gut aufpassen, wo diese Fragen hinführen. Wer solche Fragen stellt, den wünscht man leicht zum Teufel. Da steht man rasch auf einer Abschussliste und dann – addio!«, fuhr er sie an.

»So wie der Grüne Abgeordnete?«, konterte Lena scharf.

Prow wusste sofort, dass seine unbeherrschte Bemerkung ein zweiter schwerer Fehler gewesen war.

Lena triumphierte innerlich, genau darauf hatte sie abgezielt. Sie setzte nach, bevor er sich erholen konnte, und ließ alle Vorsicht fahren.

»Oder möchten Sie gerne weiter zurückgehen, zu einem Fotografen in Paris, der ein Motorrad aufgenommen hat, übrigens ein gestochen scharfes Bild. Und vielleicht war ja noch jemand im Weg, der öffentlich Stimmung gegen Landminen machte«, spielte sie auf Lady Diana an. »Das warf doch sicher ein schlechtes Licht auf die Sache und niemand wollte sich mehr an dem Dreck die Finger verbrennen.«

Lena genoss es, Prow die Sachen ins hochrote Gesicht zu schleudern. Jedes Mal, wenn er versuchte etwas zu erwidern, setzte sie noch eins drauf.

»Da musste natürlich etwas geschehen. Selbstverständlich nur im Interesse der Staatsräson! Haben Sie das auch eingefädelt? Dann, denke ich, sitzen Sie genauso in der Scheiße wie Ihre feinen Herren, wenn die Dinge ans Tageslicht kommen. Seltsam ist nur, wie sich die Unfälle gleichen, Sie sollten da vielleicht einmal über einen Mitarbeiterwechsel nachdenken.«

Der Kragen von Prows Hemd war durchgeschwitzt, und er rang innerlich nach Fassung. Er nahm einen kräftigen Schluck von dem Brandy. Für einen Augenblick lag eine lastende Stille im Raum.

»Ungeheuerlich«, krächzte er schließlich und wies zur Türe. »Scheren Sie sich raus!«

Während Lena ihre Sachen wortlos in die Tasche stopfte, fing sich Prow wieder ein wenig. Er wusste, er konnte die Dinge so nicht im Raum stehen lassen. Er musste zumindest den Versuch machen, ihre Aussagen als absurd abzutun und etwas sagen, was seine Fassungslosigkeit über ihre Attacke überspielte.

»Wenn Sie einem so empörenden Komplott auf der Spur sind«, versuchte er deshalb umzuschwenken und einen spöttischen Unterton anzuschlagen, was ihm aber kläglich misslang, »müssten Sie sich an eine andere Adresse wenden. Vielleicht sollten Sie einmal direkt bei der CIA um ein Interview ansuchen ...«

»Gute Idee! Glauben Sie, dass David Roth für ein Gespräch zu haben wäre? Oder ist er gerade wieder auf einer Motorradtour?«

Prow starrte sie an, unfähig noch etwas zu sagen.

»Danke für das aufschlussreiche Interview«, sagte Lena im Gehen. Dann konnte sie es sich nicht verkneifen, die oft missbrauchte Formel hinzuzusetzen: »Und: God bless America, Herr Senator ...«

19

Prows schwarzer Hummer S2 bog auf den Parkplatz des Narrows ein, dem besten Restaurant für frische Krabben und Seafood, wie Prow fand. Das Lokal lag ganz in der Nähe seiner Privatresidenz, direkt an der Ostküste von Maryland, und war schon deshalb sein bevorzugter Treffpunkt.

Er stellte den Hummer neben den perlmuttweißen Porsche Boxter ab, der seitlich des Eingangs stand – es war der von Sarah. Ein Spielzeug neben seinem Zweitonner, wie Prow oft verächtlich witzelte. Er nahm mit Genugtuung zur Kenntnis, dass Sarah schon auf ihn wartete. In seinem Denken war es ein Zeichen von Stärke, wenn man andere auf sich warten ließ. Und heute, nach dem schief gelaufenen Gespräch mit dieser Lena Halberg, tat ihm das besonders gut.

Sarah, wegen Prows Verspätung ziemlich verstimmt, saß bereits beim zweiten Aperitif. Sie fand ein derartiges Verhalten weder ihrer Position als Entwicklungschefin eines Weltkonzerns angemessen noch als Frau akzeptabel. Natürlich war ihr klar, dass Bronsteen von ihr erwartete, den Senator im Sinne der Geschäfte entsprechend bei Laune zu halten. In letzter Zeit behandelte Prow sie aber wie sein Eigentum, und Sarah freute sich auf den Tag, diesem derben Südstaatler die Rechnung dafür zu präsentieren. Sie hätte sich nie für diese Beziehung benützen lassen sollen, dachte sie oft mit Verbitterung, kam aber aus der Affäre auch nicht mehr heraus, ohne Bronsteen gegen sich aufzubringen. Trotzdem war sie im Moment in der Stimmung für eine heftige Szene.

Als Prow jedoch das Restaurant betrat und auf den reservierten Tisch zusteuerte, bemerkte sie sofort, dass etwas nicht in seinem Sinne gelaufen war. Er hatte diesen verbissenen

Ausdruck um seine Lippen – wie immer, wenn er innerlich kochte. In solchen Momenten neigte er dazu, unbeherrscht wie ein wildgewordener Bulldozer alles niederzuwalzen, besonders wenn er schon etwas getrunken hatte. Sie änderte also ihre Taktik, schluckte ihren Groll mühsam hinunter und probierte ein artiges Lächeln.

»Hat dich etwas verstimmt?«, versuchte sie verständnisvoll zu hinterfragen.

Prow machte nur eine unbeherrschte Handbewegung und setzte sich an den Tisch, ohne ein Wort darüber zu verlieren.

»Verzeih, ich weiß, du sprichst nicht gerne über deine Arbeit«, sagte Sarah und stand auf. »Ich mache mich nur kurz frisch, dann können wir bestellen.«

Als sie nach einigen Minuten wiederkam, hatte Prow für sie bereits ein Lachsfilet im Parmesanmantel und für sich selbst Rindsmedaillons mit Pilzsauce und den unvermeidlichen Pommes frites bestellt. Dazu gab es eine Platte mit Muscheln als Vorspeise und Rotwein.

»Danke, genau darauf hatte ich Lust«, nickte Sarah und unterdrückte die Bemerkung, dass sie Lachs nicht besonders mochte.

»Sorry, dass ich so spät erst hier bin«, sagte er und versuchte, wieder etwas freundlicher zu sein, »aber diese verdammte Journalistin war bei mir im Büro und ich war nach dem Gespräch so außer mir, dass ich erst meine Gedanken ordnen musste.«

»Welche Journalistin?«

»Diese Halberg aus London.«

»Ah, habe ich schon mal gehört, die stochert doch in irgendeiner alten Geschichte herum?«

»Nicht nur ...«

»Aber, arbeitet die nicht auch für Bronsteen?«

»Genau das ist ja die Impertinenz.« Langsam kam sein Zorn

wieder hoch und er wurde lauter. »Diese kleine Hure sitzt in eurer Fernsehredaktion und glaubt, mir das Messer ansetzen zu können.«

»So schlimm wird's schon nicht sein, Bronsteen wird sie sicher zurückpfeifen.« Sarah sprach beschwichtigend, ihr war Prows Benehmen in dem vornehmen Lokal äußerst peinlich.

»Die macht mir nicht den Eindruck, dass sie den Mund halten wird. Überdies gibt's da ein Sicherheitsproblem, denn irgendwer hat über die aktuelle Lieferung gequatscht.«

»Was wusste sie denn?«

»Gib Ruhe und lass uns zu Hause darüber sprechen«, unterbrach Prow, der Angst hatte, unliebsame Zuhörer zu haben.

Die Bedienung brachte die Vorspeisen. Prow schaufelte sich eine handvoll Muscheln auf seinen Teller und aß ohne weiter mit Sarah zu sprechen. Dazu leerte er die Flasche Rotwein beinahe alleine.

Es war schon dunkel, als sie in Prows feudaler Residenz ankamen. Das geräumige Haus, in dem zwei Familien Platz gefunden hätten, bewohnte er seit seiner Scheidung von Lisbeth ganz alleine. Mehrmals wöchentlich kam ein älteres Ehepaar und hielt das Haus in Schuss – der Mann pflegte den Garten und kümmerte sich um den Pool, die Frau füllte den Eisschrank und kochte gelegentlich.

Das Anwesen befand sich auf einer Halbinsel in Queenstown, die an einen Seitenarm der Eastern Bay liegt. Die Einfahrt war bis zur Garage von einigen schlanken Bäumen flankiert und am Vorplatz vor dem Hauseingang stand ein achteckiger Holzpavillon. Der war Lisbeths Idee gewesen, als sie das Haus renoviert hatten, und gab im Sommer die Möglichkeit offizielle Gäste zu empfangen, die man nicht ins Privathaus führen wollte.

Im großen Garten, der zum Wasser führte und einen eigenen

Anlegesteg für Boote hatte, war ein halbrunder Säulengang aus weißen Marmorpfeilern angelegt, der auf einem Platz mit einer antiken Statue endete. Die Anlage wirkte unpassend zum Stil eines modernen Landhauses, aber sie entsprach Prows Vorstellung eines herrschaftlichen Parks. Lisbeth hatte sich jahrelang dagegen gewehrt, dafür ließ Prow dann sofort nach der Scheidung den Architekten kommen und die Säulen aufstellen.

Der große Wohnsalon war nur wenig möbliert. Mit seinen weiß verputzen Wänden und den braunen Bodenfliesen wirkte er fast so unpersönlich wie eine Hotelhalle. Vor einem offenen Kamin, der nie geheizt wurde, standen zwei Sofas aus dunklem Tropenholz und dazwischen lag ein heller Berberteppich. Auch bei den breiten Türen, die nach draußen in den Garten führten, fehlten Vorhänge, die Prow nur als unnötigen Schnickschnack abtat. Man spürte sofort, dass keine Frau in dem Haus lebte.

Es war ungemütlich und Sarah lehnte mit einer Tasse heißen Tees neben dem kalten Kamin. Prow schwitzte, wie meistens wenn er ziemlich geladen hatte und sich der Alkohol bemerkbar machte, bediente sich aber weiterhin reichlich aus der Bar, die die halbe Wand neben der Türe einnahm.

Sarah bemerkte, während er von Lenas Besuch und ihren Andeutungen erzählte, dass ihn der Besuch vollkommen aus der Fassung gebracht hatte. Vor allem das Foto der Übersetzerin von der Verladung hatte ihn gänzlich verwirrt.

»Woher hat sie das? Da muss eine undichte Stelle sein, ein lausiger Verräter, der alles der Presse in die Hände spielt. Ach, wie ich dieses nutzlose Pack hasse.« Es war nicht klar, ob sich diese Einschätzung auf Verräter oder auf Journalisten bezog. »Die kommen gleich nach den beschissenen Grünen und den Niggern.«

Seine Augen wurden schmal, seine Stimme zitterte vor Hass und er kam mit zwei unsicheren Schritten auf Sarah zu. Dabei stocherte er mit dem Zeigefinger in die Luft.

»Aber ich bin nicht derjenige, der für euch ins Gras beißt, das schwöre ich dir. Ich reiße euch mit, ich reiße euch alle mit. Ich bin der Senator, falls du das vergessen hast!«

Sarah nippte vom Tee und ließ seinen Anfall von Rage über sich ergehen.

Prow nahm einen tiefen Schluck und starrte ins Glas. Als er wieder hochblickte flackerten seine Augen unsicher und sein Tonfall wurde ansatzlos weinerlich.

»Die ganze Arbeit geht kaputt. Die Anstrengungen von zwanzig Jahren schuften. Was soll ich denn machen, wenn Bronsteen seine Leute nicht im Griff hat? Die kommt zu mir, kotzt mich an, stellt mich als Untier hin und anscheinend darf sie das.« Er streckte seine Hände aus und torkelte in ihre Richtung. »Sarah, sei wenigstens du nett zu mir ...«

»Denk nicht mehr daran«, sagte Sarah, stellte ihre Tasse ab und ging zu ihm hinüber. Sie wusste, es kam das Unvermeidliche und wollte es möglichst rasch hinter sich bringen. »Lass dich auf andere Gedanken bringen ...«

Prow knallte das Glas auf die Bar, sodass es laut klirrend über die Marmorplatte rollte und wand sich aus seinem Sakko. Die Aussicht auf Sex hob seinen Adrenalinspiegel, die miese Laune war vergessen. Er küsste Sarah fest und mit weit offenem Mund. Nachdem er ziemlich angetrunken war, atmete er dabei heftig. Er schmeckte noch immer nach Muscheln, Wein und Pommes frites. Seine vom Essen leicht klebrigen Lippen erinnerten Sarah an die dicken Fettränder, die Prow auf Gläsern hinterließ, wenn er zwischen dem Essen vom Wein trank. Sie kam sich im Moment genauso vor wie eines dieser Gläser.

Er warf sie auf die Couch vor dem leeren Kamin und machte sich gar nicht erst die Mühe, etwas auszuziehen. Er ließ nur seine Hose auf die Knie rutschen und dann kam er über sie.

Sarah fröstelte in dem feuchtkalten Raum. Es waren die Momente, die ihr Angst einflößten. Dann erzählte er stolz, dass er daheim, beim jährlichen Rodeo auf der Farm seiner Eltern, die jungen Stiere mit bloßen Händen zu Boden gezwungen hatte. Sie spürte diese unglaubliche Kraft in seiner gedrungenen Statur und seinen kurzen, fleischigen Fingern, die ihren Nacken packten, als wäre er aus Papier.

Sarah wollte zumindest noch ihren Rock hochschieben und aus dem Höschen schlüpfen, aber Prow war schneller und riss den Tanga mit einer achtlosen Handbewegung ab. Dann drückte er Sarahs Beine auseinander und zwang sich in sie, ohne darauf Rücksicht zu nehmen, ob sie auch dazu bereit war. Es schmerzte heftig, Sarah stöhnt laut auf.

»Schön, dass du auf einen richtigen Fick stehst«, keuchte er zufrieden, »das fehlt der aufsässigen Engländerin, aber die werde ich auch noch zur Räson bringen.«

Sarah stand im Badezimmer unter der dampfenden Dusche und putzte sich schon zum zweiten Mal die Zähne. Der Sex mit Prow hatte kaum zehn Minuten gedauert, danach war er auf ihr tief eingeschlafen. Sie hatte sich unter dem massigen Körper hervorgezwängt und ihn auf die Couch gerollt, was er nur mit einem leisen Grunzen quittierte. Das brennend heiße Wasser tat ihr gut. Es gab ihr das Gefühl, sich zumindest von seinen Händen reinigen zu können.

»Das letzte Mal, das war das letzte Mal«, murmelte sie wutentbrannt und hämmerte mit der Faust gegen die Duschwand. Bronsteen würde das akzeptieren müssen. Vorerst musste sie sich aber noch einigermaßen zur Ruhe zwingen und Bronsteen dringend über die Entwicklungen informieren. Denn wenn Prow in Bedrängnis kam, würde er versuchen Bronsteen mit ins Verderben zu ziehen. Und eines war ihr klar: fiel Bronsteen, dann ging sie mit unter.

Sarah nahm sich in der Küche frischen Tee und ging zum Schreibtisch in Prows Arbeitszimmer, um in Ruhe zu telefonieren. Im Gegensatz zum Salon war es in dem Zimmer angenehm warm. Wie jedes Mal, wenn sie an seinem Tisch saß, fiel ihr auf, was Prow doch für ein Idiot war. Er hatte sein Passwort für Computer und Internetzugang auf einen Zettel geschrieben, der seitlich in seiner Schreibmappe steckte.

Schon bei ihrem ersten Besuch in der Residenz hatte sie, als er nach Alkohol und Sex fest schlief, in Ruhe seine privaten Unterlagen in dem Büroraum durchgestöbert und seine Mails gecheckt. Seitdem war er für sie und Bronsteen ein offenes Buch – sie wussten über alle seine Vorhaben, seine Kontakte und die Art seines Vorgehens genau Bescheid. Einmal, während Prow im Bett selig schnarchte, ließ sie sogar einen Spezialisten von David Roth ins Haus, der in dem Rechner eine Software installierte, mit der die CIA Prows gesamte Aktivitäten übers Internet mitverfolgen konnte. So war er zur perfekten Marionette geworden und Bronsteen zog die Fäden, ohne dass er es merkte.

Nun musste sie dafür sorgen, dass Prow keine unüberlegten Schritte tun konnte. Und dann musste sie noch ihrem Arzt aufs Band sprechen. Im Spiegel hatte sie nach der Dusche gesehen, dass ihre Augen frischer sein könnten und auch in der Stirnfalte ließ das Botox schon wieder nach. Sarah platzierte ihre Füße auf dem Tisch und zog den Bademantel enger. Nachdem sie der Tee wärmte und sie wieder mit sich selbst beschäftigt war, ging es ihr schon erheblich besser.

*

David Roth saß bei einer Pizza in seinem CIA-Büro in Langley, als sein Privathandy läutete. Nur eine Handvoll seiner ganz speziellen Bekannten hatten diese Nummer, einer davon war Bronsteen.

»Guten Abend, Arthur.«

»Ob er gut ist, wird sich noch herausstellen.« Bronsteens Stimme war kühl und distanziert. Roth spürte sofort, dass etwas aus der Bahn gelaufen war.

»Ich höre ...« Roth nahm noch ein letztes Stück Pizza, das er zur Gänze in den Mund schob und klappte den Karton zu.

»Lena Halberg«, begann Bronsteen.

»Die Journalistin, was ist mir ihr?«

»Wie schnell kannst du an sie rankommen?«

»Praktisch jederzeit.«

»Sie beginnt lästig zu werden und vor allem, sie plaudert und macht Prow nervös.«

»Prow ist nervös? Das wäre ja einmal nichts Neues«, sagte Roth nebenbei.

»Diesmal dürfte es aber ernster sein, Sarah hat mich angerufen, sie ist bei ihm und er ist ziemlich aus dem Ruder. Lena war direkt bei ihm im Büro ...«

»Er gibt doch Journalisten, die nicht akkreditiert sind gar keine Interviews.«

»Normalerweise nicht, aber sie hat sich offiziell unter Eagle angemeldet. Da er weiß, dass die mir gehören, hat er ihr einen Termin gegeben.«

»Clever von ihr, aber was hat sie in der Hand?«

»Sie war zuerst bei Prows Ex in New York. Die weiß zwar von den Sachen nichts, hat ihr aber sicher über Prows Arbeit für uns erzählt. Und diese Halberg ist schlau, sie hat sich da verschiedenes zusammengereimt. Nebenbei hat sie Prow ein Foto aus Shenzhen auf den Tisch geknallt, von der Verladung der Chemikalien für Kolumbien.«

Roth pfiff unhörbar durch die Zähne.

»Das ist stark. Von dem Besuch durfte doch keiner wissen, wieso gibt es dann ein Foto?«

»Der Idiot hat sich von der Übersetzerin fotografieren lassen.«

»Typisch Prow, ahnungslos.«

»Ich bin leider nur von Ahnungslosen umgeben!«, sagte Bronsteen unvermittelt scharf.

»Was meinst du damit?« Roth konnte den offensichtlichen Umschwung in Bronsteens Laune nicht einordnen.

»Es gibt auch noch andere Fotos, zum Beispiel von dir auf einem Motorrad.«

»Ich weiß, die alte Geschichte«, Roth verdrehte die Augen, »können wir die nach so vielen Jahren nicht endlich ruhen lassen?«

»Könnten wir«, bellt Bronsteen giftig, »aber die Halberg wird da nicht mitspielen.«

»Wieso die?«

»Angeblich hat sie auch dieses Foto und sie hat gemeint, es sei gestochen scharf.«

»Aber, das kann nicht sein, sie blufft.«

»Und wieso weiß sie dann, was auf dem Foto ist?«

»Aber es gibt doch nur einen Abzug und der sollte im Archiv sicher sein«, versuchte Roth sich zu verteidigen.

»Sollte, sollte ...« Bronsteen wurde hart. » Du redest schon wie Prow.«

»Und wenn schon, sie weiß nicht, wer auf dem Bild ist«, versuchte sich Roth zu verteidigen. Die Bemerkung hatte ihn schwer getroffen.

»Ein gewisser David Roth vom CIA, sagt sie. Kennst du den zufällig?« Bronsteens Tonfall war zynisch.

Roth verstummte und wurde um einige Grade blasser.

»Ich habe dir damals schon gesagt, dass eure Unachtsamkeit ein schwerer Fehler war, der uns auf den Kopf fallen wird.« Bronsteens Stimme war laut und unfreundlich. »Und nun ist es fast soweit. Noch niemand hat es geschafft solche Schlüsse zu ziehen. Diese Lena weiß zuviel und hat Dinge in der Hand, die niemals an die Öffentlichkeit dürfen! Verstehen wir uns da?«

Roth spürte, dass es besser war, seinem alten Freund keine

weitere Angriffsfläche zu bieten. Überdies hatte Bronsteen recht, was nicht abzustreiten war. Roth versuchte, ihn zu beschwichtigen.

»Ich nehme die Sache sofort in die Hand«, sagte er betont ruhig und bestimmt. »Und zwar heute noch. Du brauchst dir deshalb keinerlei Gedanken mehr zu machen, das Problem existiert nicht mehr.«

»Das hoffe ich. Es ist auch das Mindeste, was du tun kannst. Du hast uns die Scheiße schließlich eingebrockt!« Er legte grußlos auf, ohne eine weitere Entgegnung abzuwarten.

Fick dich, dachte Roth, obwohl er das nie laut sagen würde, schon gar nicht zu Bronsteen. Roth war auf Hundertachtzig, einen persönlichen Anpfiff hatte er noch nie bekommen. Es war das erste Mal, seit sich die beiden kannten, dass es ein derart ernstes Problem gab. Prow war immer der Außenseiter gewesen, aber wenn es nun auch zwischen ihm selbst und Bronsteen brüchig wurde, konnte das gefährlich werden. Diese verdammte Reporterin, die nicht einmal wusste, was wirklich hinter den Dingen steckte, spazierte herum und spielte die große Aufdeckerin, noch dazu gegen den eigenen Konzern. Er verstand überhaupt nicht, was sie für ein Interesse daran hatte.

Was Roth aber tatsächlich wütend machte, war die Tatsache, dass Lena dieses beschissene Foto von ihm aus Paris hatte, das gar nicht existieren dürfte. Roth trommelte mit den Fingern rastlos auf den Tisch. Es gab nur diesen einen Abzug und der war im Geheimarchiv. Es musste also auch innerhalb des CIA eine undichte Stelle geben, überlegte er, dem würde er sich auch noch widmen müssen, aber im Moment lag die Priorität auf Lena. Gleichgültig ob sie wusste was lief oder nur die Fotos kannte – es war in jedem Fall zuviel, um sie am Leben zu lassen.

Roth wollte schon Z anrufen, damit er den Fall wie üblich erledige, warf dann aber das Handy auf den Tisch.

»Nein, dir mach ich selbst die Hölle heiß«, murmelte er, »du hast überhaupt noch keine Vorstellung, was sehr bald mit dir passieren wird ...«

Lena war soeben Freiwild geworden.

20

Niels hatte Lena vom Flughafen abgeholt, nachdem sie mit der Nachmittagsmaschine aus New York gelandet war. Sie waren zu dem kleinen Italiener in Greenwich gefahren, wo sie am Abend öfters Station machten. Das Restaurant war ein Geheimtipp. Es lag fernab der üblichen Betriebsamkeit, im Souterrain eines altenglischen Hauses, und hatte nur wenige Tische. Die meisten Gäste kannten sich, so war es wie ein Besuch bei Freunden. Vor allem kochte der Besitzer selbst und die Piccata alla milanese waren die besten der Stadt. Lena, die unterwegs nur von Fastfood lebte, genoss die äußerst leckeren Gerichte.

Sie wusste, warum Niels heute den Tisch reserviert hatte. Er würde solange bohren, bis er alles über ihren Trip nach Amerika erfuhr. Also versuchte sie erst gar nicht ihm auszuweichen, sondern erzählte bereitwillig von ihren Treffen mit Lisbeth und Hawk und ihrer Kampfansage an Prow.

»Du hättest sehen sollen, wie er auf einmal zu schwitzen begann, als ich das Foto aus China herausgeholt habe«, beendete sie gerade ihren Bericht über den Termin bei Prow. »Der hat genug Dreck am Stecken! Wir müssten nur die Papiere der Lieferung finden.«

»Mag sein«, sagte Niels nachdenklich kauend. »Aber wenn das stimmt, was Lisbeth über die Beziehung zwischen Prow und Bronsteen erzählt hat, steckt da noch mehr dahinter, viel mehr. Dann ist Prow nur eine Schachfigur, die man zur Not opfert, wie dein mysteriöser Hawk so treffend formuliert hat. Und dann sind auch die Beweise nichts mehr wert – ein paar Fotos, was sagt das schon.«

»Ja, möglich, dennoch ist Prow momentan der einzige Ansatzpunkt, und er ist ein bekannter Lobbyist der Waffenindustrie. Es muss also zwangsläufig Verbindungen geben, die weiterführen, wenn man es schafft, den Sachverhalt einmal aufzurollen.«

»Ich fürchte, diese Leute sind hundertfach abgesichert. Bronsteen hat den Aufstieg von Prow finanziert und benutzt ihn, um im Senat Einfluss zu haben, aber die Verbindung geht sicher nur in eine Richtung. Die Industrie kontrolliert die Politik und nicht umgekehrt, das ist eine Einbahnstraße. Ich bin überzeugt, wenn es brenzlig wird, lässt ihn Bronsteen fallen wie eine heiße Kartoffel. Du machst dich zum Ziel dieser dreckigen Lobby, aber im Endeffekt hast du nichts in der Hand und das ganze Risiko war umsonst.«

»Ich habe keine Angst, mich mit denen anzulegen.«

»Hör mal, die liefern Giftgas nach Südamerika. Glaubst du, die sind zimperlich oder lassen sich von dir in die Karten schauen? Das hat der Abgeordnete der Grünen sicher auch versucht«, sagte Niels kauend. »Gibt es Beweise dafür, dass der Unfall ein Mordanschlag war?«

»Natürlich nicht. So clever sind die schon, dass es wie ein normaler Unfall aussieht.«

»Vielleicht liegst du richtig, aber vielleicht gehst du auch zu weit. Wieso glaubst du, dass die gleichen Leute dahinterstecken?«

»Weil die Handschrift dieselbe ist«, meinte Lena bestimmt. »Ich bin überzeugt, dass auch der Tod von Lady Di ein Attentat war.«

»Womit wir wieder bei den Verschwörungstheorien wären. Das Komplott der Waffenindustrie gegen die Prinzessin der Herzen.«

»Sag das nicht so zynisch«, warf Lena dazwischen. »So was sind Aktionen, die nur in einem entsprechenden Umfeld möglich sind. Ein einzelner Attentäter könnte das schon logistisch nicht schaffen; da braucht es eine Armada von Schaltstellen, um nachher die Spuren zu beseitigen. Also sind Geheimdienste am Werk und wenn du überlegst, wer die einschalten kann, sprechen wir da von einer Ebene ganz oben.«

»Umso ratsamer wäre es, sich nicht mit denen anzulegen.«

»Dazu ist es zu spät.« Lena nahm einen Schluck vom Wein. »Das Foto aus China war das geplante Druckmittel, um Prow aus der Reserve zu locken, und durch meine letzte Bemerkung wissen sie auch, dass ich den Namen von David Roth kenne und die Aufnahme habe, die Franco nach dem Unfall von Diana geschossen hat.«

»Wäre es nicht besser gewesen, sich da noch zurückzuhalten?«, meinte Niels stirnrunzelnd.

»Mag sein«, Lena warf den Kopf zurück, »aber es war zu schön, einen korrupten Senator ins Schwitzen zu bringen. Er war vorher schon ziemlich ratlos, aber die Bemerkung hat dann genau getroffen.«

»Mit dem Kopf durch die Wand. Doch du brauchst auf jeden Fall irgendeinen greifbaren Beweis«, überlegte Niels, »wenn du was unternehmen willst. Eine Aussage oder ein Dokument, das sie nicht entkräften können.«

»Was ist mit der Schiffsladeliste?«, fiel Lena ein. »Dein Kontakt bei der Reedereiagentur hat doch gesehen, dass da die Containernummern gleich sind und offenbar nur die Papiere ausgetauscht werden.«

»Das ist zuwenig, das wird als Tippfehler dargestellt, die Nummer wird geändert und niemand kann das überprüfen. Der Frachter läuft unter chinesischer Flagge und ist in internationalen Gewässern unterwegs, da kannst du ja nicht einmal kontrollieren, ob es diesen Container überhaupt gibt. Eine kleine Gruppe hat neunzig Prozent des gesamten Verkehrs in der Hand und lässt sich nicht in ihre Karten schauen. Du stehst also wieder vor einer Mauer.«

»Es muss doch möglich sein, was zu finden. Versteh doch,

wenn ich Prow und Roth habe, komme ich auch an die Leute im Hintergrund heran.«

»Und wie willst du, falls du recht hast, auf die CIA oder die Waffenproduzenten Druck ausüben?«

»Ich selbst gar nicht. Der Druck muss über die Medien gehen, wenn die Sachen allgemein publik werden ...«

»... interessiert das keinen«, fiel Niels dazwischen. »Lena, überschätze doch die Menschen nicht. Man schaut nicht fern, um sich zu informieren, sondern lässt sich berieseln. Glaubst du, irgendwer nimmt ernstlich Anteil am Weltgeschehen, an Kriegen und Ungerechtigkeit? Man löst keine Probleme, man zappt sie weg!«

»Aber zumindest habe ich dann meine Aufgabe als Journalistin erfüllt und muss mir nicht vorwerfen, ich hätte nur stumm zugeschaut.«

»Du denkst bei der Veröffentlichung hoffentlich nicht an die Eagle News, denn die gehören Bronsteen und werden so etwas nie bringen.«

»Ja, ich weiß.«

Lena war mit ihrem Essen fertig und schob den Teller mit einer leicht frustrierten Handbewegung zur Seite. Sie zündete sich eine Zigarette an und bestellte Kaffee. Hier darf man wenigstens noch rauchen, dachte sie, ein großer Vorteil von kleinen italienischen Restaurants.

»Glaubst du, dass Jan da auch mit drinnen steckt?«, fragte sie nach einer Weile.

Niels wiegte den Kopf und schmunzelte. »Das fragst du mich? Du bist doch mit ihm ...«

»Komm mir nicht so. Du kennst ihn viel länger und besser«, fuhr Lena energisch dazwischen. Sie fand, es war der falsche Zeitpunkt für Bemerkungen gekränkter Männlichkeit.

»Na gut«, lachte er und lehnte sich zurück. Es gefiel ihm, Lena aufzuziehen. Er fand, sie sah in ihren roten Jeans und dem weiten Pulli sehr sexy aus, und sie bekam schon wieder diesen eigensinnigen Zug um ihre Lippen, den er mochte.

»Was?«, fragte Lena trotzig, der die Pause schon zu lange dauerte.

»Die Antwort ist: nein. Sicher ahnt Jan manches und weiß, dass Bronsteen nicht ganz sauber ist, aber direkt involviert ist Jan in diese Machenschaften bestimmt nicht.«

»Warum tut er dann nichts?«

»Weil Jan ein treuer Diener seines Herrn ist. Bronsteen hat ihn persönlich eingestellt und auf einen beachtlichen Posten gehoben. Und solange Jan keinen eindeutigen Beweis in der Hand hat, wird er loyal bleiben. Im Zweifelsfall auch gegen dich.«

»Ja, er tut leider stets das, was man von ihm erwartet.« Lena nippte vom Wein und zog an ihrer Zigarette. »Hawk hat recht, es dreht sich nur um die Frage, wer vom wem abhängig ist. Aber was ist mit den frisierten Nachrichten, wo Jan doch so auf exakte Fakten bedacht ist?«

»Ganz einfach, die spekulativen Berichte werden zur Gänze in Amerika gemacht und von den europäischen Sendern nur übernommen, somit hat die Redaktion hier auch keinerlei Einsicht, wie die Reportagen zustande kommen. Jan kann also jede Verantwortung dafür mit gutem Gewissen wegschieben.«

»Was im Klartext heißt: Unterm Strich sind alle gekauft!«

»Auf die eine oder andere Art sicher ...«

»Und du?«

»Ich?«, fragte Niels gedehnt. »Ich bin total verknallt in dich.«

»Blödsinn!«, antwortete Lena und musste lachen.

21

»Idioten«, grummelte Lena und wälzte sich auf die andere Seite. Es war schon das zweite Fahrzeug, das so spät noch durch die enge Straße gefahren kam und in der Nähe ihres Hauses hielt.

Lena war vom Essen mit Niels erst um Mitternacht heimgekommen. Sie hatte die Post, die im Vorzimmer am Boden lag, nur mit dem Fuß zur Seite geschoben und war, ohne Licht zu machen, gleich ins obere Geschoss ihres Hauses gegangen. Sie war todmüde. Die Aufregungen der letzten Tage, der lange Flug und der Wein beim Italiener hatten sie so richtig geschafft. Morgen ist auch noch ein Tag, war ihr letzter Gedanke gewesen, bevor sie, noch in T-Shirt und Socken, tief eingeschlafen war. Ihre Tasche, die Jacke und die Jeans blieben verstreut am Boden vor dem Bett liegen.

Nun zog sie sich, ärgerlich über die Störung, die Decke über den Kopf und gähnte herzhaft. Sie wollte nur weiterschlafen, dennoch blinzelte sie mit einem Auge auf den Wecker am Nachttisch. Er zeigte kurz nach vier Uhr.

Langsam wurde sie wach. Noch etwas fiel ihr auf – wieso war niemand aus den Autos ausgestiegen, die gehalten hatten? Sie lauschte – Stille. Lena spürte, wie sich ihre Haare sträubten und sich ihr Rücken verspannte. Leute, die nach Hause kommen, stiegen aus. Nachts, wenn in der engen Straße alles ruhig war, hörte man das.

Sie schlug ihre Decke zur Seite und stieg leise aus dem Bett. Dabei dachte sie, es wäre verrückt, wer sollte sie in ihrem Schlafzimmer schon hören. Trotzdem vermied sie jedes Geräusch. Sie schlich zum Fenster und blickte vorsichtig durch den winzigen Spalt zwischen den zugezogenen Gardinen.

Sie musste sich erst orientieren, denn unter der spärlichen Straßenbeleuchtung standen mehrere Fahrzeuge. Einige davon kannte sie, die gehörten den Hausbewohnern in der Straße. Dann sah sie auf der anderen Straßenseite, nur knapp vor ihrer Einfahrt, einen dunklen Chrysler Bus. Den kannte sie nicht, aber das konnte auch Zufall sein. Sie spähte die Straße in der anderen Richtung hinunter. Dort war es fast leer, nur der kleine, gelbe Lieferwagen des Monteurs von gegenüber parkte wie immer unter der Straßenlaterne. Aber dahinter, fast schon an der nächsten Querstraße, stand ein wuchtiger Geländewagen. Er war schwarz und im Dunkeln nur schwer zu erkennen. Ein Porsche Cayenne, schätzte Lena, der gehörte sicher nicht hierher.

An den beiden Fahrzeugen ist nichts Ungewöhnliches, versuchte sie sich zu beruhigen, bis sie in dem Chrysler Bus kurz etwas aufklimmen sah. Eine Zigarette, schoss es Lena durch den Kopf. Es saß also jemand in dem Fahrzeug und rauchte. Daher war niemand ausgestiegen.

Im gleichen Augenblick glaubte sie eine kurze Bewegung wahrzunehmen, einen Schatten, der vor dem Porsche über die Straße huschte. Es war dort zwar völlig dunkel, aber eine Silhouette zeichnete sich für einen Moment vor dem gelben Lieferwagen ab.

Ohne dass sie etwas dagegen tun konnte, stieg eine unbändige Angst in Lena hoch. Sie trat vom Vorhang zurück und achtete darauf, dass sich die feinen Gardinen nicht bewegten. Alle Drohungen und Warnungen der letzten Tage fielen ihr ein und sie spürte förmlich körperlich, dass sich da draußen vor ihrem Haus etwas tat, das ihr galt. Und das war sicher kein freundlicher Besuch.

»Keep cool«, murmelte sie, um klar denken zu können und keine Fehler zu machen. Vielleicht war alles ein Irrtum, eine Täuschung ihrer überspannten Nerven. Trotzdem musste sie hier raus, am besten mit dem Motorrad. Es stand wie immer in dem schmalen Durchgang neben dem Haus und wenn sie es bis hinaus auf die Straße schaffte, war sie den Autos überlegen.

Am Nachbargrundstück schlug der Hund an. Lena zuckte zusammen. Sie waren also schon fast da, es musste schnell gehen.

Als sie nach Hause gekommen war, hatte sie ihre Sachen nur vor dem Bett auf den Boden geworfen, das war nun ein Vorteil. Mit zitternden Fingern griff sie im Dunkeln nach ihrer Jeans und schlüpfte hinein. Ihr Handy war in der Hosentasche, stellte sie tastend fest. Dann griff sie sich aus dem Kasten einen warmen Pulli und ihre schwarze Lederjacke. Ihre Stiefel standen unten im Vorzimmer. Da komme ich nicht mehr dran, dachte sie hektisch, also müssen es die Doc Martens auch tun. Sie glaubte ein Geräusch hinter dem Haus zu hören, das durch den Flur heraufdrang. Sie riss ihren Rucksack vom Haken im Wandschrank und stopfte kurzerhand ihre gesamte Handtasche hinein. Nachdem sie erst aus New York gekommen war, befanden sich noch Geld, Reisepass und ihr kleiner Toilettebeutel darin.

Bescheuert, dachte sie über sich selbst, während sie auf Zehenspitzen über den Flur ins angrenzende Wohnzimmer lief, als ob es wichtig wäre, einen Toilettenbeutel mitzuhaben. Doch es war ein besseres Gefühl, mit Pflegeset zu flüchten anstatt ohne. Einen Augenblick musste sie über sich selbst lachen und es ging ihr mit einem Schlag besser.

Sie öffnete die Türe zum Balkon, huschte hinaus und drückte den Türflügel wieder zu. Sie lugte vorsichtig über die Brüstung – alles ruhig und nichts zu sehen. Direkt unter ihr stand die Maschine, den Schlüssel hatte sie in der Lederjacke und der Helm war im Case der Suzuki. Sie kletterte über das Eisengeländer und hantelte sich an der Seite des Balkons hinunter. Nach jedem Geräusch des Geländers verharrte sie kurz, aber außer ihrem eigenen schnellen Atem war nichts zu hören.

Als sie unten war und die Maschine zwischen ihren Beinen spürte, ging alles automatisch. Rucksack über, Helm auf und starten. Mit einem kurzen Rülpser sprang die Rennmaschine an. Lena kippte die Raste nach oben und drosch die Erste hinein.

Vor ihr war eine kurze Bewegung neben der Hausmauer. Lena blendete das Fernlicht auf und gab Gas. Die schwere Maschine schnellte wie ein Geschoß nach vorne, den schmalen Durchlass neben dem Haus entlang. Im grellen Scheinwerfen tauchten für einen Augenblick zwei Gestalten auf, die sich gerade noch zur Seite warfen, um nicht von dem Motorrad erfasst zu werden.

»Arschlöcher«, schrie Lena, dann war sie auch schon vorbei, bog in die Straße ein und klappte ihr Visier hinunter. Eigentlich war nach rechts der schnellere Weg zur nächsten Hauptstraße, trotzdem warf Lena die Maschine nach links, dort wo der Chrysler Bus stand. Vor dem Van drosselte sie ein wenig das Tempo und hob den Mittelfinger der linken Hand.

In den Augenwinkeln bemerkte sie, dass am anderen Ende der Straße die Lichter des schwarzen Cayenne aufblendeten und sich der Geländewagen aus dem Parkplatz schob. Sie drehte am Gashebel und verschwand um die nächste Ecke.

»Fuck«, knurrte der Fahrer des Chrysler und warf die Zigarette aus dem Fensterschlitz, während der Cayenne schon an ihm vorbeikam. Mit der anderen Hand drehte er den Zündschlüssel. Der Van sprang an, der Fahrer wendete mit quietschenden Reifen und blieb direkt vor Lenas Einfahrt stehen. Die beiden Typen, die sich aufgerappelt hatten, rannten über den Vorgarten und sprangen in den Van.

»Schwachköpfe«, schrie sie der Fahrer an. »Was seid ihr für

verdammte Nullen!« Er trieb den Van rücksichtslos über den Bürgersteig und nahm mit Vollgas die Verfolgung auf. »Warum, glaubt ihr, schicke ich euch über die Seitenstraße zu dem Haus? Ihr solltet unauffällig agieren und nicht über ein Grundstück laufen, wo ein Hund alle aufweckt. Wie bescheuert seid ihr denn?«

Sie waren mittlerweile auf der Heath Road, als das Funkgerät ansprang.

»Unsere Zielperson fährt von der Heath nach Norden, Richtung Stadion«, kam die verzerrte Stimme des Cayennefahrers aus dem Funklautsprecher. »Ich bin fast dran. Sie wird versuchen über die Twickenham, nach London hineinzukommen, um uns in der Stadt abzuhängen. Schneidet ihr bei der London Road den Weg ab, dann haben wir sie in der Zange.«

Der Chrysler nahm die nächste Kurve in hohem Tempo. Wenn der im Porsche recht hat, dachte der Fahrer, haben wir sie bald. Er schaute verächtlich auf die beiden Versager auf der Rückbank und schüttelte verbissen den Kopf.

»Anfänger«, murmelte er zornig.

»Niels? ... Niels!!«

»Ja?«

»Niels, endlich!«, brüllte Lena ins Telefon.

Durch den Lärm der Maschine konnte sie fast nichts verstehen. Sie hatte es geschafft, ihr Headset während der Fahrt ins Ohr zu zwängen. Dazu hatte sie das Visier des Helms öffnen müssen und durch den Fahrtwind praktisch nichts mehr gesehen, da sie mit fast 90 Meilen über die leeren Straßen der Vorstadt unterwegs war. Bei jeder Kreuzung betete sie insgeheim, dass um diese Zeit niemand aus den Seitenstraßen kommen würde. Das wäre der sichere Tod bei dem Tempo auf der Suzuki.

»Sie sind hinter mir her ...«

»Was? Wer?« Niels fuhr hoch. Der Lärm und Lenas Gebrüll am anderen Ende des Telefons hatten ihn mit einem Schlag geweckt. Während er die Frage stellte, war er bereits beim Anziehen.

»Ich weiß nicht wer die sind, aber sie waren bei mir zu Hause«, schrie Lena und trieb ihre Maschine in einen Kreisverkehr, ohne auf einen möglichen Verkehr achten zu können.

Jetzt bin ich gleich auf der 310er, dachte sie, dort kann ich den Cayenne vielleicht abhängen. Der Porsche war noch deutlich in ihrem Rückspiegel zu sehen, aber sie wagte das Risiko nicht, ihr Licht auszuschalten und in die Dunkelheit hineinzurasen. So war ihre Maschine gut zu sehen und der Cayenne war ebenfalls höllisch schnell.

»Und du?«

»Ich bin getürmt, ist sich nur knapp ausgegangen. Ich bin mit der Maschine weggekommen, aber die sind hinter mir her und ich schaffe es nicht sie abzuhängen ...«

»Oh, shit!« Niels war schon im Hemd und griff nach seiner Lederdress. Er hörte die Bedrängnis in Lenas Stimme. »Wo bist du?«

»Waas ...?« Lena fuhr durch eine Unterführung, und der Hall der Motoren übertönte jedes andere Geräusch. »Sekunde, warte ...«

An der Ausfahrt lag loser Split. Lena kam kurz ins Schlingern, konnte die Suzuki aber abfangen. Plötzlich fühlte sie das Handy nicht mehr, das sie vorn zwischen Oberschenkel und Tank eingezwickt hielt. Panisch blickte sie kurz hinunter. Es war durch die schnelle Bewegung weggerutscht und lag vor ihr am Tank. Lena fuhr mit der Hand hin, bevor es der Fahrtwind davontrug, und klemmte es wieder ein.

»Was ist los? Wo bist du?« Niels brüllte nun auch und betonte jedes Wort, damit sie ihn verstehen konnte.

»Alles okay. Ich bin noch in der Nähe von meinem Haus,

beim Rugbystadion.« Ihr fiel auf, dass sie automatisch den Weg eingeschlagen hatte, der auch zu Niels' Apartment führte.

Der Porsche war bereits gefährlich nahe hinter ihr. Lena duckte sich so eng es ging über den Lenker und beschleunigte wieder, um etwas Abstand zu dem Cayenne zu gewinnen.

»Schaffst du's bis zur M4, zur Auffahrt in Gunnersbury?«, fragte Niels.

»Keine Frage, sind nur ein paar Meilen, solange halte ich sie schon im Schach.«

»Gut, dann hör zu«, rief Niels nun wieder lauter, während er bereits seinen Helm schnappte und die Treppen zur Straße hinunterlief. »Ich kann in fünf Minuten dort sein. Ich hab da eine Idee.«

»Waas?«

Niels war unten angekommen, sprang nun auch auf sein Motorrad und drückte den Anlasser.

»Fünf Minuten! Wir machen Folgendes ...«

»Ich hab dich gleich«, stieß der Fahrer des Chrysler Vans mit Genugtuung hervor, als er sein Fahrzeug eine Straße vor Lena in die Twickenham Road hineinriss. Sie war viel schneller als der Chrysler und kam mit hohem Tempo auf ihn zu. Der Porsche Cayenne musste direkt hinter ihr sein, im Rückspiegel des Vans konnte man die Scheinwerfer schon sehen. Sie hatten sie in der Zwickmühle.

Der Fahrer nickte stumm. Er würde sie bis fast neben sich kommen lassen und ihr dann den Weg abschneiden. Es sollte wie ein normaler Unfall aussehen.

Lena erkannte den Van im Ansatz, der aus der Seitenstraße vor ihr einbog. Er musste die direkte Route genommen haben, während sie versucht hatte, rund ums Stadion dem Porsche zu entkommen.

Scheiße, dachte sie, der wird versuchen, mich zu rammen. Sie ging etwas vom Gas und zog die Maschine kurz nach rechts, so als würde sie überholen. Als sie fast bei dem Chrysler war, warf sie die Suzuki im letzten Augenblick wieder scharf nach links. Keine Sekunde zu früh, denn der Chrysler kam unvermittelt auf die Überholspur, um ihr den Weg zu versperren und sie auffahren zu lassen. Lena drehte den Gashebel bis zum Anschlag, der Motor heulte auf und die Maschine stellte sich kurz aufs Hinterrad. Wie ein Geschoss flitzte die Suzuki um Haaresbreite neben dem Van nach vorn.

Als der große Van wieder auf ihre Seite zurückschwenkte, war Lena bereits neben ihm. Sie schrie kurz auf, als der Kotflügel des Chrysler ihr Hinterrad streifte, dann war sie vorbei und die Suzuki blieb in der Spur. Die ganze Aktion hatte sich bei einem Tempo von 110 Meilen abgespielt. Lena zitterte, als sie die Maschine vorbei an einer Baumreihe und einem schmiedeeisernen Geländer mit schweren betonierten Sockeln wieder zur Mitte zog. Die Ausfahrten mit Niels und die Trainingsstunden auf der Rennstrecke hatten sich ausgezahlt. Trotzdem war ihr Hemd unter der Lederjacke bereit zur Gänze durchgeschwitzt.

Noch drei Minuten, dachte sie. Hoffentlich war Niels rechtzeitig beim Treffpunkt, sonst war alles aus. Sie war so konzentriert wegzukommen, dass sie gar nicht sah, was hinter ihr geschah.

Der Fahrer des Vans hatte ein gemeines Grinsen im Gesicht gehabt, als er versuchte Lena auffahren zu lassen. Er war einer jener gedungenen Mörder, die für jeden arbeiteten, wenn die Bezahlung stimmte. Aufträge für den Britischen Nachrichtendienst erledigte er besonders gerne, denn er wusste, falls etwas schief ging, wurde er in jedem Fall gedeckt. Die vom MI6 regelten jede Schweinerei ohne größeres Aufsehen.

»Gleich bist du Geschichte«, murmelte er mit einem Seitenblick in den Rückspiegel auf die beiden jämmerlichen Gestalten, die sich an die Rückbank klammerten, um nicht vom Sitz zu rutschen. Auf einmal verschwand das Motorrad aus dem rechten Außenspiegel und tauchte auf der anderen Seite auf.

Der Fahrer des Chrysler stieß einen heftigen Fluch aus. Die Suzuki war schon fast neben ihm und beschleunigte rasend, keine Sekunde und sie würde vorbei sein. Heftig riss er das Lenkrad nach links und stieg aufs Gas. Das wirkte sich auf den schweren, behäbigen Wagen fatal aus, überhaupt da es leicht zu regnen begonnen hatte, und der Asphalt glitschig wurde. Der Van streifte zwar noch kurz den Reifen des Motorrads, dann allerdings stand er schon beinahe quer zur Fahrbahn.

Die beiden auf der Rückbank schrien auf als das Heck des Vans weiter auf die Baumreihe zuschlitterte. Der Fahrer drehte in einer verzweifelten Gegenbewegung das Lenkrad wieder anders herum um stieg auf die Bremse. Der Van kippte, hob vom Boden ab und knallte direkt vor dem heranrasenden Porsche mit der Längsseite auf den Asphalt.

Die beiden im Heck rutschten beim Umkippen aus den Sitzen und ruderten hilflos nach Halt. Der Chrysler schlitterte an den Bäumen vorbei und rammte mit voller Wucht den massiven Betonsockel des eisernen Geländers. Der Aufprall drückte das Dach bis auf die Sitzreihen hinunter. Der ganze Van knickte um den Betonblock herum. Durch die Gewalt der Geschwindigkeit schob sich das große Fahrzeug innerhalb von Sekundenbruchteilen zusammen, wie eine dünne Streichholzschachtel.

Die Insassen des Chryslers spürten diese letzte Bewegung nicht mehr. Schon beim ersten Anprall wurden ihre Körper wie faules Obst zerquetscht. Noch Stunden später waren das Räumkommando des Polizeidienstes unsicher, welche der aufgefundenen Gliedmaßen zu welchem Toten gehörten.

Dem Porsche, der zu knapp dahinter gewesen war, um auf die Situation noch reagieren zu können, blieb nur eine enge Schneise zwischen dem Van und der Begrenzung der Gegenfahrbahn. Durch diese schoss er hindurch, dabei scherten die sich in der Luft drehenden Räder des Chrysler seitlich übers Blech – ein heftig kreischendes Geräusch, dann war auch der Porsche vorbei.

»Verdammte Idioten!« Der Fahrer des Porsche schrie vor Zorn laut auf, als das Fahrwerk des Vans die Seitenwand seines geheiligten Porsches schrammte.

Im Rückspiegel sah er, wie der Van an dem Betonsockel zerdrückt wurde, und das Geräusch des berstenden Metalls drang bis in seinen Innenraum.

»Geschieht dir recht, wenn dich sogar eine dumme Göre austrickst«, stieß er zwischen den Zähnen hervor, »Stümper!«

Er konzentrierte sich wieder nach vorn und holte alles aus dem Motor heraus. Er achtete überhaupt nicht auf Querstraßen, die Häuser entlang der Straße flogen förmlich vorbei, während er den Porsche weiter nach Norden trieb. Es wäre doch gelacht, wenn er mit seinem 450-PS-Biturbo dieses Motorrad nicht einholen sollte. Schuld daran waren nur diese Dilettanten, die es nicht einmal schafften eine Straße zu blockieren.

Die Tachonadel zeigte bereits 125mph, als er das Motorrad wieder vor sich sah. Er erkannte die ferrarirote Maschine und den roten Helm sofort. Die Göre fuhr nun langsamer, das war gut, so konnte er sie vor sich hertreiben. »Gutes Kind, fahr doch auf den Highway«, zischte er, »hier sind zu viele Kurven, um an dich heranzukommen, aber oben krieg ich dich!«

Auf der Autobahn war er schneller, da gab es keine Chance für sie. Mit dem Allradantrieb konnte er auch bei Regen fast zweihundert fahren. Er würde sie von der Straße drücken und niederwalzen, bevor sie in die Innenstadt entkommen konnte.

Lena sah den Porsche herankommen und beschleunigte wieder. Ihre Maschine war trotz der nassen Fahrbahn wendiger als der Porsche, das wusste sie, da würde sie ihn die letzte halbe Meile bis zum Treffen mit Niels auf Abstand halten können.

»Komm doch«, murmelte sie grimmig.

»Was?«, kam es aus dem Headset. Niels war noch in der Leitung.

»Ich bin fast da«, rief Lena zurück. Sie näherte sich dem großen Kreisverkehr, der Auffahrt auf die M4.

Die Suzuki beschleunigte und setzte sich etwas von dem Porsche ab. Zur Überraschung des Cayennefahrers nahm sie nicht die Einfahrt Richtung London, sondern hetzte durch die Unterführung unter dem Highway auf die gegenüberliegende Seite.

Wo willst du denn hin, dachte er und bremste scharf, um zu sehen, ob sie die andere Richtung nahm oder auf der Bundesstraße blieb. Dann sah er den feuerroten Helm über die entgegengesetzte Auffahrt auf die M4 heraufkommen.

»Du willst nach außerhalb«, sagte er mechanisch zu sich und klang siegessicher. »Noch besser.«

Er beschleunigte durch den Kreisverkehr in die Auffahrt hinein und hatte die Suzuki bereits kurz dahinter eingeholt. Er war ganz nah, als sich das Motorrad abrupt in die Einfahrt einer Tankstelle hineinlegte.

»Verdammt, geht dir der Sprit aus?«, entfuhr es ihm zornig, als er voll in die Bremsen stieg. Er brachte den schweren Wagen nicht mehr rechtzeitig in die Kurve und rutschte auf den glitschigen Wiesenstreifen daneben, die Bodenplatte des Porsches schrammte über mehrere Steinbrocken. Schließlich blieb er neben der Fahrbahn im aufgeweichten Dreck stehen.

Kaum hatte sich der Fahrer von dem Schock erholt, schaute er nach dem Motorrad. Die Suzuki hatte an der hell erleuchteten Tankstelle gehalten. Er traute seinen Augen nicht, denn unter dem Helm kam ein Mann hervor, der noch dazu frech in seine Richtung grinste und in die Raststation hineinging. Der Fahrer des Cayenne war fassungslos. Hatte er etwas übersehen, hatte ihn die blöde Göre auch gelinkt, oder war er die ganze Zeit hinter einer falschen Maschine hergewesen? In einem ansatzlosen Wutausbruch brüllte er zornig auf und hieb mit beiden Fäusten auf das Lenkrad.

Lena war schwer keuchend stehengeblieben. Der Trick, den Niels vorgeschlagen hatte, war geglückt. Mit vollem Speed war sie in die Unterführung hineingefahren, stemmte sich mit aller Kraft in die Bremsen und zog das Motorrad in die kleine Straße unterhalb der Autobahnauffahrt. Dort drehte sie die Scheinwerfer ab und ließ die Maschine ausrollen.

Niels, der neben der Autobahn gewartet hatte, gab im gleichen Augenblick Vollgas und schoss in die Auffahrt hinaus. Nachdem sie beide die gleiche Suzuki und rote Helme hatten, war die Täuschung perfekt.

Lena blieb noch hinter einigen Büschen am Straßenrand im Schutz der Dunkelheit. Sie wollte sicherheitshalber abwarten, falls noch jemand hinter ihr her sein sollte. Sie kramte in ihrem Rucksack, fand die Zigaretten und steckte sich eine an. Obwohl es regnete und noch recht kühl war, öffnete sie die Lederjacke und ließ die frische Luft an ihre Haut.

Eines war klar, in London war sie nicht mehr sicher und nach Hause durfte sie auch nicht mehr, solange die Sache nicht ausgestanden war. Sie musste möglichst weit weg und ohne eine Nachricht bei Jan oder im Sender zu hinterlassen. Solange sie nicht herausbekommen hatte, wer alles in das Geschehen verstrickt war, vertraute sie nur Niels. Es war kurz vor fünf. Sie dämpfte die Zigarette aus und startete die Suzuki. Langsam fuhr sie zurück in den Kreisverkehr und nahm die M4 Richtung London in gemächlichem Tempo. Ihr Telefon läutete. Am Ton erkannte sie, dass es Niels war.

»Hi«, meldete sie sich, »wie war's?«

»Bestens«, kam es beinahe fröhlich zurück, »der Typ ist mit seinem Angeberauto in der Wiese gelandet. Muss ziemlich sauer gewesen sein.«

»Pass auf, wenn du zurückfährst.«

»Keine Angst, ich frühstücke hier gerade mit einigen Truckern und werde, sobald es hell ist, im Morgenverkehr untertauchen. Aber ich glaube nicht, dass er so lange auf mich lauert. Und du?«

»Ich muss ein paar Sachen kaufen und dann fahre ich weg. Du hast doch noch meine Reserveschlüssel für das Haus und die Suzuki?«

»Ja, aber ...«

»Ich lasse die Maschine in Kensington bei der Underground stehen. Bitte hol sie zu dir. Und im Haus ist die Balkontür im Wohnzimmer offen.«

»Und wo bist du?«

»Ich melde mich bei dir, sobald ich es weiß.« Lena legte auf.

Am anderen Ende der Leitung schüttelte Niels den Kopf. Das ist wieder typisch für Lena, grinste er vor sich hin, gerade dem Tod entkommen und macht sie sich Sorgen wegen einer offenen Balkontür. Das liebte er an ihr und er mochte auch das Chaos, das sie umgab. Hoffentlich war sie so klug, sich aus der Schusslinie zu bringen. Er stocherte in seiner großen Portion Rühreier mit Speck.

*

Der Eurostar nach Köln rollte um sieben Uhr langsam an. Mit jeder Meile, die er sich von London entfernte, entspannten sich Lenas Gesichtszüge. Sie war von Kensington aus öffentlich in die Innenstadt gefahren. Dort war sie beim Geldautomaten gewesen und hatte so viel wie möglich in bar abgehoben, um ihre beiden Kreditkarten nicht benutzen zu müssen. Sollte sie es mit Nachrichtendiensten zu tun bekommen, schien es ihr besser, keine nachverfolgbare Spur zu hinterlassen. In einem kleinen Café beim Russel Square bestellte sie eine Portion Tee und etwas Kuchen und dachte nach.

Wo sollte sie hin? Sie brauchte Menschen, denen sie blind vertrauen konnte und die nicht in die Vorfälle verwickelt waren. Die einzige, die ihr spontan einfiel, war ihre ehemalige Professorin Klara Eckmann-Alba in Bologna, mit der sie noch regelmäßig in Kontakt war. Zudem wusste sie die Handynummer von Klaras Sohn Antonio, mit dem sie gemeinsam studiert hatte.

Also Bologna, entschloss sie sich nach einiger Überlegung, eine andere Wahl hätte sie im Moment auch gar nicht gehabt.

Direkt in der St. Pancras Station, dem Bahnhof der Eurostar-Züge, kaufte sie noch Jacke und Sweater, die würde sie im Zug gegen die unbequeme Lederjacke und das verschwitzte Top tauschen. Die ganze Zeit hielt sie Ausschau nach verdächtigen Personen. Erst im Zug legte sich die Anspannung und je weiter sie von England fortkamen, desto ruhiger wurde sie.

Sie war sicher, dass die Entscheidung nach Italien zu fahren richtig gewesen war und schrieb Antonio eine SMS. Er war Mathematiker, bewahrte immer einen kühlen Kopf, und Klara hatte für die Uni in Bologna in den Achtzigerjahren das Internet aufgebaut. Als Spezialistin der ersten Stunde war sie der Meinung, dass man damit so ziemlich alles machen konnte.

Lena schaltete ihr Handy ab. Sie brauchte Ruhe. Die Gedanken an Klara und Antonio vermischten sich langsam mit Bildern von Niels und einem schwarzen Porsche Cayenne und als der Eurostar durch den Tunnel unter dem Kanal raste, war Lena bereits fest eingeschlafen.

22

David Roth stand mit hochrotem Kopf in Loringtons Büro, im neuen Hauptquartier des MI6, einem ausladenden Gebäudekomplex am rechten Themseufer beim Vauxhall Cross. Ein scheußlicher Auswuchs moderner Architektur, der an ein modernes Pueblo aus Beton und grünem Glas erinnert.

Roth war, um sich der Sache Lena Halberg persönlich anzunehmen, vor einer Stunde aus Washington eingeflogen. Zu seinem Ärger hatte er soeben von der eigenmächtigen Aktion des britischen Geheimdienstes erfahren und war äußerst aufgebracht.

»Solche willkürlichen Alleingänge gefährden die gesamte Operation«, bellte er und hieb mit seinen Knöcheln zornig auf den Tisch. »Ich weiß nicht, was dir dabei eingefallen ist!«

Sein Gegenüber, Rhys Lorington, der Stratege für politische Intervention und Konfliktbewältigung des britischen Secret Service, versuchte Roth zu beschwichtigen, was ihm aber nur ansatzweise gelang. Die beiden kannten sich bereits seit der Zeit, als sie noch junge Agenten waren und im Rahmen einer übergreifenden Zusammenarbeit zwischen dem Secret Service in London und dem CIA verschiedene heikle Operationen gemeinsam abgewickelt hatten. So wie Roth beim CIA war auch Lorington beim MI6 in die Führungsriege aufgestiegen und mit seinen über sechzig Jahren einer der alten Garde, die nur mehr vom Schreibtisch aus agierte und andere die unangenehmen Einsätze erledigen ließ. Er wirkte mit seinem leicht blasierten Blick, dem grauen Schnauzer und den vorzugsweise hellgelben Pullundern unter teuren Anzügen auch eher wie der Manager eines Golfclubs und nicht wie das Mitglied des Geheimdienstes.

Lorington war einer der Trittbrettfahrer der informellen Gruppe von Offizieren des MI6, die hinter vorgehaltener Hand als die Oxbridge Clique bezeichnet wurde. So wie diese fühlte auch er sich den Royals tief verbunden. Als deren selbsternannte Beschützer taten diese Männer alles für Krone und Vaterland, zur Aufrechterhaltung der königlichen Ordnung. Im Falle der Beschattung von Lena hatte Lorington hingegen kläglich versagt.

»Ich sagte«, schloss Roth seine erboste Zurechtweisung, »ich würde mich persönlich um diese Journalistin kümmern. Ich wollte nur eine gewöhnliche Überwachung und keinen Zugriff.«

»Ich sagte schon«, versuchte Lorington nochmals einzulenken, »es war ein Missverständnis.«

»Ach, lass es«, schnitt ihm Roth die Stimme ab und ließ sich auf einen der Besuchersessel fallen. »Wo ist sie?«

»Das wissen wir leider nicht, aber sie dürfte sich noch in London aufhalten.«

»Und wie kommst du darauf?«

»Sie hat ihre Kreditkarte nicht benutzt.«

»Sie könnte immerhin bar bezahlt haben.«

»Unüblich, aber natürlich möglich.« Lorington wollte Roth nicht noch weiter gegen sich aufbringen. »Wie willst du weiter vorgehen?«

»Ich brauche ein Einsatzteam, das mir rund um die Uhr zur Verfügung steht.«

»Kein Problem. Wie groß?«

»Drei Mann reichen, denke ich.«

»Gut. Und weiter?«

»Wir machen einen Besuch.«

*

»Einen Moment, bitte.«

Jan war sehr früh im Sender gewesen und erst nachmittags nach Hause gekommen. Er hatte soeben Teewasser aufgesetzt und sich zur Entspannung in einer gemütlichen Trainingshose auf die Couch gelegt, um den freien Abend zu genießen. Nun schlüpfte er wieder in seine Cordhose und öffnete.

Zwei Gestalten standen vor der Türe, ein älterer im eleganten Tuchmantel und ein jüngerer Glatzkopf mit Kinnbart in einer sportlichen Tweedjacke.

»Jan de Maas?«, fragte der ältere der beiden und hielt ihm einen Ausweis vor die Nase.

»Ja?« Jan war erstaunt über den unerwarteten Besuch.

»Nationales Sicherheitsbüro, dürfen wir hereinkommen? Es geht um Frau Halberg.«

»Um Lena?« Jan wollte einen Blick auf den Ausweis werfen, aber bevor er überhaupt wusste was los war, drängten sich die beiden bereits in sein Apartment hinein.

Lorington, der Jan den Ausweis hingehalten hatte, steckte das Papier rasch wieder ein. Roth schloss die Tür hinter sich und pflanzte sich davor auf.

Jan fand dieses Benehmen sehr anmaßend und wusste sofort, dass es ein Fehler gewesen war, den beiden die Türe zu öffnen. Er hatte auch noch nie etwas von einem nationalen Sicherheitsbüro gehört.

»Darf ich fragen, was Sie von Lena ... ich meine von Frau Halberg ...«

»Die Fragen stellen wir«, sagte Lorington knapp.

»Erlauben Sie?«

»Wie gesagt«, überging er Jans Bemerkung und fixierte diesen mit einem stechenden Blick, »wir sind auf der Suche nach Frau Halberg, es geht um höchste Priorität.«

Jan blickte die beiden an, sie waren eindeutig darauf aus ihn einzuschüchtern, aber so leicht ließ er sich nicht überrumpeln.

»Oh, verzeihen Sie«, sagte Jan plötzlich mit einem verbindlichen Lächeln und tippte sich an die Stirn. »Ich war gerade am Telefon, eine Sekunde, dann habe ich für sie Zeit.« Er drehte sich am Absatz um und ging die wenigen Schritte ins Wohnzimmer. Dort griff er zum Mobilteil des Telefons, das neben der Couch lag.

»Ja, entschuldige, ich habe eben Besuch bekommen. Ich rufe dich dann zurück.«

Während er das laut sagte, drückte er heimlich eine fünfstellige Nummernkombination auf der Tastatur, dann legte er das Telefon wieder weg. Als er sich umdrehte, standen die beiden ebenfalls im Wohnzimmer. Lorington ging auf Jan zu, während Roth wieder bei der Tür stehen blieb.

»Wir wollten zu Frau Halberg«, sagte er eisig und verschränkte die Arme vor der Brust. »Wo finden wir sie?«

Jan fühlte sich bedrängt und empfand die Situation als äußerst unangenehm.

»Ich habe Frau Halberg seit einigen Tagen nicht gesehen.«

Er überlegte fieberhaft, wie er seine ungebetenen Gäste auf Distanz halten und Zeit gewinnen konnte. Die Teekanne begann zu pfeifen, was die beiden für einen Moment irritierte. Jan nutzte den Augenblick und ging an den beiden vorbei zur angrenzenden Kochnische. Er hob die Kanne hoch.

»Sie verzeihen, aber ich hatte einen langen Dienst und war gerade dabei, mir Tee zu machen. Lena ist in Amerika unterwegs, ich kann Ihnen also leider nicht weiterhelfen. Wenn es sonst weiter nichts gibt ...«

»Wegen des Besuchs von Frau Halberg in Amerika sind wir hier«, sagte Roth und kam nun auch näher, um den Druck auf Jan nicht abreißen zu lassen. »Sie hat sich dort mit subversiven Elementen getroffen und einen Senator des Kongresses bedroht. Auch hat sie vertrauliche Unterlagen der US-Regierung entwendet.«

»Hören Sie, ich weiß nicht wer Sie sind und auch nicht, was Sie von mir wollen.« Jan war über den schroffen Ton der beiden verärgert. »Lena Halberg ist als Redakteurin im Auftrag des Senders unterwegs und es ist nicht ihre Art, jemanden zu bedrohen. Wenn das stimmt, was Sie ihr vorwerfen, würde sich doch zuerst das FBI um alles kümmern.«

»Um diese Schwierigkeiten zu vermeiden, hat Frau Halberg die Staaten verlassen.« Roth kam näher.

»Da wissen Sie mehr als ich«, konterte Jan. »Sie ist also bereits wieder in London?«

»Allerdings, aber sie hat sich heute Morgen unserer Verhaftung entzogen«, bemerkte Lorington nach einer kurzen Pause.

»Verhaftung? Aber weswegen?«

»Gefährdung der Staatssicherheit!« Die beiden standen unmittelbar vor Jan.

»Welcher? Der amerikanischen ... in England? Das ist einfach lächerlich«, sagte er, die Teekanne mit dem kochend heißen Wasser schützend vor sich haltend. »Sagen Sie mir doch, welcher Richter bei uns so einen Haftbefehl ausgestellt haben soll?«

»Nein, sagen Sie uns lieber, wo wir Frau Halberg finden können«, sagte Roth nun mit aggressiver Schärfe. »Wenn Sie nicht kooperativ sind, müssten wir annehmen, dass Sie ebenfalls in diese Angelegenheit ...«

»Alles in Ordnung, Herr de Maas?«, sagte eine sonore Stimme hinter ihnen.

Roth und Lorington fuhren herum. Neben der Zimmertüre standen zwei Mitarbeiter des hauseigenen Sicherheitsdienstes, den Jan zuerst mit dem fünfstelligen Alarmcode übers Telefon gerufen hatte. Die Aktivierung bedeutete, dass eine unmittelbare Bedrohung vorlag und das Team kannte auch die Zahlenkombination der Einganstür, um sich Zutritt verschaffen zu können.

Jan atmete auf. Beide Security Guards waren über 1,90 Meter groß und ausgesprochen gut durchtrainiert. Der mit der sonoren Stimme hatte überdies einen Polizeischlagstock in seiner Rechten.

»Ich denke schon«, sagte Jan und stellte die Kanne wieder auf den Herd. »Die Herren möchten gehen.«

Bis zur Rückkehr in Loringtons Büro beim MI6 sagte Roth kein Wort. Lorington freute sich insgeheim, dass er den großen David Roth auch einmal sprachlos erlebt hatte. Dieser de Maas hatte sie abserviert und es hätte keine Möglichkeit gegeben, den Sicherheitsdienst auszuschalten, ohne Aufsehen zu erregen. Und genau das konnten sie im Moment nicht gebrauchen, also traten sie unverrichteter Dinge den Rückzug an.

Den ganzen Nachmittag über versuchten sie, mit Hilfe der Spezialisten des MI6 Lena zu finden. Sie starteten eine lückenlose Überwachung von Lenas Haus und mailten ihr Bild an vertrauliche Außenposten auf Bahnhöfen und am Airport.

»Gibt's ein Resultat?«, fragte Roth, der kurz auf einen Snack weg gewesen war, als er zurückkam.

»Nein, absolut nichts.«

»Hast du ihre Kreditkarten gecheckt?«

»Natürlich! Die Mastercard hat sie zum letzten Mal benutzt, um ihre Flugtickets nach New York zu bezahlen, und mit der Visa war sie in Washington im Museum. Seitdem Funkstille.«

»Das Motorrad ...?«

»Ebenfalls gleich Null«, zuckte Lorington die Achseln. »Ich hab es an unseren Außendienst mit höchster Priorität hinausgegeben und überdies, durch meine guten Kontakte zum Scotland Yard, eine sofortige Fahndung bei der Straßenpolizei eingeleitet. Aber die Maschine ist bislang unauffindbar.«

Lena blieb wie vom Erdboden verschwunden. Langsam wurde Roth nervös. Er musste Bronsteen davon in Kenntnis setzen, was er sich gerne erspart hätte. Und wenn es nicht bald gelang sie zu finden, würde er gar nicht gut dastehen.

*

»Und was haben sie gesagt?«, fragte Niels und nippte an seinem Bierglas.

»Gar nichts mehr. Sie sind einfach gegangen. Der eine vom Sicherheitsdienst hat nochmals nach dem Ausweis gefragt, aber den haben sie ihm nicht mehr gezeigt. Und ich hab gedeutet, er soll sie einfach abhauen lassen.«

Niels und Jan saßen wieder in ihrem beliebten Treffpunkt, dem White Horse, das wieder ziemlich voll war und tranken frisches Bier vom Fass. Draußen war es bereits dunkel geworden und der kühle Wind beutelte die Bäume kräftig.

Jan hatte es nach dem Besuch der angeblichen Beamten der Staatssicherheit zu Hause nicht mehr ausgehalten und kurzerhand Niels angerufen. Er musste sich die Geschichte von der Seele reden.

»Und, geht's wieder besser?«, fragte Niels.

»Bedeutend, danke«, antwortete Jan. »Mir ist erst nachdem die beiden weg waren so richtig der Schreck in die Glieder gefahren. Nicht auszudenken, wenn die Security nicht rechtzeitig gekommen wäre. Wer weiß, was die vorhatten.«

Er ist ein Waschlappen, fand Niels, als er Jan anblickte. Seit sie sich kannten, sah er ihn zum ersten Mal in einer extremeren Situation. Jetzt erlebte er hautnah, was Lena meinte, wenn sie oft sagte, Jan sei nett, aber sonst nicht viel.

»Hast du gewusst, dass Lena schon aus Amerika zurück ist?«, wollte Jan wissen.

»Nein, keine Ahnung«, log Niels, ohne mit der Wimper zu zucken. »Ich hab auch seit dem letzten Telefonat aus New York nichts mehr von ihr gehört.«

Und, dachte er nebenbei, ich würde es dir nicht auf die Nase binden. Er behielt die Informationen, die ihm Lena am Vorabend gegeben hatte, und ihre nächtlichen Verfolgungsjagden für sich. Je weniger Jan wusste, desto besser. Denn unter Druck gesetzt würde er alles ausplaudern, da war sich Niels nun sicher.

Er hatte Lenas Maschine von der Station in Kensington geholt und sie in seine Garage gestellt. Hier war sie fremden Blicken entzogen. Die Balkontür musste er noch schließen, aber dafür war auch morgen Zeit genug.

»Sie manövriert mich in eine ungute Situation«, meinte Jan nach einem Schluck Bier.

»Du hast doch gar nichts damit zu tun.«

»Und warum kommen dann seltsame Leute zu mir nach Hause?«, verteidigte sich Jan. »Außerdem stehe ich vor Bronsteen ziemlich schlecht da, wenn es Probleme gibt. Immerhin ist sie meine Angestellte.«

»Ah, der große Bronsteen macht dir Sorgen.« Niels stellte sein Bier angewidert auf den Tisch. »Wann wirst du endlich aufwachen?«

»Was meinst du?«

»Ich denke, das weißt du genau.«

»Ich weiß gar nichts. Ich bin Chefredakteur eines großen Fernsehsenders. Eine Position, die man nicht für Gerüchte aufs Spiel setzt.«

»Da macht man lieber beide Augen zu ...«

»Wenn du es genau wissen willst, ich mach sie für solche Verrücktheiten gar nicht erst auf.«

»Und genau damit fängt die Scheiße meistens an.«

23

Der Wind fegte klirrend kalt über die Bahnsteige in Bologna, als Lena aus dem Zug hinauskletterte. Nach dem überheizten Abteil fröstelte sie im Freien. Als sie das letzte Mal hier war, schien die Sonne bei annähernd dreißig Grad. Und nun lag auf dem Beton, außerhalb der Überdachungen, ein feiner, weißer Reif, fast wie Staubzucker.

Solch eisige Temperaturen Ende April, dachte sie und schaute sich um, vielleicht ist das mit der Klimaerwärmung ja doch nicht wahr.

Nur wenige Fahrgäste waren aus dem Intercity ausgestiegen. Sie zog die Schultern hoch und warf ihren Rucksack über. Vierzehn Stunden war sie unterwegs gewesen, zuerst mit dem Eurostar bis Köln, und dann weiter über München, Innsbruck und Mailand, mit dem Intercity. Sie streckte sich, um die Müdigkeit vom langen Sitzen abzuschütteln.

Antonio hatte ihr vor einer Stunde eine SMS geschickt, dass er sie vom Bahnhof abholen würde, aber es war keine Spur von ihm zu sehen. Lena ging in die wärmere Bahnhofshalle und rief ihn an.

»Ich bin schon da«, sagte eine Stimme in ihrem Rücken, noch bevor die Verbindung zustande kam. Antonio stand direkt hinter ihr. Er wirkte leicht genervt.

»Der Alfa?«, fragte Lena.

Antonio nickte stumm, rang die Hände vor seinem Gesicht und grinste. Dann nahm er Lena in die Arme und drückte sie.

»Buona sera«, sagte er fröhlich und küsste sie auf beide Wangen.

»Hör auf«, lachte Lena, »ich krieg ja gar keine Luft! Aber schön, hier zu sein.«

»Ja, Bologna freut sich auch auf dich.« Er schnappte ihren Rucksack und sie gingen hinaus.

Nach dem dritten Versuch sprang der Alfa endlich an.

»Es ist ihm einfach zu kalt«, sagte Antonio entschuldigend. Er liebte diesen alten, hellblauen GTV, der beharrlich Zicken machte, wenn er ihn dringend brauchte. Aber dieses Eigenleben akzeptierte er im Gegenzug für den Spaß, den ihm der Sportwagen aus den späten Siebzigen bereitete. Neue Autos waren gar nicht sein Ding.

Sie fuhren durchs abendliche Bologna, das für Lena eine ausnehmend interessante Stadt war. Sie betrachtete Antonio von der Seite, wie er ohne Hast die langen dunklen Haare nach hinten strich, die an den Schläfen schon grau durchzogen waren, und den Wagen in den dichten Verkehr einfädelte.

Für sie war er der beste Kumpel, den es auf dieser Welt gab. Sie hatten gemeinsam hier studiert und der Kontakt war über die Jahre nie abgerissen. Gelegentlich lud er sie zum Ausspannen in seine kleine Berghütte in der Nähe von Bozen ein.

Antonios Kosmos war die Mathematik. Meist verstrickt in logische Probleme höherer Gleichungen, spöttelte er oft über Lenas kurzlebige Medienwelt. Am liebsten verbrachte er seine Zeit am Computer und trug weite Sweater unter unförmigen Jacken, worin er aber trotzdem gut aussah. Nebenbei kochte er leidenschaftlich gerne und liebte Verdi – ganz besonders den Don Carlo aus der Scala mit Pavarotti unter Riccardo Muti.

Er war einmal kurz verheiratet gewesen, aber die Ehe hielt nicht einmal drei Jahre. Es gab in seinem Leben nicht viel Veränderung, die ganze Hingabe gehörte stets seiner Arbeit. So machte er auch eine solide Karriere – direkt nach dem Studium bekam er eine Anstellung als Assistent am Institut für Astronomie und bald darauf wurde er Dozent.

Nur bei Modefragen waren seine Angaben oft nicht problemorientiert, fand sie, denn ob man ein schickes Teil kaufen musste, ließ sich für sie nicht an der statistischen Wahrscheinlichkeit des Tragens festmachen.

Auch heute hatte Antonio bereits ein Abendessen vorbereitet. Lena erzählte ihm danach die ganze Story der letzten Wochen. Er zündete sich dazu eine Zigarillo an, lehnte sich gemütlich zurück und folgte ihrer Erzählung, ohne sie zu unterbrechen. Seine Ruhe wirkte auf Lena sehr entspannend.

»Gut, dass du gekommen bist. Hier wird dich niemand vermuten«, war sein Kommentar dazu. »Mutter weiß sicher, was zu tun ist.«

*

In Baltimore legte Bronsteen gerade den Hörer seines Telefons nachdenklich auf die Gabel und lehnte sich zurück. An der Ostküste war es noch später Nachmittag und die tiefstehende Sonne spiegelte sich in der Skyline des Inner Harbour. Für Bronsteen, der amerikanische Städte mochte, war dies ein prächtiges Schauspiel. Nur im Moment konnte er diesen Anblick vor seinem Penthouse nicht genießen. Er hatte andere Sorgen. Und er hasste es, Sorgen zu haben. Sie schränkten ihn in seiner Handlungsfähigkeit ein und blockierten sein Denken.

Sein Problem hieß David Roth. Bronsteen war bitter enttäuscht, dass sogar Roth eine Aufgabe nicht zur vollen Zufriedenheit lösen konnte. Dieser hatte ihm soeben aus London mitgeteilt, dass Lena Halberg spurlos verschwunden war. Entweder war die englische Journalistin mit allen Wassern gewaschen oder einfach flinker als Roth – beides war inakzeptabel.

Bronsteen war es egal, ob Lena gegen Roth etwas in der Hand hatte. Das war Schnee von gestern und niemand würde der Sache heute noch ernstlich nachgehen. Überdies würde das nur Roth treffen. Unangenehm wurde die Angelegenheit mit diesem Foto von Prow in China, das betraf die Gegenwart und, was noch schlimmer war, die Zukunft. Denn die verschiedenen Gruppierungen innerhalb der Militärs in Kolumbien zählten zu Bronsteens bedeutendsten Kunden. Im Notfall die Verbindung zu kappen und die chinesische Ladung auf See zu verlieren kostete Geld. Unheimlich viel Geld.

Und es betraf Bronsteen selbst, denn diese Halberg würde versuchen ihn da mit hineinzureißen, davon war er überzeugt. Sein ganzes, über drei Generationen aufgebautes Imperium könnte Schaden nehmen.

Er stand auf, holte sich ein Glas und goss sich einen ordentlichen Drink ein. Etwas, das er selten tat, da er nur in Ausnahmesituationen trank. Roth hatte das Ganze heraufbeschworen. Vielleicht war er alt geworden, oder nachlässig, oder beides. Jedenfalls handelte er nicht mit der gewohnten Durchsetzungskraft. Der Alleingang des MI6, der Lena aufgeschreckt hatte, bewies für Bronsteen auch, dass Roth seine Leute nicht mehr im Griff hatte.

In einigen Zügen leerte er das Glas und traf eine notwendige, aber für ihn trotzdem bittere Entscheidung. Er würde sich von Roth trennen. Lena Halberg würde der letzte Auftrag sein, den Roth für ihn erledigte. Bronsteen griff zum Telefon und schickte eine kurze SMS mit einem Codewort an eine Nummer, die er seit langem kannte, aber selbst noch nie verwendet hatte. Trotzdem wusste er, dass der Empfänger die Nachricht verstehen würde.

»Es freut mich, Sie diesmal persönlich zu treffen«, sagte Z eine halbe Stunde später, als er das Extrazimmer in dem kleinen, aber exklusiven Restaurant im vorletzten Stockwerk des Bronsteen Towers in Baltimore betrat.

Hier bot sich ein idealer Treffpunkt wenn streng vertrauliche Meetings anstanden. Für Bronsteen war das Extrazimmer über eine private Treppe direkt aus dem Penthouse zu erreichen und für Gäste gab es einen eigenen Lift vom unteren Parkdeck des Bürogebäudes. So konnten alle ungesehen kommen und gehen. Bronsteen hatte schon bei der Planung des Gebäudes auf diese Möglichkeit großen Wert gelegt. Hier fanden auch die meisten der inoffiziellen Treffen statt, die Prow einfädelte. Bronsteen konnte nach Belieben dazukommen und sich in die Gespräche einschalten, ohne das Gebäude verlassen zu müssen. Es war also der perfekte Ort für seine Verabredung mit Z, den er mit der SMS herbeordert hatte.

»Kommt Roth noch dazu?«, fragte Z, als sie beim improvisierten Lunch saßen.

»Nein, ich hätte diesmal«, sagte Bronsteen und betonte jedes Wort, »einen sehr persönlichen Auftrag ...«

Z nickte und begriff sofort, die Dinge liefen diesmal anders als bei den üblichen Engagements. David Roth war sein bester Klient, aber natürlich wusste er, dass in Wahrheit Bronsteen als Auftraggeber dahinter steckte.

»Daher«, fuhr Bronsteen fort, »muss das Treffen dieses Mal ohne unseren gemeinsamen Freund stattfinden.«

»Verstehe, um wen geht es?«

»Um ihn selbst.«

Am anderen Ende des Tisches war es einen Augenblick lang totenstill.

»Und danach?«, fragte Z schließlich lauernd.

»Genießen Sie einfach Ihr Leben.«

»Da wäre dann noch das Honorar.«

»Das setzen Sie in diesem Fall selbst fest.«

Z nickte.

24

Lena lehnte im Beifahrersitz von Antonios Alfa und genoss die Fahrt durch die Weinberge südlich von Bologna. Die Emilia Romagna war wie ausgewechselt an diesem letzten Aprilwochenende. Die sanften Hügel lagen in der kräftigen Mittagssonne und die frostige Kälte der letzten Tage war über Nacht einer warmen, beinahe schon frühsommerlichen Stimmung gewichen.

Der Alfa brummte willig durch die Kehren bergan, nachdem er beim Wegfahren folgsam angesprungen war.

»Er liebt das wärmere Wetter«, hatte Antonio mit einem Lächeln angemerkt, »da ist er so wie ich.«

Antonio bog von der Straße an einer Abzweigung ab und fuhr über eine bewaldete Kuppe. Nur ein einfaches Hinweisschild, auf dem *Vigneti Alba* zu lesen war, deutete auf die Weingärten der Familie hin. Die Straße führte auf die andere Seite der Anhöhe und gab den Blick auf das Weingut frei.

Lena war lange nicht mehr hier gewesen, sodass sie beinahe vergessen hatte, wie atemberaubend dieser Anblick war. Vor ihr lagen sanfte, weite Hügel mit großen, terrassenförmig angelegten Stufen. Hier an diesen Südwesthängen wuchsen die Trauben für den Wein, den Antonios Mutter Klara noch selbst machte. Die übrigen Weingärten, der ehemals bedeutenden Weinproduktion, hatte sie nach dem Tod ihres Mannes verpachtet. Luigi war der letzte Spross einer berühmten Winzerdynastie gewesen, doch für Antonio war es nie in Frage gekommen, in die Fußstapfen seines Vaters zu treten. Nur Klara, die als Ausgleich neben ihrer Beschäftigung an der Uni gerne am Gut mitgearbeitet hatte, versuchte noch einen Teil des Betriebes am Leben zu erhalten. Damit es zumindest auch einen guten

Wein aus der Region gäbe, wie sie oft spaßte.

Gesäumt von Zypressen führte die Straße den Hügel seitlich hinauf zu einer Anordnung aus alten Steinhäusern mit rotbraunen Ziegeldächern, die oben auf einer der letzten Geländestufen standen. Die Mitte nahm das Wohnhaus ein, dessen drei Gebäudeteile, im Stil eines klassisch römischen Landgutes, um ein offenes Atrium herum gebaut waren. Der Boden dieses Innenhofs war mit wuchtigen Steinplatten ausgelegt, die durch die jahrhundertelange Benutzung so abgeschliffen waren, dass sie sich wie Samt anfühlten, wenn man im Sommer barfuß darüberlief. Im windgeschützten, teilweise überdachten Teil des Hofs, der sich an die hintere Hauswand schmiegte, gab es eine offene Feuerstelle, die im Sommer zum Kochen und im Winter als offener Kamin verwendet wurde. Davor stand ein riesiger Holztisch mit bunt zusammengewürfelten Stühlen, der, sobald es das Wetter zuließ, zum eigentlichen Zentrum des Hauses wurde.

Nach vorn zum Tal hin öffnete sich das Atrium auf eine Steinterrasse mit mehreren imposant bepflanzten Amphoren und halb überwachsenen Steinbänken. Links neben der Terrasse ging ein schmaler Weg durch einige Rosenbögen zu einem flachen Nebengebäude, das sich Antonio als Arbeitszimmer eingerichtet hatte. Hier konnte er sich vor Klaras aktiver Lebendigkeit zurückziehen, wenn er ungestört über einem mathematischen Problem brütete. Auf der anderen Seite des Haupthauses lag ein Garten mit Obstbäumen und dahinter – in einiger Entfernung – zwei Wirtschaftsgebäude, in denen Klara ihre private Weinkellerei betrieb.

Als Lena bei der Auffahrt hinter dem Haus aus dem Alfa stieg, sog sie die Luft tief in ihre Lungen. Sie liebte den herben Duft hier oben, der zu jeder Jahreszeit nach anderen Dingen roch, aber trotzdem unverwechselbar blieb. Heute war es die Mischung aus jungem Rosmarin, Lavendel und der noch frischen Erde, die den bereits nahenden Sommer verkündete.

»Da seid ihr ja endlich«, tönte es aus dem Haus, bevor noch Klaras Gesicht in der Tür erschien. Und dann kam sie in Leinenhose und Gummistiefeln über die wenigen Stufen nach unten geeilt und drückte die beiden herzlich und ausgiebig.

Prof. Dr. Klara Eckmann-Alba – Soziologin, Informatikerin und ehemalige Institutsleiterin an der Universität Bologna – war verbindlich, humorvoll und überall beliebt. Obwohl sie bereits kurz vor ihrem Siebziger stand, hielt sie gelegentlich noch Vorträge zum Thema globale Vernetzung und publizierte Fachartikel über Probleme des Internets, die große Beachtung fanden. Immerhin hatte sie vor dreißig Jahren den zentralen Server der Uni mit aufgebaut und sich dadurch enorme Fähigkeiten erworben. Auch in der Pension blieb die moderne Technik ihre große Leidenschaft, und sie verblüffte die jüngeren Fachkollegen oft mit unkonventionellen Lösungen.

Wenn sie nicht eifrig am Computer oder im Web aktiv war, saß sie am liebsten auf dem Mountainbike oder ihrem alten, grünen Steyr-Traktor und kurvte durch die Weinberge.

»Kommt herein«, sagte sie nach der ausgiebigen Begrüßung, fasste die beiden um die Schultern und zog sie ins Haus hinein. Sie bedauerte, dass Lena nicht ihre Schwiegertochter geworden war. »Ich habe euch einen kleinen Mittagsimbiss gemacht, aber ich glaube, wir bleiben drinnen, da ist die Temperatur noch gemütlicher.«

Der kleine Imbiss war ein ausgewachsener Brunch. Wie gewohnt würde die Menge für eine Großfamilie reichen, dachte Lena, als sie in die geräumige Küche kamen. Der Esstisch bog sich vor verschiedenen Käsesorten, geräuchertem Landschinken, frischen Radieschen und Paprika, duftendem Gebäck und frischer Butter. Dazu stellte Klara Kaffee und Tee auf.

»Beispiellos«, meinte Klara noch kauend, nachdem sie beim Essen saßen und ihr Lena die Geschichte von Prow und dem

Giftgasdeal erzählt hatte. »Solange es solche Kreaturen gibt, braucht man sich nicht zu wundern, wenn es überall auf der Welt Unruhen und Kriege gibt. Und du denkst, dieselben Typen könnten auch mit dem Unfall von Prinzessin Diana etwas zu tun haben?«

»Da bin ich ganz sicher«, sagte Lena, nahm Francos altes Bild aus Paris aus ihrer Handtasche und zeigte es Klara, »und der Fahrer auf dem Motorrad ist vom CIA, er arbeitet aber auch für Bronsteen, ein gewisser David Roth.«

»Klar, Waffenproduzenten und Geheimdienste brauchen sich gegenseitig. Und der andere?« Klara nahm das Foto und betrachtete die beiden eingehend.

»Das muss ich erst noch herausfinden.«

»Dieser Roth ist auf dem Bild Anfang dreißig, dürfte heute also so um die fünfzig sein, der andere ist mindestens um zehn Jahre älter.«

»Sind sicherlich keine kleinen Außenagenten mehr«, meinte Antonio dazwischen. »Die sitzen mittlerweile hinterm Schreibtisch auf entsprechenden Positionen.«

»Und die Drecksarbeit machen die anderen«, hakte Klara nachdenklich ein, »was bedeutet, sie haben einiges zu verlieren und werden sich wehren.«

»Wenn schon«, zog Lena wieder ihr trotziges Gesicht. »Das macht sie nur umso angreifbarer.«

»Gegen die beiden hast du aber überhaupt noch nichts in der Hand.« Klara goss sich Kaffee nach. Es war bereits ihr vierter, sie trank ihn wirklich kannenweise. »Wir können es also vorerst nur über Prow aufziehen und hoffen, dass uns die Spur dann weiterführt.«

»Nachdem du wir sagst, höre ich raus, dass du mir dabei hilfst?«

»Natürlich«, bestätigte Klara sofort, »glaubst du, ich lasse es mir entgehen, einen US-Senator aufs Eis zu führen? Noch dazu, wenn er ein Arschloch ist!«

»Das habe ich befürchtet. Dabei hatte ich gehofft, du redest ihr das aus, Mutter!« Antonio verdrehte hinter den beiden die Augen.

»Das fehlte noch«, feixte Klara, »solche Leute ungeschoren davonkommen lassen. Und Lena führt Dinge, die sie beginnt, immer zu Ende. Der Versuch, ihr das auszureden, hätte also überhaupt keinen Sinn.«

»Und wie, denkst du, fangen wir an?« Lena sprühte bereits vor Tatendrang.

»Es gibt nichts, was man im Web nicht findet.«

Klara stand auf und stellte noch frischen Kaffee hin. Es würde ein langer Tag werden und es war besser für Vorrat zu sorgen.

»Na bitte, da haben wir schon einen Link zu seiner Homepage.«

Sie saßen im Arbeitszimmer an Klaras Schreibtisch, der in einem halbrunden Erker im oberen Stockwerk stand. Die hohen Fenster hinter den beiden großen Monitoren gingen hinaus auf die Sonnenterrasse oberhalb des Wohnzimmers. Durch Orangenbäumchen sah man hinunter auf das Atrium und dann weiter bis ins Tal. Die beiden hatten jedoch kein Auge für die herrliche Landschaft in der Nachmittagssonne, sondern waren gedanklich in Amerika unterwegs, auf den Internetseiten der Republikaner in Washington. Klara ging auf die Programmebene und durchforstete die Quelltexte und Codes.

»Sehr unvorsichtig von denen, aber gut für uns«, murmelte sie dabei.

»Unvorsichtig?«

»Ja, die Seite der Republikaner im Kongress ist praktisch nicht verschlüsselt.« Sie öffnete noch ein weiteres Eingabefenster und kopierte einige Zeilen hinüber. »Also schon irgendwie, aber in einer Art von System, das fast keine Barriere bietet, wenn man sich ein wenig darin auskennt.«

»Und was suchst du?«

»Ich bin dabei, ein wenig im elektronischen Unterholz zu graben, um über die Datenbanken an die IP-Adressen und die näheren Details der Server zu kommen, die Prows Website hosten.«

»Weil du denkst, das dort nicht nur die Homepage, sondern auch seine anderen Sachen liegen werden?«

»Das ist zumindest eine Möglichkeit«, nickte Klara. Sie tippte mit einer Schnelligkeit, der Lena nicht einmal mit Blicken folgen konnte, während die Welt um sie scheinbar versank.

Klara wäre die perfekte Hackerin, schien es Lena. In verschiedene Fenster, die sich wie von selbst öffneten und wieder schlossen, gab Klara endlose Befehlsreihen ein. Mit einem Mal nickte sie mit einem kurzen Lächeln.

»Na bitte.« Klara klang triumphierend. »Prow hat einen eigenen Server, aber keinen gemieteten Webspace, sondern ein physisches Ding, einen eigenen Rechner.«

»Und was heißt das für uns?«

»Ist gut und doch nicht so gut gleichzeitig«, erklärte sie Lena. »Gut, weil die Profiserver meist besser gesichert sind ...«

»Und nicht so gut?«

»Weil wir auf alle Fälle sein Passwort brauchen. Bei größeren Providern gibt's Hintertüren, wie man über das übergeordnete System an die Daten kommen kann, auch wenn man die Passwörter nicht hat. Aber bei einem einzelnen Rechner kommen wir ohne fast nicht hinein.«

»Versuchen wir's doch einfach.«

Klara verband sich mit dem Rechner von Prow und stockte.

»Interessant, da sind schon welche drauf.«

Lena verstand nicht.

»Der Rechner von Prow wird überwacht.« Klara deutete auf

die Monitore. »Jemand will es ganz genau wissen.«

»Du meinst von außen?«

»Ja, da läuft ein Spy-Programm, eine Software, die jede Aktivität speichert und automatisch an einen anderen Computer weiterleitet.«

»Und an welchen?«

»Werden wir gleich wissen ...«

Klara kopierte eine Zeile aus dem Quellcode in ein neues Fenster ihres Browsers. Am Bildschirm erschien eine hellgraue Introseite mit einer Error-Meldung und darunter dem Text:

Central Intelligence Agency Data System –
privileges required, unauthorized use prohibited.

»Die CIA«, entfuhr es Lena erstaunt, obwohl sie so etwas bereits erwartet hatte.

»Noch Fragen?«, schmunzelte Klara, als sie Lenas große Augen sah.

»Kommen wir in den Rechner hinein, ohne dass die uns bemerken?«

»Ja, denke ich schon«, nickte Klara. »Viel Mühe haben die sich nicht gegeben, da sie es ja nur auf einen ahnungslosen Senator abgesehen hatten. Die werden nicht einmal mitbekommen, dass wir im Rechner sind und glauben, Prow hätte ihn selbst eingeschaltet. Solange wir also nur schauen und keine weiteren Aktivitäten ausüben, kann nichts geschehen.«

Sie tippte wieder einiges in ein Browserfenster, worauf eine Maske mit einer Passwort-Abfrage erschien.

»Also, was meinst du?«, fragte Klara mit einem Seitenblick auf Lena. »Hast du eine Idee?«

»Lisbeth hat mir gegenüber erwähnt, dass der Tod ihres Sohnes den Senator sehr bedrückt hat. Das wäre für mich ein guter Einstieg.«

»Gut, scheint logisch.«

»Dann versuch Bobby.«

Klara tippte es ein – es war falsch.

»Wir haben drei Versuche, bevor die im CIA eine Meldung bekommen. Einen haben wir gerade verbraucht. Gibt's noch was anderes, was Sinn macht?«

»Nichts, was mir bekannt wäre. Wenn Bobby nicht geht«, sagte Lena, »dann probier es mit Robert.«

Wieder kam die Meldung: Access denied.

»Shit«, zischte Lena zwischen den Lippen. »Wir haben nur noch einen Versuch?«

Klara nickte.

»Wie wäre es nur mit BOB?«, tönte es von der Tür. Es war Antonio, der nach oben gekommen war und die Bemühungen der beiden schon eine Weile verfolgt hatte. »Aber alles großgeschrieben!«

»Wie kommst du darauf?«, wollte Lena wissen.

»Es gibt im Pentagon einen gut geschützten Führungsstab des Verteidigungsministers, der im Falle eines Konflikts die Aktivitäten aller beteiligten Einheiten koordiniert – den Battle Operation Board, kurz BOB. Dem gehören neben den Militärs auch einige Senatoren an. Und da Prow für Rüstungskomitee des US-Senats arbeitet und auch für Bronsteen die Fäden zieht, ist er auf alle Fälle in den Stab involviert, worauf er sicher recht stolz ist, so wie du ihn schilderst. Wenn er also BOB als Passwort nimmt, hat er seinen Sohn verewigt und bedient überdies auch die eigene Eitelkeit. Wir haben hier demnach mathematisch eine sehr hohe Wahrscheinlichkeit.«

»Wow!« Lena war sprachlos über Antonios Schlussfolgerung, die er so nebenbei aus dem Ärmel geschüttelt hatte.

Antonio hob entschuldigend die Schultern.

»Ich hab auch Internet im Zimmer.«

»Jetzt muss es nur noch stimmen. Wie hoch schätzt du die Chance, dass du richtig liegst?«

»Ohne es genauer zu analysieren, würde ich sagen 80:20 dafür.« Antonio kam zum Computer und grinste Lena an. »Aber in Wahrheit ist es nur 50:50, denn entweder stimmt es oder nicht. Aber sag das ja nicht meinen Studenten.«

»Aber 50:50 ist nicht so toll ...«

»Hat aber funktioniert«, sagte Klara. Sie hatte es spontan versucht, da es keine bessere Idee gab, und deutete über die Tastatur auf den Monitor. »Wir sind drinnen!«

Lena nickte Antonio anerkennend zu.

»Ach«, tat er es mit einer Handbewegung ab, »rein logische Schlussfolgerung, lag praktisch auf der Hand.«

Lena und Klara sahen sich kurz an und schmunzelten.

»Wo möchtest du denn gerne hin?«, fragte Klara und wandte sich wieder dem Computer zu.

»Was gibt's denn für Verzeichnisse?« Lena kramte ihre Lesebrille aus der Tasche.

»Jede Menge.«

»Dann schau doch mal nach China.«

Klara durchsuchte die Verzeichnisse.

»Fehlanzeige.«

»Vielleicht einfach nur Giftgas«, feixte Antonio, wurde aber gleich wieder ernst. »Leider nicht komisch.«

»Sieh mal einer an ...« Klara hatte in dem Verzeichnis Agreements ein Dossier geöffnet. »Hier hat er fein säuberlich alle Verhandlungen aufgelistet, die er als Lobbyist für den Konzern von Prow geführt hat. Leider stehen nur die Termine und die Organisationen hier und weder Namen noch einzelne Details über Abschlüsse oder was besprochen wurde.«

»Dann hätten wir ihn sofort«, sagte Lena, setzte sich auf die Lehne von Klaras Bürostuhl und nahm die Maus. Sie scrollte durch die Aufzählung.

»Aber so, wie das angelegt ist«, meinte Antonio, »finden wir die Angaben sicher auch noch. Jemand, der so ein Dossier schreibt, versucht sich abzusichern und dazu braucht er, falls es einmal nötig sein sollte, auch die Einzelheiten.«

Klara stand auf.

»Ich hole mir noch einen Kaffee, ihr könnt ja inzwischen in Ruhe die Dateien weiter durchschauen.«

»Alles Drecksgeschäfte«, sagte Lena und rutschte hinunter auf den Sessel. »Hier, sieh nur, seine Treffen waren vorwiegend in Krisenregionen – Lateinamerika, Naher Osten, Pakistan ...«

Antonio, der ihr über die Schulter schaute, zeigt am Monitor auf einen anderen Ordner.

»Der passt irgendwie nicht ins Bild«, dachte er dabei laut.

Die Ordner trugen zumeist neben der Bezeichnung auch ein Datum. Der eine, auf den Antonio deutete, hieß einfach nur Kolumbien. Lena schloss das Dossier mit der Auflistung der Verhandlungen und klickte auf den Ordner. Er enthielt eine Menge an Files, darunter Scans von Frachtdokumenten.

»Interessant«, entfuhr es Lena. Sie ahnte, dass sie ins Schwarze getroffen hatten.

In dem Ordner waren Frachtpapiere für Fässer mit Chemikalien aus Shenzhen. Einmal die Originale der chinesischen Lieferung bis Hawaii und dann ein zweiter Satz Dokumente, mit derselben Containernummer, für die Weiterfahrt nach Kolumbien, ausgestellt von einem Schweizer Unternehmen. Die Frachtpapiere waren unterzeichnet und penibel abgelegt.

Als Anhang gab es einen Vertrag mit dem chinesischen Militär, der auch Prows Unterschrift enthielt. Er lautete auf allgemeine Chemikalien, ohne genauere Spezifikation der Substanz. Doch neben der Warenbezeichnung, am Rand des Dokuments, stand unauffällig aber handschriftlich: O-Ethyl-S2. Das konnte nur Prows Handschrift sein.

»Wir haben ihn!«, rief Lena und sprang aufgeregt hoch, als sie hörte, dass Klara die Treppe aus der Küche wieder heraufkam. »Dieser Dreckskerl hat den Vertrag für die Giftgaslieferungen sogar selbst unterschrieben und sich die genaue Bezeichnung daneben noch notiert.«

Lena klickte kurzerhand auf das ganze Verzeichnis und zog es auf Klaras Desktop.

»Nicht!«, rief Antonio und versuchte damit Lenas Bewegung noch zu verhindert. Doch zu spät, der Download hatte bereits begonnen. »Mutter, schnell!«

Klara, die schon auf den letzten Stufen gewesen war, stürzte ins Zimmer und sah mit einem Blick, dass das Überwachungsprogramm der CIA auf Prows Computer zu arbeiten begonnen hatte. Sie versuchte einzugreifen, bekam aber keinen Zugang mehr.

»Die haben begriffen, dass jemand auf den Rechner zugreift und haben eine verschlüsselte Firewall hochgefahren. Da geht im Moment gar nichts mehr.«

»Das wollte ich nicht. Ich wollte nur Prow festnageln, und dazu brauchen wir diese Beweise«, meinte Lena entschuldigend und überließ Klara wieder ihren Platz.

»Schon klar, aber das kann man auch anders ...«, versuchte Klara zu erklären, unterbrach sich aber dann. »Was soll's, ist einmal geschehen.«

»Aber es hat das Verzeichnis doch heruntergeladen, bevor die uns blockiert haben, oder?«, wollte Lena wissen, nachdem sie sich etwas von dem Schock erholt hatte.

»Ja, zum Großteil wahrscheinlich schon.«

»Na, dann haben wir ihn doch!«

»Sie uns aber auch«, sagte Klara und lehnte sich zurück.

25

Die raschen Schritte hallten noch durch den langen Gang, als der diensthabende Offizier des MI6 eilig das Vorzimmer von Loringtons Büro betrat. Ohne sich vom Aufblicken der Sekretärin beeindrucken zu lassen, wedelte er mit einem Papier in seiner Hand und stürmte weiter.

»So warten Sie doch ...«, protestierte sie. Lorington bestand auf eine korrekte Anmeldung und hasste ein ungebetenes Eindringen in sein Reich. Sie hatte den Finger schon an der Gegensprechanlage, aber der Offizier war bereits an ihr vorbei.

»Dringliche Meldung«, rief er ihr noch zu, »ich übernehme die Verantwortung.«

Er stieß den Zugang zum Chefbüro auf, blieb im Rahmen stehen und nahm Haltung ein.

»Verzeihen Sie, Sir«, kam es in einem militärisch korrekten Tonfall über seine Lippen.

»Ja?«

Rhys Lorington blickte leicht verärgert zur Tür. Obwohl er der oberste Stratege für Konfliktbewältigung war, konnte er gegenüber Untergebenen im Team seine schlechte Laune nie verbergen. Er saß mit Roth am Besprechungstisch bei einem improvisierten Lunch mit Sandwiches und Wein. Sie waren dabei, die Lage zu besprechen, vor allem aber, die weitere Vorgehensweise gegen Lena zu planen.

»Eine persönliche Mail für Mr. David Roth aus Langley, Sir«, bellte der Beamte weiter. »Ist soeben über die sichere Leitung gekommen, mit Dringlichkeitsstufe Eins.«

»Ja, dann geben Sie schon her.« Lorington deutete zum Tisch. Der Diensthabende trat näher und händigte Roth das Papier aus.

»Sonst noch was?«, fragte Roth, da sich der Beamte nicht bewegte und ihn stumm anblickte.

»Man wartet auf Empfangsbestätigung, Sir!«

»Dann schreiben Sie das eben.«

»Danke, Sir!« Er nickte kurz und entfernte sich.

Roth blickte auf den Ausdruck und überflog ihn.

»Interessant. Passt genau zu unserem Gespräch von vorhin.«

»Würdest du die Güte haben ...?«

»Hast du Internet hier drin?«, fragte Roth automatisch.

»Klar.«

Sie gingen hinüber zu Loringtons Schreibtisch und der drehte den Bildschirm so, dass Roth ihn sehen konnte.

»Jemand ist bei Prow eingebrochen.«

»In die Villa?«

»Nein, unerlaubter Zugriff auf seinen Rechner von außen.«

»Wie seid ihr darauf gekommen?«

»Wir überwachen das.«

»Natürlich«, murmelte Lorington. Wen überwacht ihr nicht, dachte er bei sich.

»Unser Büro hat den Computer in Italien festgestellt, von dem aus gehackt wurde«, sagte Roth und zog die Tastatur zu sich. Er ging auf die Seite der Universität Bologna und tippte einen Namen als Suchbegriff ein. »Ein Subserver der Uni Bologna, steht aber an einer Privatadresse.«

»Und wo?«

»Bei einer Dr. Klara Eckmann-Alba, außerhalb der Stadt.«

Während der Uni-Rechner das Profil von Klara hochlud, blätterte Lorington in Lenas Akte.

»Da haben wir's«, deutet Roth auf den Bildschirm. »Klara Eckmann, verheiratete Alba, eine emeritierte Professorin, die in ihrer aktiven Zeit ein Institut geleitet hat. Hat mit sechzig noch ihren zweiten Doktor in Informatik gemacht. Sie ist zwar schon längere Zeit in Pension, hält aber noch Gastvorlesungen.«

»Und ist die ehemalige Studienleiterin von Lena Halberg!«, setzte Lorington triumphierend hinzu und schob Lenas offene Akte über den Tisch. »Die hat bei der Eckmann sogar ihren Abschluss gemacht und ist seit Jahren mit deren Sohn eng befreundet.«

»Na, das ist ja einmal eine Freude, wenn die Verhältnisse so durchsichtig sind«, nickte Roth.

»Es kommt aber noch besser.« Lorington tippte auf die Akte. »Mir ist klar, warum sie nicht locker lässt. Sie ist die ehemalige Freundin von Franco Barelli.«

»Barelli?«

»Der Fotograf!«

»Der uns damals in Paris aufgenommen hat!« Roth schlug sich mit der Hand auf die Stirn.

»Und den du danach beseitigt hast.«

»Immerhin bist du auch auf dem Bild. Ich weiß zwar nicht, wie es in ihre Hände gekommen ist, aber das ist Nebensache. Entscheidender scheint mir, dass sie durch ihre Recherchen auf Prow und unsere aktuellen Geschäfte gestoßen ist.«

»Was machen wir?«

»Wir müssen schnellstens agieren.«

»Wenigstens wissen wir, wo sie ist.« Lorington war einigermaßen erleichtert.

»Nun gut«, rekapitulierte Roth. »Sie fährt also zu ihrer alten Lehrerin und die beiden versuchen Informationen aus Prows Rechner zu bekommen, um Lenas Anschuldigungen gegen ihn zu beweisen. Sehr schlau, aber nicht schlau genug, denn sie haben übersehen, dass wir Prows Internet überwachen. Wir müssen hin.«

» Zumindest sind sie in Italien«, meinte Lorington. »das ist günstig ...«

»Da hast du recht«, bestätigte Roth. »Die Politik korrupt, die Polizei schlecht organisiert und die Berge hoch – eine ausgezeichnete Konstellation für uns. Es sind nur zwei Flugstunden und wir können alles, was wir brauchen, von hier aus mitnehmen. Es lebe das grenzenlose Europa.« Er klopfte zufrieden auf seine Beretta im Schulterhalfter unter der Achsel.

»Bleibt es beim Dreimannteam?«

»Ja, mehr als genug für dieses Mädchen.« Roths Stimme klang verächtlich. Da er sein Ziel wieder gefunden hatte und wusste woran er war, kehrte seine alte Sicherheit zurück.

»Ich lasse einen neutralen Privatjet startklar machen. Wann fliegen wir?«, fragte Lorington diensteifrig. Er war froh, dass sein Versagen bei Lenas Beschattung damit kein Thema mehr war.

»In zwanzig Minuten, ich rede noch mit Bronsteen, damit er sich wieder beruhigt.« Er stand auf und streckte sich. »Und informiere die Technik, dass sie, neben Lenas Überwachung noch eine zusätzliche Fangschaltung für das Handy von dieser Eckmann-Alba legen. Ich will wissen, wenn sie sich auch nur einen Meter bewegen.«

*

Klara wusste sofort, dass etwas im Gange war. Sofort nachdem die Firewall auf Prows Computer hochgefahren wurde, kam eine Fehlermeldung und der Zugang zu seinem Rechner war blockiert. Auch der Download der weiteren Ordner des Verzeichnisses wurde unterbrochen. Klara schloss rasch alle Programmfenster und sperrte nun auch ihren eigenen Internetzugang.

»Vielleicht können wir den Schaden noch etwas begrenzen«, hoffte sie. »Identifizieren können sie uns auf jeden Fall, aber zumindest kann ich verhindern, dass sie auf meine Festplatte kommen.«

Nachdem sie fertig war, öffnete sie die Files, die bis zum

Abbruch übertragen worden war.

»Ich hoffe es war's wert, und das, was du wolltest, ist auch dabei.«

»Ist es!« triumphierte Lena.

Es waren einige Ordner durchgekommen, darunter der mit den Kolumbien-Geschäften. Die Frachtdokumente mit den Unterlagen zu der Containerladung waren zur Gänze vorhanden. Auch der Vertrag war dabei und die Seiten mit Prows persönlicher Notiz zur Bezeichnung der Substanz und seine Signatur war klar und deutlich zu erkennen. Jeder konnte sehen, dass es sich hierbei um eine Lieferung des hochgiftigen VX-Gases handelte, dessen Produktion weltweit seit Jahren verboten war, und sich dies unterwegs nach Kolumbien befand.

Darüberhinaus gab es noch einige weitere Ordner aus dem Verzeichnis und Files mit Namenslisten, die anscheinend mit anderen Geschäften zu tun hatten.

Auch Klara nickte zufrieden.

»Glück gehabt, wir können Prow festnageln. Nur schade, dass Bronsteen nicht erwähnt wird, aber möglicherweise steht er auf einer der Listen. Um die kümmere ich mich dann später«, sagte sie. »Wir müssen erst einmal versuchen, die Dinge über Prows Giftgasdeal zu veröffentlichen. Und dann sollten wir schauen, dass wir uns aus der Schusslinie bringen, bevor sie hier sind.«

»Du meinst, sie kommen her?« Lena riss die Augen auf.

»Ganz sicher. Immerhin hängen da einer der größten Waffenfabrikanten, ein amerikanischer Senator und auch die CIA mit drin. Natürlich müssen die versuchen uns auszuschalten und ich glaube kaum, dass sie in der Wahl ihrer Methoden zimperlich sind.«

»Und über die Rückverfolgung deines Computers wissen sie genau, wo wir sind?«

»So, als hättest du ihnen eine Visitkarte gegeben.«

»Ich packe schnell Sachen für ein paar Tage zusammen«, beeilte sich Lena und stieß Antonio an. »Komm hilf mir.«

»Am besten warme Pullis und feste Schuhe«, riet Klara. »Ihr fahrt in die Hütte, die kennt niemand.«

»Aber es sind fast drei Stunden Fahrzeit bis nach Südtirol. Bis wir dort sind, wird es stockdunkel sein, und die Schotterstraße hinauf ist sehr schlecht«, versuchte Antonio Klaras Vorschlag abzubiegen. »Ein Hotel wäre besser und leichter zu erreichen.«

»Da suchen sie aber bestimmt zuerst. Nein, die Hütte ist sicherer«, antwortete Klara bestimmt. »Du hast nur Angst um deinen Alfa, aber der schafft das schon.«

Antonio zog brummend ab.

»Und lade warme Decken und etwas zum Essen ein, die Hütte ist nicht geheizt und ihr werdet Hunger bekommen«, rief ihm Klara noch nach. Dann drehte sie sich wieder zum Schreibtisch.

»So, dann werden wir Herrn Prow einmal seine Geschäfte versalzen.« Sie nahm ihren Laptop und öffnete ihn. »Ich habe hier noch einen anderen Internetzugang, der geht nicht über die Uni, taucht nirgendwo auf und ist verschlüsselt. Da können wir die Sachen weiterschicken, ohne dass die es sofort bemerken und sind ihnen einen Schritt voraus, falls sie meinen Anschluss an der Uni auch bereits überwachen.«

Klara klickte die Dokumente an und kopierte sie, zusammen mit den beiden Fotos von Prow in China, in einen neuen File.

»Nur schade, dass wir nichts gegen Roth haben und keinen Hinweis über die Vorgänge in Paris«, sagte Lena nachdenklich.

»Jetzt ist es notwendig, einmal Prow das Handwerk zu legen. Die Dokumente sind so brisant, dass der Skandal weite Kreise ziehen wird, also kriegen wir Bronsteen und die CIA über Umwege letztlich sicher auch noch.«

Nachdem Klara noch einen entsprechend scharfen Kommentar zu den Dokumenten verfasst hatte, war sie fertig. Nicht einmal eine halbe Stunde war vergangen.

»Ich schicke den File mit den gesamten Unterlagen in deinem Namen an CNN, an die Washington Post und direkt ans Amerikanische Verteidigungsministerium im Pentagon.«

»Je mehr es bekommen, desto besser!«

»Fällt dir noch jemand ein?«

»Schick es doch auch an Eagle News«, grinste Antonio, der fertig gepackt hatte, von der Türe. »Die bringen so etwas sicher gerne.«

»Ja, das ist gut, mach das!«, meinte Lena und griff seinen Scherz auf. »Jan soll ruhig wissen, dass ich recht gehabt habe.«

Klara nickte und lud den File über ihren Laptop ins Netz.

»So, es ist nicht mehr zu stoppen«, freute sie sich, als der Upload ohne Unterbrechung beendet war. »Und ihr müsst auch dringend weg.«

»Du kommst doch mit?«, fragte Lena besorgt.

»Nein, einer muss die Behörden informieren, wir brauchen Schutz. Wer immer von der Sache betroffen ist, wird kommen und versuchen, uns zu beseitigen.«

»Aber wenn die Dokumente sowieso bereits bei den Medien und im Pentagon aufliegen, erreichen sie damit doch gar nichts«, meinte Antonio aufgeregt dazwischen, »das wäre vollkommen unlogisch.«

»Antonio ...« Klara stand auf und zog die beiden einen Augenblick an sich. Für einen Moment schien es, als hätte sie feuchte Augen. »Die Menschen sind leider nicht logisch und Rache ist ein starkes Motiv, daran habe ich keinen Zweifel. Glaubt mir, es kommt eine ziemliche Scheiße auf uns zu.«

»Was willst du tun?«

»Ich fahre nach Bologna hinunter zu den Carabinieri und dann weiter zur Uni, wo sie mich nicht suchen werden. Ich habe noch meinen kleinen Arbeitsraum am Institut, dort gibt es nachts einen Sicherheitsdienst und ab acht Uhr früh ist die Uni voll mit Studenten. Öffentlichkeit ist der beste Schutz in solchen Situationen.«

»Aber wir könnten auch gemeinsam ...«

»Getrennt ist besser, also haut schon ab«, sagte sie bestimmt. Damit schob sie die beiden zur Türe hinaus. »Und fahrt vorsichtig.«

Der Alfa verschwand zwischen den Kehren der Zufahrtsstraße. Klara ging zurück ins Arbeitszimmer, druckte die Dokumente, die sie verschickte hatte, nochmals aus und gab sie in einen Schnellhefter. Dann packte sie den Laptop zusammen und warf ihn gemeinsam mit einer Decke und ihrem Waschzeug in eine Reisetasche.

Nachdem sie abgeschlossen hatte, setzte sie sich kurz in die späte Nachmittagssonne auf die Steinbank neben dem Torbogen. Sie sog den Geruch in der Luft tief ein, lehnte den Kopf an die Steinwand und blinzelte. Die Wärme auf der Haut tat ihr gut, nach den Aufregungen der letzten Stunden.

Der Tag hat so harmlos begonnen, und nun ..., dachte sie. Was wird geschehen? Würde sie noch jemals dieses Aroma des frischen Rosmarins genießen können, oder die Sonne im Gesicht?

Sentimentaler Blödsinn, fuhr es ihr dazwischen. Mit einem Ruck riss sie sich aus der aufkommenden Stimmung, stand auf und ging festen Schritts zu ihrem dunkelgrünen Landrover, der unter dem Vordach neben der Kellerei stand. Als sie die Wagentüre zuknallte und mit einer energischen Bewegung den Zündschlüssel drehte, hatte sie bereits wieder ihren unbeirrbaren Zug um den Mund. Die sollten nur kommen und es versuchen, sich mit ihr anzulegen.

Auf der Schnellstraße versuchte Lena nun schon zum zweiten Mal London zu erreichen. Sie bekam wieder keine Verbindung.

»Niemand da, oder hast du kein Netz?«, fragte Antonio.

Sie waren bereits an Modena vorbei und fuhren auf der Autostrada nach Norden, Richtung Verona.

»Nein, Netz ist da, aber ich bekomme trotzdem keine Verbindung. Es tut sich nichts, die Leitung ist wie tot. Es läutet nicht einmal.«

»That's Italy«, grinste Antonio. »Schreib einfach eine SMS, die gehen meistens.«

Lena schrieb Niels eine SMS, in dem sie im Telegrammstil zusammenfasste, wo sie war und wohin sie fuhr. Antonio blieb vor Mantua bei einer Tankstelle stehen. Er tankte randvoll und kontrollierte die Reifen, immerhin würden sie die steile Schotterstraße hinauf müssen, die er seinem Alfa noch nie zugemutet hatte.

Währendessen kaufte Lena in dem kleinen Shop einige Brote, Mineralwasser und Kaffee in Dosen. Es ist besser vorzusorgen, dachte sie, man wusste nie, was kommen würde und wie lange der Aufenthalt in der Berghütte dauerte.

26

Müde und abgespannt ließ sich Bronsteen in den dunkelroten S-Klasse-Mercedes fallen, als sein Mobiltelefon läutete. Er hatte einen arbeitsreichen Tag hinter sich und in den letzten Stunden mit Prow, Sarah und zwei iranischen Interessenten, endlose Gespräche über künftige Lieferungen geführt. Bevor er sein Telefon abnahm, deutete er dem Chauffeur, dass er nur mehr nach Hause wolle.

»Palmer, Sir«, meldete sich die Stimme militärisch knapp, klang aber trotzdem etwas unsicher.

Sofort nachdem Bronsteen hörte, wer am anderen Ende der Leitung war, spürte er instinktiv, dass ihn der Anruf ein Vermögen kosten würde.

»Ja?« Bronsteen kniff die Augenbrauen zusammen. Colonel Palmer arbeitete im Büro des Inspector General im Pentagon. Hier war die Nahtstelle zwischen den operativen Abteilungen und dem Minister, wo alle wesentlichen Informationen zusammenliefen. Für Senat und Kongress sollte diese interne Kontrollinstanz für Transparenz sorgen, für Leute wie Bronsteen aber hatte es den entscheidenden Vorteil, die Dinge zu vereinfachen. Schaffte man sich hier einen Informanten, bekam man Zugriff auf die gesamte Kommunikation des Verteidigungsapparates.

Diese Kontaktpersonen waren nicht gerade billig, sobald sie entdeckten, wie wertvoll ihre Position für Außenstehende war. Leute wie Palmer besserten ihr jährliches Salär mitunter mit sechsstelligen Dollarbeträgen auf, dafür mussten sie jedoch auch entsprechend Außerordentliches liefern. Und darin war Palmer einsame Klasse. Er war Bronsteens persönliche Quelle, von der weder Prow noch Roth wussten, und der durch seine

Stellung innerhalb der Abteilung überdies auch noch heikle Aktionen einleiten konnte, die nicht über die üblichen Kanäle gehen mussten und nicht nach außen drangen.

»Über den offiziellen Maileingang des Ministers sind bei uns Dokumente einer Ladung mit speziellen Chemikalien von China nach den Vereinigten Staaten und dann weiter nach Kolumbien eingegangen.«

»Sprechen Sie«, sagte Bronsteen. Er war mit einem Schlag wieder hellwach. Das, was er nach Roths Report schon geahnt hatte, schien mit voller Wucht einzutreffen.

»Bei den Stoffen handelt es sich um ein Kampfgas, und nachdem die Lieferung von Ihrem Lobbyisten Senator Prow unterzeichnet wurde, Sir, dachte ich, es könnte von Interesse sein.«

»Das ist es, allerdings. Welche Dokumente?«

»Alle, die wesentlich sind – Kaufvertrag, Frachtpapiere und Fotos von Senator Prow bei der Verladung in China.«

»Offizieller Eingang bedeutet ...«

»... dass es im Registerbuch aufscheint und morgen am Schreibtisch des Ministers liegt.«

»Wer weiß bislang noch davon?«

»Laut Mailverteiler zumindest CNN und die Post ...«

Bronsteen war fassungslos. Es war mehr als befürchtet. Er stieß den Atem hörbar aus. Sein Gefühl hatte sich bestätigt. Es war an der Zeit, das Geschäft fallen zu lassen.

Nach einem kurzen Überschlag waren es, mit allen Schmiergeldern und Gefälligkeiten, weit über achtzig Millionen Dollar, die sich gerade in Luft auflösten. Und es war noch nicht vorbei, denn es würde nochmals das Doppelte kosten, aus der Sache unbeschädigt herauszukommen und die Probleme mit den Partnern in Kolumbien wieder zu kitten.

»Sir ...?«

»Ja«, Bronsteens Stimme klang krächzend. »Haben Sie nachgesehen, wo sich der Frachter im Moment befindet?«

»Jawohl, Sir, kurz vor Hawaii, er wird morgen eintreffen.«

»Das bedeutet amerikanisches Hoheitsgebiet und das Verteidigungsministerium hat freien Zugriff.«

»So ist es.«

»Gut. Wen wird der Minister einsetzen, um die Ladung aufzubringen?«

»Da es sich bei dem Stoff eindeutig um eine Massenvernichtungswaffe handelt, ist die Terrorabteilung des Special Operations Command zuständig.«

»Können Sie es steuern, dass Captain McRave von der Naval Group die Eingreiftruppe leitet?«

»Daran hatte ich schon gedacht, Sir«, kam es dienstbeflissen zurück. »Ich werde in diesem Fall sicher als Einsatzberater beauftragt, es wird also kein Problem sein.«

»Sie wissen, warum wir McRave brauchen?«, fragte Bronsteen. Seine Stimme hatte etwas Lauerndes.

»Natürlich, Sir«, kam es prompt zurück. »Es geht um den Begleiter der Ladung.«

Palmer hat sich also bereits vor dem Anruf über die näheren Umstände informiert und die richtigen Schlüsse gezogen, dachte Bronsteen. Sein Geld war also zumindest in diesem Fall gut angelegt.

»Es läuft ausschließlich über Sie, Palmer. Es darf keine internationale Verwicklung mit China geben, wir verstehen uns?«

»Vollkommen, Sir!«

*

Sarah wollte nach der Besprechung mit Bronsteen und den Iranern gleich nach Hause. Prow war jedoch hungrig und hatte sie überredet, ihn noch zum Essen zu begleiten. Nur widerwillig hatte sie zugestimmt. Sie landeten in einem Lokal direkt am Meer, auf Pleasure Island etwas außerhalb von Baltimore.

Das Lokal wurde von einem Sizilianer geführt, der neben den üblichen Fischgerichten auch Traditionelles aus seiner Heimat kochte. Darunter waren zwei von Prows Lieblingsspeisen – Spaghetti calamari alla padre, mit einem Sugo aus gehackten Tintenfischmägen samt Inhalt.

Die Spaghetti waren auch diesmal auf der Karte zu finden und Prow bestellte sie mit Freude. Sarah wurde übel, wenn sie diese Speise auf Prows Teller ansehen musste. Es sah wie frisch Erbrochenes aus und wie ihr vorkam, roch es auch so. Der Senator hingegen aß mit Genuss und leerte dazu die übliche Flasche Wein.

Nach dem Essen, während er noch selbstzufrieden Kaffee mit süßen Happen kaute, entschuldigte sie sich und ging in Richtung Toilette. Sie hatte gesehen, dass ihr Handy kurz aufgeleuchtet hatte und eine SMS gekommen war. Prow bemerkte dies nicht, da ihr Telefon auf lautlos gestellt war. Sie ging an den Waschräumen vorbei, hinaus an die frische Luft und blickte aufs Display. Die Nachricht um dringenden Rückruf kam von Bronsteen.

»Einmal musst du ihn eben noch ertragen«, sagte Bronsteen mit hartem Unterton etwas später, als Sarah ihn zurückrief und er ihr von den Mails an das Pentagon und die Presse erzählte. »Du bist ja sonst auch nicht so zimperlich.«

Sarah schluckte. Nach dem letzten Date hatte sie sich geschworen, Prow nie wieder an sich heranzulassen und dies auch Bronsteen unmissverständlich mitgeteilt. Doch nun blieb ihr keine Wahl. Wenn nicht mit einem Schlag alles zu Ende sein sollte, brauchten sie einen Schuldigen und der konnte nur Prow sein.

»Also, was schlägst du vor?«, fragte Sarah, obwohl sie die Antwort schon im Voraus zu wissen glaubte.

»Fahr mit ihm nach Hause, sei nett zu ihm und schau, dass

er nachher einschläft.«

»Das habe ich befürchtet«, zerquetschte sie leise zwischen den Lippen.

»Und dann lösch alles von seinem Computer, was auf uns oder aktuelle Geschäfte hinweisen könnte, oder am besten gleich den ganzen Rechner. Und lass auch die gedruckten Verträge verschwinden, die wir mit ihm geschlossen haben. Nichts darf mehr nachvollziehbar sein, schon gar nicht die chinesische Lieferung.«

»Okay, und dann?«

»Dann nimm deine Sachen und verschwinde aus dem Haus. Alles Weitere arrangiere ich von hier aus.«

»Du hast aber lange gepisst!«, lachte Prow, als Sarah zum Tisch zurückkam. Er sah sie anzüglich an und stocherte dabei in seinen Zähnen herum. Sarah ging knapp hinter ihm vorbei und streifte mit ihrer Hand seinen Nacken. Sie beugte sich zu ihm hinunter und gab ihm einen flüchtigen Kuss auf die Wange.

»Und dabei an dich gedacht«, hauchte sie leise und war froh, dass er dabei ihr Gesicht nicht sehen konnte. »Komm, lass uns fahren, ich bin richtig scharf.«

»Das bist du doch ständig, gib es einfach zu«, grinste er, warf den gebrauchten Zahnstocher auf den Tisch und rief nach der Rechnung.

*

»Sie bewegen sich auf getrennten Routen.«

Lorington verfolgte die Ortung der Telefone von Lena, Klara und Antonio, die mit ständigen Updates über die Funkfrequenz hereinkam. Er, Roth und ein Spezialagent des MI6 saßen in der neutralen zweistrahligen Citation CJ3 des Geheimdienstes und überflogen gerade Luxemburg. Seit sie in London gestartet waren, gaben die überwachten Handys regelmäßige Signale und meldeten bei jedem Funkmasten, wo ihre Besitzer sich gerade befanden. Nachdem auch Antonio sein Mobiltelefon eingeschaltet hatte, war sofort klar, mit wem Lena in den letzten Stunden unterwegs war.

»Ist schon abzusehen, wohin sie fahren und wo wir sie erwischen können?«

Roth ließ Klaras Akte sinken, die er sich vor dem Abflug noch aus dem Archiv des Secret Service besorgt hatte. Nachdem Klara in jungen Jahren auch politisch recht aktiv gewesen war, hatte sich einiges angesammelt.

»Diese Eckmann bewegt sich in Bologna hin und her ...«

»Sie sucht einen öffentlichen Ort«, schloss Roth daraus. »Die fährt schließlich zur Uni, da bin ich sicher. Dort fühlt sie sich sicherer als zu Hause. Wird ihr aber nichts nützen. Und die beiden anderen?«

»Die bewegen sich auf der Autobahn nach Norden, Richtung Südtirol. Sie sind gerade in der Nähe von Trient.«

»Dann weiß ich, wo sie hinwollen.« Roth tippte auf die Unterlagen in seiner Hand. »Ich wette, dass sie in Bozen die Autostrada verlassen und dann weiter nach Osten in die Bergtäler hineinfahren.«

»Kleine Orte und wenig Menschen, das wäre natürlich ausgezeichnet«, meinte Lorington. »Hast du darüber etwas in der Akte gefunden?«

»Antonio hat eine Hütte auf einem Berg namens Schlern und der liegt oberhalb von Bozen. Dort möchten sie sich gerne verkriechen, aber die Suppe werden wir ihnen versalzen.« Er schlug den Akt zu und legte ihn auf den freien Sitz neben ihm. »Wir trennen uns. Sag dem Piloten, dass er mich in Bozen absetzen soll, und du fliegst weiter nach Bologna.«

»Und wie ist das Timing?«

»Morgen ist Samstag, am Wochenende ist meistens wenig

Betrieb an einer Universität. Du kannst es also gleich dort erledigen. Nur warte bis neun, damit du nicht auffällst. Die Angelegenheit in der Hütte erledige ich.«

»Was ist mit ihm?« Lorington deutete auf den Agenten, der in seinem Sitz döste.

»Deinen Agenten kannst du mitnehmen. Mit dieser Lena und ihrem Antonio komme ich allein zurecht. Sie werden sich von dem heutigen Tag erholen wollen und noch schlafen, wenn ich sie besuche«, entschied Roth. »Außerdem brauchst du ja vielleicht Verstärkung bei der alten Wissenschaftlerin.«

Lorington überhörte die spitze Bemerkung und lächelte nur säuerlich in sich hinein. Dann ging er in die Pilotenkanzel, um die Anweisungen von Roth weiterzugeben.

*

»Bitte versuchen Sie es später nochmals«, drang das Ende der automatischen Ansage aus dem Telefon.

»Shit!« Niels versuchte nun schon zum wiederholten Male, Lena zu erreichen, aber er war wieder nur bei der Ansage gelandet, dass der gewünschte Teilnehmer nicht erreichbar sei.

Die letzte SMS von Lena beunruhigte ihn zutiefst. So wie sie geschrieben hatte, musste etwas Unerwartetes geschehen sein und sie war noch immer auf der Flucht. Und zu welchen Methoden ihre Verfolger griffen, davon hatte er sich bei der nächtlichen Verfolgungsjagd schon überzeugen können.

»Ich sitze hier total auf dem Trockenen«, murmelte er vor sich hin. Er wählte die Nummer von Jan, den er in der Redaktion erreichte.

»Du musst herkommen«, sagte Jan knapp, ohne auf die Fragen von Niels einzugehen.

»So sag doch was ist.«

»Keinesfalls am Telefon«, unterbrach ihn Jan sofort. »Wir

können das alles nur persönlich besprechen.«

Niels schüttelte den Kopf. Sind denn alle verrückt, dachte er.

»Was ist los?« Nils stürzte eine Viertelstunde später in Jans Büro. Ungeachtet des dichten Abendverkehrs hatte er sich rücksichtslos durch die Fahrzeugkolonnen geschlängelt, was ihm verschiedene zornig geballte Fäuste der anderen Verkehrsteilnehmer eingebracht hatte.

»Wieso tust du so geheimnisvoll?« Niels verstand Jans mysteriöses Verhalten nicht.

Jan legte nur den Zeigefinger auf den Mund und schob ihn zur Türe hinaus in Richtung Cafeteria. Oben in der Kantine setzten sie sich an die Theke, und Jan bestellte zwei Kaffee.

»Ich befürchte, mein Büro wird bereits überwacht«, sagte Jan und schaute über seine die Schulter um, ob jemand Verdächtiges zu bemerken sei.

»Waaas?« Niels durchblickte nun gar nichts mehr.

Jan griff in die Innerntasche seines Sakkos und nahm einen Packen zusammengefaltetes Papier heraus, das er Niels wortlos über den Tresen schob.

Niels überflog die Blätter. Es war die Mail von Klara, die am späten Nachmittag die Redaktion erreicht hatte und sofort auf dem Computer des Chefredakteurs landete. Niels las den Kommentar, der mit Lena Halberg gezeichnet war, dazu gab es das verkleinerte Foto von Prow bei der Verladung in China und die Auszüge der Frachtdokumente. Lena hatte es also tatsächlich geschafft, an das Material zu kommen und die Beweise zu finden, von denen sie gesprochen hatten. Sie war einzigartig, fand Niels.

»Die Giftgaslieferung nach Kolumbien«, brummte er anerkennend. »Sie hat es geschafft.«

»Du hast davon gewusst?«, fuhr ihn Jan mit leiser Stimme an, um keine Aufmerksamkeit zu erregen.

»Sie hat so etwas einmal ansatzweise erwähnt«, gab Niels zurück. Er wollte Jan auf keinen Fall sagen, dass Lena ihn zur Gänze eingeweiht hatte.

»Wieso ist Lena überhaupt in Bologna?«

Niels zuckte mit den Achseln.

»Vielleicht um auszuspannen und ihre alte Professorin zu besuchen?«, meinte er betont unschuldig.

»Blödsinn«, ärgerte sich Jan. »Klara ist eine Spezialistin fürs Web. Die hat Lena nur gebraucht, um das Ganze zu inszenieren.«

»Und darum sitzen wir hier und flüstern?«

»Zur Sicherheit.« Jan blickte sich wieder um und deutete auf den Mailverteiler. »Schau einmal, wer die Mail alles erhalten hat.«

»Sehr klug von Lena«, nickte Niels. »Presse, Fernsehen und das Pentagon.«

»Und ich«, stieß Jan verzweifelt hervor. »Begreifst du das? Warum hat sie das nur gemacht?«

»Das ist doch nicht an dich gegangen, sondern an Eagle, einen der größten Nachrichtensender ...«

»Der Bronsteen gehört, der wiederum mit Senator Prow eng zusammenarbeitet.« Jan war wütend und verzweifelt. »Nein, das hat sie absichtlich gemacht. Damit bringt sie mich in eine ausweglose Situation. Bringe ich den Bericht, dann stelle ich mich damit gegen Bronsteens Interessen und bringe ich ihn nicht, werden alle glauben, ich decke seine Machenschaften. So oder so, ich bin am Arsch.«

»Vielleicht wollte sie einfach nur«, sagte Niels sehr bestimmt, »dass du ihr endlich glaubst und sie nicht länger wie eine Spinnerin behandelst. Erinnerst du dich, was du noch vor ein paar Tagen gesagt hast?«

»Und, erinnerst du dich«, konterte Jan prompt, aber noch leise, »dass ich vor einigen Tagen bereits den Besuch von diesen zwei Typen hatte? Sehr toll, wo sie mich da hineinzieht. Ich bin schließlich Chefredakteur, also geht es nicht darum ...«

»Ich höre mir das nicht länger an!«, sagte Niels schroff und stand auf. »Danke für den Kaffee.«

Er hatte genug von Jan und ließ ihn einfach sitzen. Während er im Lift nach unten fuhr, wählte er die Nummer eines befreundeten Redakteurs beim italienischen Fernsehsender RAI in Bozen.

»Giovanni Batisti«, meldete sich eine Stimme nach kurzem Läuten. »Buona sera.«

»Hi, Giovanni.«

»Niels, lange nichts gehört«, kam es freudig und in gebrochenem Englisch zurück. »Was liegt an?«

»Kennst du den Schlern?«

»Klar, der ist praktisch unser Hausberg. Eine tolle Gegend, keine zwanzig Kilometer von hier. Warum?«

»Falls du ein Filmteam in Bereitschaft hast, hätte ich eine heiße Sache für dich. Müsste aber sofort sein.«

»Gut, dann lass hören ...«

27

Klara fröstelte und holte sich die Decke aus ihrer Reisetasche. Es war kalt in dem kleinen Raum an der Uni in Bologna, den sie normalerweise nur für die Vorbereitung zu ihren Vorträgen benutzte. Aber er hatte alles, was sie im Moment brauchte – eine Bettbank, eine Kaffeemaschine und für alle Fälle auch einen Computer mit WLAN-Anschluss an den großen Uni-Rechner.

Klara war ob ihrer erfolglosen Bemühungen an diesem Abend verstimmt. Nachdem sie in die Innenstadt gekommen war, führte sie ihr erster Weg zur örtlichen Polizeistation, die direkt neben dem Uni-Campus lag und auch für die Sicherheit der Universitätsgebäude zuständig war.

»Und wer stellt Ihnen noch alles nach, Frau Professor?«, hatte der leitende Carabiniere der Station mit leicht süffisantem Ton gefragt und sie dabei angesehen, als hätte sie einen schlechten Witz erzählt. »Ist es nur die CIA und eine Killerbrigade der Waffenschieber oder gibt es auch noch andere, die Ihnen nach dem Leben trachten?«

Klara schüttelte verärgert den Kopf über die Impertinenz des Polizisten. Sie hatte ihre Geschichte nun schon zweimal in allen Details erzählt und dem Beamten auch die Dokumente gezeigt. Ihre Bitte war lediglich gewesen, die Behörden in Bozen zu informieren, dass Lena und Antonio Personenschutz brauchten. Aber sie sah ein, dass es ziemlich nutzlos war. Der Carabiniere hielt sie offenbar für eine Verrückte mit Verfolgungswahn und dachte überhaupt nicht daran, ihrer Bitte nachzukommen oder in irgendeine Richtung aktiv zu werden.

»Ach, lassen Sie's«, meinte Klara frustriert und stand auf. »Es war sinnlos von mir zu glauben, Sie würden das Problem begreifen. Aber für Sie klingt das eben ziemlich absurd.« Sie stand auf und ging grußlos hinaus.

»Passen Sie auf die kleinen Ufos auf, wenn Sie über die Straße gehen«, witzelte der Polizist leise hinter ihr. Klara hörte es im Hinausgehen, reagierte aber nicht mehr auf die zynische Bemerkung.

Nun muss mir eben etwas anderes einfallen, dachte sie. Sie hatte die Kaffeemaschine eingeschaltet und drückte sich zwei Portionen von dem heißen Getränk in eine große Tasse. Es war zwar nicht der gute Espresso von zu Hause, aber er wärmte zumindest und half beim Denken.

Klara setzte sich zu dem Schreibtisch und warf den Rechner an. Um sich selbst hatte sie weniger Sorge, aber sie war unruhig, weil sie nicht wusste, wie sie von hier aus den beiden in Bozen helfen konnte. Die Polizei war dazu nicht in der Lage. Sie klickte mechanisch auf ihren Mailempfang. Seit Nachmittag war nur eine einzelne Mail eingegangen. Eine Nachricht von Facebook, dass sie von ihrer Freundin Sofia zu einem Event eingeladen worden war.

»Sorgen haben die Leute ...«, sagte Klara vor sich hin und griff zur Maus, um die Nachricht zu löschen. Auf einmal durchzuckte es sie, und ihr Herz begann schneller zu schlagen. »Facebook! Allmächtiger, warum bin ich da nicht gleich draufgekommen?«

Sie öffnete ihren Account und nahm einen großen Schluck von dem heißen Kaffee. Mit einem Schlag ging es ihr besser. Sie hatte über tausend Freunde auf Facebook und noch einmal einige hundert bei Twitter.

»Schauen wir«, brummte sie, »ob diese Netzwerke zu etwas taugen.«

Sie schrieb einen dringenden Aufruf um Hilfe, mit der Bitte, ihn im sozialen Geflecht weiterzugeben und setzte ihn an alle ihre Freunde bei Facebook und Twitter ab.

Nun konnte sie nur mehr warten, was geschah. Sie hoffte, dass die Nachricht durch das Schneeballsystem in den nächsten Stunden Leute erreichte, unter denen zumindest einige waren, die darauf reagieren würden.

*

Bereits auf der Heimfahrt zu seiner Residenz begann Prow im Fond des Lincolns seine Hände unter Sarahs Rock zu schieben. Nachdem sie den Tag über geschäftlich unterwegs gewesen waren, hatte er nicht seinen privaten Hummer benutzt, sondern auf das weniger auffällige Dienstfahrzeug mit Chauffeur zurückgegriffen. Sarah lehnte stocksteif in dem breiten Polstersitz und ließ die Sache über sich ergehen. Prow hatte wieder kräftig geladen und sie spürte, dass seine Kondition schon ziemlich erschöpft war. Immer wieder, wenn er seinen Kopf zwischen ihren Brüsten vergrub, strich sie mechanisch über seinen Kopf. Vielleicht war er zu müde für Sex, hoffte sie, und würde lieber seine Ruhe haben wollen. Doch je länger die Fahrt dauerte, desto munterer wurde er wieder.

»Du bist also scharf auf mich?«, sagte Prow mit einem selbstgefälligen Unterton in der Stimme und schmiss sie aufs Bett. Sie waren gerade in seiner Residenz angelangt und Prow hatte dem Fahrer für den weiteren Abend freigegeben. Für Sarah bedeutete dies, dass Prow sie die ganze Nacht über bei sich haben wollte. Sie würde es dadurch auch schwer haben, später von hier wegzukommen. Im Moment schien dies aber das geringste Problem zu sein.

Prow griff sich eine halbvolle Brandyflasche, die am kleinen Tisch neben der Türe stand und nahm einen tiefen Zug. Dann ging er mit hochrotem Kopf und gierigem Blick auf sie zu. Es war deutlich zu sehen, dass er mächtig in Fahrt war. Mit einem

Griff riss er seine Hose auf und schob sie auf die Knie hinunter, die Flasche polterte achtlos zu Boden. Prow nahm Sarah am Nacken und drückte ihr Gesicht mit einer harten Bewegung zwischen seine Beine.

»Dann zeig mir, wie sehr es dir gefällt«, stieß er zwischen den Zähnen hervor.

Wieder spürte sie die enorme Kraft, als seine Hände in ihre Haare fassten und ihren Kopf zu sich nach unten zwangen. Wenn er ihr so nahe kam, fiel sie ansatzlos in diese panische Angst, er könnte zu fest zudrücken oder ihr sonst etwas antun. Widerstrebend fügte sie sich daher seinem Willen. Prow stand breitbeinig vor ihr und begann schnell und laut zu keuchen.

»Du bist wirklich talentiert«, grunzte er und stieß einen zufriedenen Laut aus.

Nachdem sich Prow an ihr befriedigt hatte, ließ er sich aufs Bett rollen. Ich besorg es dir gleich noch einmal, murmelte er noch, dann war er eingeschlafen.

Sarah ging zur Toilette, kniete davor nieder und erbrach sich mehrmals. Ein unbändiger Hass stieg in ihr auf, als sie sich voll von Ekel wieder erhob und ihr Gesicht wusch.

Was auch kommen möge, dachte sie mit Verbitterung, es war das letzte Mal gewesen, dass sie mit Prow hierher gefahren war. Nach dieser Erniedrigung war Schluss und es war ihr gleichgültig, ob dies Bronsteen gefiel oder nicht.

»Es ist an der Zeit, diesem miesen Schwein alles heimzuzahlen«, murmelte sie feindselig und wischte sich das restliche, verschmierte Make-up von den Wangen.

Vorsichtig stieß sie die Türe zum Schlafzimmer auf und kontrollierte mit einem raschen Blick, ob sich Prow auch noch schlafend im Bett befand. Leise nahm sie ihre Handtasche und die Jacke, die am Boden lag, und ging hinüber ins Arbeitszimmer.

Sarah warf Prows Computer an und loggte sich mit seinem Passwort ein.

»Bevor ich alles lösche, werde ich allerdings etwas für meine Sicherheit tun«, sagte sie sich, nahm einen USB-Stick aus ihrer Tasche und steckte ihn in einen freien Port. Sie durchstöberte die Verzeichnisse und kopierte alles, was irgendwie interessant schien, auf den Stick. Vor allem die Verzeichnisse, die etwas über Bronsteen oder seinem Konzern enthielten, und die Unterlagen von dem Deal mit China.

»So«, sagte sie leise, zog den Stick mit den Daten ab und ließ ihn wieder in ihre Handtasche gleiten. »Das dürfte als Altersversorgung reichen und wenn nötig auch gegen Bronsteen.«

Sarah schloss alle Programmfenster, rief anschließend über Windows die Datenplatte auf und drückte im Menü auf formatieren. Die Festplatte begann rhythmisch zu rattern, und nach einigen Minuten waren alle Daten gelöscht. Sarah drehte den Computer ab und richtete die Dinge auf Prows Schreibtisch zurecht – alles sah unauffällig aus, stellte sie beruhigt fest.

Sie brauchte nur noch die Ausdrucke der Vereinbarungen, die Bronsteen mit Prow und dessen Tätigkeiten in Verbindung brachten, dann sollte nichts mehr auf die Geschäftsverbindungen zwischen dem Senator und Bronsteens Unternehmungen hinweisen. Sie stand auf und suchte die Ordnerreihen im Regal ab. Prows Ordnung in diesen Dingen war dabei äußerst hilfreich, sie fand sofort, wonach sie suchte. Es waren drei schmale rote Ordner, die sie kurzerhand an sich nahm.

Prow hatte sich im Bett herumgewälzt und war dabei aufgewacht. Im Zimmer war es stockdunkel und es fehlte ihm jegliche Orientierung. Er setzte sich auf und versuchte, klar im Kopf zu werden. Nachdem er die Leselampe auf dem Nachttisch eingeschaltet hatte, sah er, dass das zweite Bett leer war. Er rief nach Sarah. Keine Antwort. Er gähnte und versuchte es nochmals. Wieder blieb alles still.

Seltsam, dachte er und lauschte eine Weile.

Sarah war gerade dabei gewesen, die Unterlagen in Prows Sporttasche hineinzupacken, die neben der Tür stand, als sie ihn vom Schlafzimmer aus rufen hörte.

»Shit«, entfuhr es ihr. Der Schock ließ ihre Knie zittern, ihr Gehirn lief auf Hochtouren und sie sah hilfesuchend durchs Zimmer. »Wie komme ich hier nur weg?«

Wenn Prow sie in seinem Büro fand, mit den Ordnern in seiner Sporttasche, würde sie das nicht überleben, das wusste sie mit Bestimmtheit.

»Sarah ...?«, kam die verschlafene Stimme erneut über den Korridor zwischen den Zimmern, und sie vermeinte auch Schritte zu hören.

Ihre Hände zitterten, als sie die Sporttasche schloss. Da fiel ihr Prows Wagen ein. Der Hummer stand nicht in der Garage, sondern vorne in der Einfahrt. Sie hatte ihn gesehen, als sie angekommen waren. Und sie wusste, wo die Schlüssel waren. Sarah packte die Tasche, griff in die oberste Schreibtischlade nach dem Schlüsselbund und löschte das Licht. Fast lautlos huschte sie durch die Vordertür hinaus.

Sie hetzte über den Vorplatz zur Einfahrt, in dem Gefühl, Prow wäre bereits dicht hinter ihr und würde sie mit seinen Pranken packen, bevor sie den Wagen aufsperren und starten konnte.

Nachdem er keine Antwort auf sein Rufen erhalten hatte, war Prow ins Bad gewankt, um sich zu erleichtern. Während er vor dem Klosett stand, glaubte er die Eingangstüre ins Schloss fallen zu hören. Er schüttelte den Kopf und schlurfte wieder zurück ins Schlafzimmer. Es war ihm egal, wo sich Sarah befand, oder ob sie sich gerade fortgeschlichen hatte. Er war müde, noch ziemlich angetrunken und wollte wieder ins Bett. Er war schon fast unter der Decke, als draußen der Hummer ansprang. Prow zuckte kurz zusammen, es konnte nur Sarah sein, die da wegfuhr.

Und wenn schon, nichts von Bedeutung, dachte er, sie flüchtet nur vor der Kraft meiner Lenden. Er grinste bei dem Gedanken.

»Das wird ein Nachspiel haben, Honey, wenn du meinen Wagen klaust«, knurrte er noch leise, dann war er schon wieder eingeschlafen.

Sarah schoss mit dem schweren Wagen durch die engen Straßen bis zum Highway und dann mit hoher Geschwindigkeit Richtung Washington. Der Schreck, dass Prow aufgewacht war, saß ihr noch in allen Gliedern, aber mit jeder Meile, die sie sich von ihm entfernte, wurde ihr wohler.

Ihr Porsche stand in Washington am Abstellplatz neben Prows Büro, seit sie gestern mit seinem Dienstfahrzeug weggefahren waren. Sie parkte den Hummer daneben und stieg aus. Den Schlüssel warf sie in hohem Bogen in die Rasenbüsche vor dem Haus, sie wollte absolut nichts mehr von ihm bei sich haben.

Erst als der Porsche ansprang, fühlte sie sich vollkommen sicher. Sie atmete auf und begann sich darüber zu ärgern, dass ein Absatz ihrer teuren Schuhe abgebrochen war, als sie überstürzt aus der Residenz geflüchtet war.

»Ich hoffe, du bezahlst das teuer«, sagte sie giftig und stieg aufs Gas.

28

Es war noch dunkel, aber die Dämmerung färbte den Himmel schon bläulich, als Roth den steilen Weg auf die Anhöhe zu der Holzhütte erklomm. Die Nebel standen tief, es hatte geregnet in der Nacht und der Waldboden war feucht und klebrig. Von der Südflanke des Schlern konnte man große Teile des Tals überblicken und hatte eine beeindruckende Fernsicht, an klaren Tagen bis tief ins Trentin hinein, fast bis zum Gardasee.

Roth, der sich mit der Steigung abmühte, fehlte dafür jeglicher Blick. Mehrmals war er vorhin beim Aufstieg durch den nächtlichen Wald gestolpert und nur knapp einem schwereren Sturz entkommen.

»Mühsam«, zischte er und blickte auf seine Schuhe hinunter, die bis zu den Knöcheln voll von weichem Matsch waren. Auch seine Füße schmerzten, denn die Trekkingschuhe rieben qualvoll an seinen Fersen. Er hatte sie erst neu gekauft und davor noch nie getragen.

Der Weg fühlte sich steil an und Roth rang schon seit geraumer Zeit nach Luft. Sein letzter Auftrag in den Bergen war Jahre her und schon damals hatte er sich für seine mangelnde Kondition verflucht. Er machte eine kurze Pause und blieb keuchend stehen. Es waren nur noch wenige Meter bis zu der Lichtung und er wollte sich noch etwas sammeln, bevor er in die Hütte eindrang.

Langsam wird es Zeit, wieder öfter zu trainieren, dachte er und wischte sich den Schweiß von der Stirn. Er war froh, dass Lorington ihn nicht sehen konnte, der deutlich älter war, aber ohne Zweifel die bessere Kondition hatte.

Er blickte auf die Uhr, es war kurz vor fünf. Sie schliefen

sicher noch, er würde also wenigstens in diesem Punkt ein leichtes Spiel haben.

Vom Tal herauf kamen Schritte und man hörte Stimmen. Roth duckte sich ins Unterholz hinter den mächtigen Tannen, die den Weg säumten. Es waren drei junge Burschen mit bester Laune, die über den Weg bergan kamen. Roth hörte, nachdem sie bei ihm vorbei waren, wie sie weiter oben auf die Lichtung einbogen und dort jemanden begrüßten.

»Shit«, zischte er, schlich im Schutz des Waldes leise bis zu der Lichtung hinauf und spähte zwischen den Bäumen hindurch. Er sah eine kleine Gruppe von Leuten, die etwas abseits der Hütte zusammenstanden und sich unterhielten. Er verstand zwar nicht, was sie sagten, aber offensichtlich hatten sie nicht vor, wieder zu verschwinden. Einer von ihnen ließ sogar eine Thermosflasche in die Runde gehen.

Heißer Tee zum Aufwärmen, dachte Roth, sauer über die Störung seiner Pläne. Was machten die Leute hier, um diese Zeit?

Er war gezwungen seine Vorgehensweise zu ändern und überdachte fieberhaft die nächsten Schritte. In die Hütte konnte er nicht, Lena war also nur aus der Entfernung zu erwischen, wenn sie herauskam. Das war riskant, falls ihn jemand dabei beobachtete, aber er hatte keine Wahl, sie durfte keinesfalls davonkommen. Roth war wütend über die ganze Sache. Er konnte Bronsteen erst wieder unter die Augen treten, wenn alles endgültig erledigt war.

Er nahm ein Fernglas aus seiner Tasche. Am gegenüberliegenden Hang waren einige Felsvorsprünge, die ausreichend Deckung boten. Dazwischen lag eine schmale Schlucht. Roth war nun froh, in London noch ein Gewehr eingepackt zu haben. Er kroch lautlos zurück und suchte die Böschung ab, bis er einen Steig fand, der auf die andere Seite der Schlucht führte.

Der Hang drüben ist noch steiler, dachte er, aufgebracht über die neuerliche Kletterei, die ihm bevorstand. Noch dazu musste er sich beeilen, denn es würde einige Zeit kosten in Position zu kommen und er durfte Lena nicht verpassen. Entschlossen rückte er den Rucksack zurecht und ging den Steig entlang.

»Guten Morgen ...«, murmelte Lena mehr zu sich selbst, streckte sich und schaute aus ihrem Schlafsack hervor.

Antonio lag seelenruhig schlummernd neben ihr. Aus seinem Schlafsack, den er bis unter die Haare zugezogen hatte, kam rhythmisches Atmen. Lena setzte sich auf. Sie bildete sich ein, Stimmen vor der Hütte gehört zu haben, die sie weckten. Sehen konnte sie nichts, da die Fensterläden geschlossen waren, aber irgendwer redete draußen. Sie rüttelte Antonio an der Schulter.

»Heh, da sind Leute ...«, flüsterte sie.

Er gab einen unwilligen Laut von sich und schob den Kopf aus dem Schlafsack. Es pochte an der Türe. Lena fuhr zusammen und duckte sich neben Antonio.

»Es ist wer an der Tür«, flüsterte sie aufgeregt zischend in sein Ohr.

Antonio fuhr sich durch die Haare und sah sie mit verschlafenen Augen an.

»Und? Mach halt auf.«

»Mach auf!?«, wiederholte sie entgeistert.

»Ja«, gähnte er.

»Aber was ist, wenn ...?«

Antonio ließ sich mit einem Seufzer zurückfallen.

»Killer klopfen nicht an.«

»Bist du sicher?« Sie flüsterte noch immer.

»Ja, das wäre unlogisch.«

Es klopfte abermals, leise und eindringlich. Lena schüttelte stumm den Kopf, kroch aus dem Schlafsack, schlüpfte in die Jeans und ging durchs morgendliche Halbdunkel zur Türe.

»Wer ist da?«, fragte sie, bevor sie den Schlüssel drehte.

»Giovanni Batisti, Redakteur von der RAI in Bozen«, kam es zurück. »Frau Halberg?«

Lena öffnete die Türe einen Spalt. »Fernsehen?«

»Ja. Entschuldigen Sie, Niels Gordon aus London hat mich verständigt.«

»Niels? Sie kommen von Niels?« Lena war sprachlos. Sie ging einen Schritt zurück und machte die Türe nun ganz auf. »Bitte kommen Sie.«

Vor der Türe stand noch ein weiterer Mann mit einer Videokamera auf der Schulter. Giovanni deutete ihm draußen zu warten und kam in die Stube herein.

*

Die letzten Meter waren eine furchtbare Qual gewesen, aber dann sah Roth endlich hinüber auf die Holzhütte und Waldschneise davor. Er hatte keine zwanzig Minuten gebraucht und den steinigen Aufstieg ohne Pause hinter sich gebracht. Seine Jacke war schweißnass, auch auf dem Rucksack zeichneten sich bereits dunkle, feuchte Flecken ab. Das Wichtigste war, nach der Klettertour wieder eine ruhige Hand zu bekommen.

Nach kurzer Suche fand er einen geeigneten Platz zwischen zwei Steinblöcken, die so lagen, dass man von unten und von der anderen Talseite nicht gesehen werden konnte. Er setzte sich aufatmend in eine Mulde und nahm den Rucksack mit dem Gewehr vom Rücken.

Nachdem er sich etwas erholt hatte, blickte er hinüber und schätzte die Entfernung. Etwa 200 Meter, dachte er. Eine Distanz, die für das leichte Jagdgewehr mit Zielfernrohr nahezu perfekt war. Überdies hatte es einen Schalldämpfer. Über eine größere Entfernung verwendet, war man damit beinahe geräuschlos. Niemand im Umfeld des Zieles konnte feststellen, woher der Schuss gekommen war.

Fast liebevoll fuhr Roth über die Justierung des Fernrohres und drehte daran. Dann schob er eine Patrone in den Lauf und visierte einen dürren Ast am gegenüberliegenden Hang unweit der Hütte an. Sein Atem ging wieder erträglich ruhig, und langsam kam seine Sicherheit zurück.

Es gab nur ein kurzes, dumpfes Blopp, als er den Abzug betätigte und der mit freiem Auge kaum sichtbare Ast zersplitterte. Niemand auf der anderen Seite hatte etwas bemerkt oder gehört. Roth nickte zufrieden, duckte sich wieder hinter die Felsen und lehnte das Gewehr neben sich an den Stein. Jetzt hieß es nur noch warten, bis Lena aus der Hütte kam. Der Rest war ein Kinderspiel.

Antonio hatte die Fensterläden geöffnet, die Schlafsäcke verstaut und für alle Tee gemacht, während Giovanni von Niels Anruf erzählt hatte. Er hatte zwar nichts über die Hintergründe gesagt, nur dass sich Lena in der Hütte versteckt hatte, man ihr nach dem Leben trachtete und Giovanni zur Hütte gehen solle, wenn er eine Story haben möchte.

Während Lena zuhörte, wurde ihr klar, Niels hatte das alles inszeniert, um sie zu schützen und Jan hatte wieder einmal keinen Finger gerührt, obwohl er nun wusste, dass sie richtig lag und in Gefahr war. Mit ihm war sie fertig.

»Ich bin aber nicht sicher, ob ich Ihnen hier überhaupt eine Sensation liefern kann«, meinte Lena nachdenklich zwischen zwei Schlucken des heißen Getränks, als Giovanni mit der Schilderung fertig war.

»Kein Problem«, antwortete Giovanni gelassen. »Wir warten erst einmal ab.«

»Was glauben Sie denn, was passieren wird?« Lena kam sich wie ein Lockvogel vor und fühlte sich unwohl in dieser Rolle.

»Ich weiß es nicht, aber Niels hatte noch immer recht, wenn er hinter einer Sache her war.«

»Aber niemand weiß, dass ich hier bin.«

»Das würde ich nicht sagen«, entgegnete Giovanni. »Immerhin steht es auf Facebook.«

»Was?«

Er deutete nach draußen, auf die kleine Gruppe vor dem Fenster, die sich angeregt unterhielt.

»Die reden gerade darüber, dass es über Facebook einen Aufruf gab, um möglichst viele Leute hierher zu bringen.«

»Ich dachte, die wären mit Ihnen gekommen?«, sagte Lena zu Giovanni.

»Nein, wir sind nur zu zweit.«

»Mutter ...«, sagte Antonio von hinten und lachte. »Toll, damit weiß jeder von New York bis Dschibuti, wo wir sind.«

Lena nahm ihr Handy, das eingeschaltet am Tisch lag und schaute aufs Display.

»Kein Netz hier drinnen. Ich versuche es draußen, dann kann ich mich auch gleich bei den Leuten bedanken, die so zeitig für mich hier heraufgekommen sind.«

Sie rauschte hinaus.

Kaum war Lena aus der schützenden Hütte gekommen, hatte Roth nach dem Gewehr gegriffen. Mit einer geübten Geste kontrollierte er nochmals die Justierung am Zielfernrohr. Dann spähte er nach links und rechts, ob jemand in der Nähe sei, aber alles war still. Er machte einen Schritt neben dem Felsen hervor, ging vor bis zur Kante und lehnte sich seitlich an einen der hohen Steinbrocken, um einen sicheren Stand zu haben. Von drüben war er nun zwar zu sehen, aber niemand würde auf ihn achten, wenn Lena zusammenbrach. Und bis die anderen wussten, was geschehen war, würde er längst auf dem Weg nach unten ins Tal sein.

Als er das Gewehr in Anschlag brachte und durch das Zielfernrohr blickte, fasste er Lenas Hinterkopf bildfüllend ins Fadenkreuz.

»Na also«, murmelte Roth tonlos.

Er entspannte seine Schultern. Mit einer kaum merklichen Bewegung schob er den Finger über den Abzug und atmete langsam aus. Da verspürte er einen leichten Schlag gegen seine Brust. Gleichzeitig glitt das Gewehr aus seinen Händen.

Seltsam, dachte er, und sah hinunter auf das Jagdgewehr, das vor ihm auf den Boden polterte. Dann bemerkte er einen roten Fleck auf seiner Jacke, der rasch größer wurde. Er fühlte gerade noch, wie er langsam vornüber fiel und über die Kante in die Schlucht stürzte. Aber er war bereits tot, bevor er unten aufschlug.

»Dort drüben!« Der junge Mann deutete aufgeregt auf die andere Seite der Schlucht. »Da ist einer gefallen!«

Die Leute vor Antonios Hütte liefen an den Rand der Lichtung, um besser zu sehen.

»Es dürfte jemand abgestürzt sein«, rief der Kameramann und schaltete noch im Laufen die Videokamera ein.

»Sehen Sie, Niels hatte recht«, sagte Giovanni zu Antonio und rannte nun auch aus der Hütte ins Freie.

Antonio stand unbeweglich mit seiner Tasse Tee am Fenster, legte den Kopf zur Seite und tippte sich an die Stirn. »Ja genau, Niels hat gestern Abend in London gewusst, dass heute früh in Bozen jemand vom Berg fallen wird. Fernsehleute ...«, murmelte er.

Auch Lena war draußen mit den anderen zum Ende der Lichtung gelaufen. Auf der gegenüberliegenden Seite lag unter einer Zinne ein regloser Körper. Die Entfernung war zu groß, um Genaueres zu erkennen, aber der Kleidung nach zu schließen, vermutete Lena, musste es ein Mann sein.

»Es ist zu weit weg, wir müssen hinüber«, stieß Giovanni seinen Kameramann in die Rippen, als er die Situation überblickte. »Beeil dich, wir bekommen die ersten Exklusivbilder.«

Damit rannten er und der Kameramann los. Wie auf Kommando folgten ihnen die anderen aufgeregt.

»Einer sollte die Bergrettung verständigen«, schrie ihnen Lena nach, da sie auf ihrem Handy noch immer kein Netz hatte. Es war aber nicht sicher, ob sie in der allgemeinen Verwirrung jemand beachtete.

»Da geht sie hin, unsere Schutztruppe«, grinste Antonio leise vor sich hin, der das Ganze durchs Fenster beobachtet hatte. »Und verpasst den Doppelmord an uns.«

Auf einem kleinen Felsvorsprung, hoch oberhalb der Lichtung, beobachtete Z das Chaos unter ihm. Mit geübten Handgriffen reinigte er die Waffe von allen Fingerabdrücken, schlug sie in ein dunkles Tuch ein und warf sie in eine Spalte zwischen zwei Felsen. Er hörte, dass sie hinunterpolterte und tief im Dunklen landete. Gut, niemand würde sie hier so schnell finden. Dann stopfte er die unauffällige graue Jacke in seinen Rucksack, schlüpfte stattdessen in eine auffällige Trachtenjoppe, setzte einen Filzhut auf und hängte sich ein großes Fernglas um seinen Hals. Als er aufbrach, war er nur mehr ein Tourist auf morgendlicher Erkundungstour.

Er wollte sein Leben nur noch zwischen Golfplatz und Angelrute genießen. In den letzten beiden Jahrzehnten, seit er Dinge in die eigene Tasche und nicht mehr für die Armee erledigte, hatte er bereits eine beachtliche Summe zurückgelegt. Und die Million von Bronsteen für diese letzte Aktion und sein Schweigen machte daraus nun ein kleines Vermögen. An Geld würde es ihm also nicht mangeln und nie wieder sollte man ihn rund um die Welt schicken, um jemanden zu erledigen.

Gleich nach Bronsteens Auftrag hatte er einen Flug nach

München genommen und war noch in der Nacht mit einem Leihwagen nach Bozen gefahren. Er kannte Roth und dessen Taktik. Somit wusste er, dass dieser erst am Morgen zuschlagen würde. Es war kein Zufall, dass Z hervorragend Schach spielte, denn er war seinen Gegnern immer mehrere Züge voraus.

Sie sind alle so berechenbar, dachte er, wie meistens nach einem erledigten Auftrag, während er den gewundenen Steig talwärts ging. Hungrig griff er in die Seitentasche des Rucksacks und nahm ein belegtes Brot heraus. Es war Zeit für ein Frühstück.

»Scusi Signore!«, rief Lena dem Herrn in der Trachtenjacke zu, der gemütlich ein Brot kauend über die Lichtung nach unten kam.

»Pardone mio, Signora«, antwortete Z mit betont schwerem Akzent und kam näher. »Non parlo italiano.«

»Sind Sie Amerikaner?«, meinte Lena nun auf Englisch, was sie dem Akzent des Fremden und seinem auffälligen Outfit nach annahm.

»Ja! Sind wir vielleicht Landsleute?« Sein Unterton wurde freudig und er streckte ihr die Hand hin.

»Nein, ich bin Dänin, lebe aber in London.« Sie schüttelte seine Hand. »Machen Sie Ferien hier?«

»Ja, so etwa könnte man sagen.«

»Ich leider nicht.« Lena deutete auf die andere Talseite. »Haben Sie das Unglück gesehen?«

»Nein, ich bin über die hintere Bergseite gekommen.« Er folgte mit seinem Blick Lenas Arm und stieß einen erschrockenen Laut aus, als er den leblosen Körper sah. »Oh Gott, grauenhaft. Ist da jemand abgestürzt? Er wird doch nicht etwa ...« Er schlug sich die Hand vor den Mund.

»Bitte, würden Sie mir einen Augenblick Ihr Fernglas leihen?«

»Selbstverständlich!«

Z nahm es von seinem Hals und reichte es Lena. Sie glaubte zu spüren, dass seine Hand leicht zitterte, als sie es nahm. Sie blickte hindurch und erstarrte. Der Mann auf der anderen Seite lag verdreht auf dem Rücken und hatte den Kopf abgeknickt nach hinten gedreht. Als Lena am Fokusrad scharfstellte, sah sie direkt in zwei offene Augen. Und in ein Gesicht, das sie kannte.

»Roth!«, entfuhr es ihr beinahe unhörbar. Sie ließ das Fernglas langsam sinken, starrte aber weiter hinüber zu der Leiche.

»Jemand, den Sie kennen?«, fragte Z beiläufig und riss sie aus ihren Gedanken.

»Nein, nein«, sagte Lena schnell und gab ihm das Fernglas wieder zurück. »Besten Dank.«

»Bitte, gerne. Ich könnte da ja gar nicht hinsehen.« Er blickte auf die Uhr. »Nun muss ich aber weiter, sonst versäume ich noch die gebuchte Rundfahrt. Es ist gar nicht leicht, in den wenigen Tagen Urlaub alles unterzubringen. Schöne Zeit noch!«

Z drehte sich um und ging. Es wäre so einfach gewesen, dachte er, aber er hatte in ihrem Fall keinen Auftrag. Er verstand auch nicht, dass eine derart harmlose Person solche Probleme verursachen konnte. Aber ihn ging das nichts mehr an, er war nur Privatmann und würde heute Nachmittag Golf spielen. Es gab hier wunderbare Plätze in der Nähe.

»Was war denn?«, fragte Antonio, der aus der Hütte kam und zu Lena ging, die wie erstarrt dastand.

»Roth ...«, stieß Lena hervor. Sie konnte es immer noch nicht fassen.

»Was?«

»Da drüben liegt David Roth. Verstehst du? Der Abgestürzte ist Roth vom CIA, der auf dem Foto von Franco aus Paris.«

»Und gut bekannt mit Bronsteen. Der Kreis schließt sich«,

ergänzte Antonio und nickte. »Ich glaube nicht, dass er zufällig abgestürzt ist ...«

Auf der anderen Seite des Tals kamen gerade Giovanni und der Kameramann zu dem Toten und machten die ersten Aufnahmen. Lena löste sich von dem Anblick.

»Was machen wir?«

»Wir fahren wieder zurück zu Mutter in die Universität«, entschied Antonio. »Hier sitzen wir wie auf dem Präsentierteller. Wer weiß, ob Roth alleine war.«

»Gut, ich packe die Sachen zusammen.«

»Und mit wem hast du vorhin gesprochen?«

»Ach, nur ein Tourist, er hat mir sein Fernglas geborgt. Ein ganz netter, älterer Ami.«

29

Von den Vorgängen bei der Hütte am Schlern hatte Lorington nichts mitbekommen. Er war spät abends, nachdem er Roth in Bozen abgesetzt hatte, in Bologna gelandet und übernachtete in einem kleinen Hotel ganz in der Nähe des Airports. Er würde nach Erledigung der Angelegenheit mit dem Jet nach London zurückfliegen. Roth würde eine Linienmaschine nach Washington nehmen.

Lorington hatte noch in der Nacht den letzten Standort von Klaras Mobiltelefon gecheckt. Sie war zur Uni gefahren und dort geblieben, wie Roth es vorhergesagt hatte. Den jungen Agenten hatte Lorington bei der Maschine gelassen. Er wollte kein zusätzliches Risiko eingehen. In der Uni musste er äußerst flink vorgehen und durfte keinesfalls auffallen.

Das Institut für Kommunikationswissenschaften, an dem Klara ihre Vorlesungen hielt, lag am Rande des Zentrums von Bologna, in der Zona Universitaria. Das Gebäude der Einrichtung, unweit des wunderschönen Renaissance-Tores San Donato, war eines der ältesten Bauwerke der Universität. Außen stilgerecht erhalten, beherbergte es im Inneren die modernsten Computeranlagen in eigens dafür klimatisierten Räumlichkeiten. Hier war der Sitz des lokalen Internets und einer der größten Webserver Italiens untergebracht.

Einige Minuten vor neun Uhr spazierte Lorington, wie mit Roth abgemacht, durch den schmalen Park, der das Anwesen umgab, und betrat gemeinsam mit einigen Studierenden das Institut. In seinem karierten Sportjackett und den grauen Hosen hielt man ihn bestimmt für ein Mitglied der Lehrerschaft.

Es war nicht schwer, sich zurechtzufinden – in der Aula stand eine hohe Tafel mit Wegweisern zu den einzelnen Abteilungen. Laut Beschreibung gab es im ersten Stock mehrere Vortragssäle, die Mensa und dazwischen einen Korridor mit einigen Büros und Studienräumen der Dozenten, einer davon mit der Bezeichnung *Prof. Dr. Eckmann-Alba*.

»Na bitte«, nickte Lorington.

Er fuhr mit der Hand in sein Jackett und griff nach dem schlanken Stilett, das er in einem Lederfutteral in der Brusttasche bei sich trug. Er hatte es lange nicht mehr benutzt und war ein wenig unsicher. Die Zeiten seiner Einsätze im Außendienst waren lange vorüber, aber trotzdem war er sicher, dass im entscheidenden Augenblick alles automatisch ablaufen würde.

Im ersten Stock ging er zunächst in die Mensa, um zu sehen, ob seine Zielperson vielleicht beim Frühstück saß. Der Kantinenraum war aber beinahet leer, da der Betrieb samstags erst um zehn öffnete. Nur auf einigen Stühlen saßen Studenten und im hinteren Teil eine Gruppe in angeregter Diskussion mit einer Lehrkraft. Lorington fand kein Gesicht, das dieser Eckmann auch nur entfernt ähnlich sah. Er zog sicherheitshalber ein Foto von Klara aus der Tasche, das er aus den Akten mitgenommen hatte, und prägte sich ihr Gesicht nochmals genau ein.

Fast am Ende des langen Ganges fand er die Türe von Klaras Studienzimmer. Mit einer geübten Bewegung zog er das Stilett aus dem Jackett und verbarg es im Ärmel. Dann klopfte er.

Klara stand auf und ging zur Kaffeemaschine.

»Möchten Sie auch noch einen Espresso?«, fragte sie die beiden vom Servizio di Sicurezza. Sie saßen in dem engen Bereitschaftszimmer des Sicherheitsdienstes der Uni, direkt neben der Kantine.

»Nein danke, aber bedienen Sie sich nur«, sagte der Ältere der beiden.

Klara hatte gleich am Morgen vorbeigeschaut und gesehen, dass sie die Beamten, die Dienst hatten, gut kannte. Vor allem den Älteren, Paolo, kannte sie bereits seit vielen Jahren und hatte seinerzeit als zuständige Leiterin des Instituts sogar seinen Arbeitsvertrag unterschrieben.

Nachdem die Mensa noch zu war, hatte ihr Paolo spontan ein Frühstück angeboten und sie war gerne geblieben. Natürlich musste sie ihr Herz ausschütten und die Erlebnisse der letzten beiden Tage erzählen. Im Gegensatz zu dem überheblichen Carabiniere glaubten ihr die Sicherheitsleute. Klara war bekannt für ihren scharfen, analytischen Verstand und wenn sie behauptete bedroht zu werden, hatte Paolo keinen Grund, daran zu zweifeln.

»Wir machen unsere Runde«, sagte Paolo. »Sie können gerne noch bleiben, Frau Doktor, falls Sie sich hier sicherer fühlen. Wir sind bald wieder zurück.«

»Nein danke, ich habe Ihre Zeit lang genug strapaziert. Es wäre nur freundlich, wenn Sie mich bis zu meinem Zimmer bringen könnten, dort wird mir nichts geschehen. Ich muss dann auch mit meinem Sohn telefonieren, ob bei ihm alles in Ordnung ist.«

»Wie Sie wollen, wir schauen später noch bei Ihnen vorbei. Wann Sie Hilfe brauchen, haben Sie ja meine Nummer.«

Lorintgton saß in Klaras Zimmer und starrte fassungslos auf den kleinen Fernseher, der auf einem Wandregal stand und lief.

Nachdem auf sein Klopfen zuerst niemand reagierte hatte und auch niemand auf dem Korridor zu sehen war, hatte er versucht die Tür zu öffnen. Sie war abgesperrt, aber es war nur ein einfaches Schnappschloss, das kein Problem darstellte. Mit einem kurzen metallischen Geräusch sprang die Tür beim ersten Versuch mit dem Stilett auf und Lorington schlich hinein. Er dachte, es wäre günstig, sich in Klaras Studienzimmer zu verstecken und die Sache sofort zu erledigen, wenn sie zurückkam.

Während er an die Wand hinter der Türe gelehnt stand, liefen die Morgennachrichten. Ohne großes Interesse verfolgte er sie, horchte jedoch auf, als ein Bericht über einen tödlich Verunglückten kam, dessen Identität man noch nicht kannte und der Opfer eines Jagdunfalls geworden war. Als dann David Roths Bild eingeblendet wurde, ließ sich Lorington schockiert auf einen der Sessel im Raum sinken.

Wer hatte Roth getötet? Waren sie aufgeflogen und man war auch bereits hinter ihm her? Lorington wusste im Moment überhaupt nicht, wie er auf die Information reagieren sollte. Im gleichen Augenblick ging die Tür auf.

Klara hatte Paolo noch freundlich zugenickt und betrat ihr Zimmer. Sie sah den Mann, der mitten im Raum auf einem der Sessel saß. Klara konnte sich nicht erinnern, das Zimmer offengelassen zu haben und war über den ungebetenen Besuch verärgert.

»Ja bitte?«, fragte sie eisig.

Lorington fuhr herum, dabei fiel ihm beinahe das Stilett aus der Hand. Für einen Augenblick war er abgelenkt, der reichte Klara jedoch, sein Gesicht zu erkennen. Sie sah bestürzt auf diesen blasierten Mund mit dem großen Schnauzbart, der Geiernase und den fischigen Augen. Es war der zweite Mann von Francos Foto, das ihr Lena am Tag zuvor gezeigt hatte. Sie prallte zurück, warf die Türe wieder zu. Bevor Lorington reagieren konnte, hatte sie von außen wieder abgesperrt und sich auch noch gegen die Türe gelehnt.

»Paolo!!!«

»Fuck«, fluchte Lorington und verstand nicht, was los war. Die Person war eindeutig diese Eckmann gewesen, doch wieso hatte sie so reagiert? Immerhin hatte sie ihn noch nie gesehen und kannte ihn nicht. Es wäre also normal gewesen, ihn zumindest zu fragen, was er wolle, und nicht die Türe zuzuschlagen.

Er sah sich um, wohin das Fenster des Zimmers führte, verwarf den Gedanken an einen Sprung aber sofort wieder, da sich der Raum im Obergeschoss befand. Er würde zu einer List greifen, das lag ihm mehr. Er steckte das Stilett in das Futteral zurück und verbarg es wieder in der Innentasche des Jacketts. Dann stand auf, richtet seine Kleidung zurecht und setzte einen gelangweilten Blick auf. Dann klopfte er von innen gegen die Tür.

»Verzeihen Sie«, rief er in affektiertem Ton, »da muss ein Missverständnis vorliegen. Würden Sie bitte sofort öffnen und mich nicht hier festhalten.«

Er hämmerte gegen die Tür, aber Klara antwortete nicht. Stattdessen kam Paolos Stimme unwirsch von außen.

»Verhalten Sie sich gefälligst ruhig!«

Es hatte keine zehn Minuten gedauert, bis die Carabinieri, die Paolo gerufen hatte, vor Klaras Tür waren. Drinnen protestierte Lorington lautstark, als Klara erneut öffnete und mit Paolo und den Polizisten in das Zimmer kam.

»Das wird Sie teuer zu stehen kommen«, rief ihnen Lorington giftig entgegen. »Mich hier einzuschließen, das ist Freiheitsberaubung. So eine bodenlose Frechheit, ich werde ...«

»Vielleicht halten Sie einmal die Luft an!«, fuhr einer der Carabinieri dazwischen und schnitt Lorington das Wort ab. »Weisen Sie sich zunächst aus und dann sagen Sie uns, was Sie hier machen.«

»Sie wollen, dass ich Ihnen meine Papiere zeige? Bestens, dann werden Sie sehen, wen Sie hier versuchen festzuhalten.« Er griff nach seinem Pass und hielt ihn den Polizisten hin.

»Sir Arthur Smithberry-Jones«, sagte der Carabiniere, während er den Ausweis las. »Tätig für das Außenamt der Britischen Krone.«

»Genau«, sagte Lorington hämisch. »Wie Sie sehen, ist das auch ein Diplomatenpass. Sie dürfen mich also weder hier festhalten noch haben Sie das Recht zu einer Befragung.« Lorington schwitzte insgeheim und hoffte, dass keiner der Polizisten auf die Idee kommen würde, bei der Britischen Botschaft rückzufragen. Der Pass, den die Techniker beim MI6 hergestellt hatten, war zwar ein Originaldokument, aber alle Angaben darauf waren natürlich erfunden.

»Ja, tut mir leid«, wandte sich der Carabiniere zu Klara und den Sicherheitsleuten. »Da kann ich leider nichts machen. Wie es aussieht, genießt Ihr Besucher diplomatische Immunität.«

»Allerdings!«

Lorington nahm dem Carabinieri den Pass wieder ab und ließ ihn in seiner Tasche verschwinden.

»Vielleicht könnten Sie uns aber freundlicherweise trotzdem sagen«, mengte sich nun Paolo ein, dem Loringtons Show ziemlich seltsam vorkam, »wieso Sie sich hier in diesem Zimmer aufhalten?«

»Das ist leicht erklärt«, entgegnete Lorington. »Ich wollte mit einer Lehrkraft wegen meiner Nichte sprechen, die hier studiert und dachte, es wäre der Raum ihrer Professorin.«

»Und wie sind Sie hereingekommen?« Klara war wütend. »Es war abgesperrt.«

»Nein, es war offen. Und nun entschuldigen Sie mich bitte, ich werde mich nicht länger dieser nutzlosen Farce hier aussetzen.« Lorington fuhr sich durchs Haar und wandte sich zum Gehen.

»Sagen Sie mir doch den Namen Ihrer Nichte, die angeblich hier studiert«, setzte Klara nach.

»Ihnen sage ich überhaupt nichts.«

Damit ging Lorington mit einer überheblichen Geste hinaus

auf den Korridor und verschwand zwischen einer Gruppe von Studenten.

»Er war es«, sagte Klara leise zu Paolo. »Ich weiß es genau.«

»Ich glaube Ihnen ja, aber gegen die Immunität ist leider nichts zu machen.«

»Was ist denn hier los?«, kam eine Stimme von der Türe. Es war Antonio, der gerade mit Lena hereinkam.

»Wer sind Sie?«, fragte der eine Polizist mit barschem Unterton und stellte sich Antonio in den Weg.

»Lassen Sie nur«, meinte Klara beschwichtigend. »Das ist mein Sohn. Und eine gute Bekannte von uns.«

»Na gut. Sie kommen zurecht?«

»Ja, besten Dank.«

Die Polizisten gingen und auch Paolo nahm wieder seinen üblichen Rundgang auf.

»Was ist geschehen, warum seid ihr hier?«, wandte sich Klara nun voll Sorge Lena zu, die ziemlich angegriffen wirkte.

»Roth ist tot!«

»Was?« Klara konnte es nicht fassen.

»Ja, abgestürzt bei der Hütte. Da hat aber jemand nachgeholfen, denn wir haben bereits in den Nachrichten auf der Fahrt hierher gehört, dass er vorher angeschossen wurde. Die offiziellen Stellen tippen auf einen Jagdunfall. Und warum hattest du die Polizei hier?«

»Der zweite Mann von Francos Foto ...«

»Was ist mit ihm?«

»Er war hier.«

Lena setzte sich auf einen der Stühle und schüttelte ungläubig den Kopf.

»Ja«, setzte Klara hinzu und ging zur Kaffeemaschine. »Er ist gerade raus. Ihr seid sicher an ihm vorbeigegangen.«

»Und?«

»Ich hatte Glück. Er war in das Zimmer eingedrungen. Ich

kam zufällig gemeinsam mit dem Sicherheitsdienst. Es gab aber überhaupt keine Chance, ihn festzuhalten. Diplomatenpass! Die Carabinieri mussten ihn einfach gehen lassen.«

»Unglaublich! Was wird denn jetzt weiter passieren?« Lena klang mutlos.

»Gar nichts! Ihr werdet Ruhe haben«, meinte Antonio, der noch immer an der Türe stand.

»Meinst du?«

»Ist doch klar. Roth, der auf dich angesetzt war, wurde eindeutig ausgeschaltet, um nicht noch mehr Staub aufzuwirbeln. Und der zweite Mann, der hier war, ist aufgeflogen. Er muss also von der Bildfläche verschwinden.«

»Und du glaubst, damit ist alles ausgestanden?«

»Ja, weil die Sache nicht mehr aufzuhalten ist und bereits zuviel Öffentlichkeit hat. Es macht also überhaupt keinen Sinn, Lena weiter zu verfolgen. Im Gegenteil, alle werden versuchen, möglichst nicht damit in Verbindung gebracht zu werden.«

»Und da bist du sicher?«

»Alles andere wäre einfach unlogisch.«

Klara und Lena verdrehten gleichzeitig die Augen.

*

Queenstown lag noch in tiefem Schlaf und ahnte nichts von den sich überstürzenden Ereignissen im entfernten Europa. Auch Senator Prow schlief fest in seiner Residenz, seit Sarah mit seinem Hummer das Weite gesucht hatte. So bekam er auch nicht mit, dass sich drei schwarze Chrysler Vans näherten und vor seiner Auffahrt ausrollten. Männer in dunklen Overalls liefen über den Rasen und bezogen rund um sein Haus Stellung.

Die grünen Ziffern des Radioweckers am Nachttisch sprangen gerade auf 04:05, als Prow durch mehrfaches heftiges, ungestümes Hämmern gegen seine Türe geweckt wurde.

»Was denn«, brummte er und setzte sich auf. Er starrte kurz auf die Uhr. Draußen schlug es wieder gegen die Eingangstüre. »Welches Arschloch glaubt, mich um vier Uhr früh ...«

»Öffnen Sie, FBI!«

»Sind denn alle verrückt?« Prow torkelte auf und ging mit verschlafenen Schritten durchs Vorzimmer.

»Ich komme ja schon«, rief er dabei zornig und riss die Tür auf. »Ihr werdet euch wünschen, mich nicht ...«

Ein harter Stoß gegen die Brust ließ ihn verstummen. Zwei Männer drangen auf Prow ein, einer davon riss seine Hand von der Türe weg und drehte sie ihm mit hartem Griff auf den Rücken. Prow taumelte gegen die Wand des Vorzimmers und stieß einen Schmerzensschrei aus.

»Special Agent Finch, von der Sondereinheit gegen Korruption und Amtsmissbrauch. Senator Alexander Prow?«

»Ja, verdammt.«

»Senator Prow, das ist eine Verhaftung. Sie müssen sich nicht selbst belasten. Alles was Sie sagen, kann bei Gericht gegen Sie verwendet werden.«

»Sparen Sie sich den Scheiß«, gurgelte Prow aufgebracht und unterdrückte die Schmerzen. »Sagen Sie mir lieber, was los ist.«

Hinter seinem Rücken spürte er kaltes Metall auf der Haut, dann klickten die Handschellen.

»Dann muss jemand daran gefummelt haben, verstehen Sie?« Prow war äußerst aufgebracht.

»Was schwerlich zu beweisen sein wird«, kam die gelangweilte Antwort von dem älteren, betont freundlichen Special Agent, der die Befragung durchführte.

Sie saßen in einem schmucklosen Verhörzimmer in der Pennsylvania Ave in Washington, im Keller des FBI-Hauptquartiers. Zumindest hatte man Prow die Handschellen abgenommen, aber sonst wurde er wie ein ganz gewöhnlicher Verbrecher behandelt.

Nach der Verhaftung hatte Special Agent Finch, der den Einsatz gegen Prow führte, dessen Computer und die Unterlagen aus dem Arbeitszimmer sichergestellt und ihn mit einem Helikopter direkt ins nur fünfundvierzig Meilen entfernte Hauptbüro fliegen lassen, wo sich die Spezialisten des Departments seiner annahmen.

Soeben hatte man Prow mitgeteilt, dass der Computer von Technikern geprüft wurde und die Festplatte keinerlei Daten enthalte. Trotzdem lagen die unterschriebenen Vertragskopien von der Lieferung des verbotenen Giftgases aus China vor ihm auf dem Tisch. Die waren aber nur auf seinem Rechner gespeichert gewesen, der nun angeblich leer war. Wo hatte das FBI diese also her? Und wo waren die Verträge mit Bronsteen, die ihn entlasten konnten?

Prow war vollkommen verwirrt. Keine Stunde war seit seiner Verhaftung vergangen, und ihm wurde klar, dass er tief in der Scheiße saß.

»Welche Unterlagen sollen denn auf Ihrem Computer gewesen sein, die Sie entlasten könnten?« Der Special Agent lehnte sich zurück und verschränkte die Hände hinter seinem Kopf. Es war deutlich, dass er kein Wort glaubte.

Ich werde nicht den Sündenbock spielen, dachte Prow bei sich, wenn ihr mich fallen lassen wollt, dann nehme ich euch mit in den Abgrund.

»Die Verträge«, versuchte er sachlich zu werden. »Die Verträge, die ich mit dem Rüstungskonzern BAT und dessen Mehrheitseigentümer Arthur Bronsteen geschlossen habe.«

»Verträge welcher Art?«, hakte der Beamte nach.

»Ich bin, neben meiner Tätigkeit im Senat, auch als Lobbyist für den Konzern tätig. Natürlich nicht offiziell, aber das ist nun auch egal. Und dieses Geschäft«, Prow deutete auf die Verträge vor ihm, »habe ich in deren Auftrag geschlossen.«

»Verstehe ich richtig?« Dem Agenten des FBI blieb nun die Luft weg. Prows Aussage war für ihn unglaublich. »Sie geben an, dass Sie als Senator der Vereinigten Staaten nicht nur für ein privates Unternehmen tätig sind, sondern auch einen Vertrag zur Lieferung von Giftgas mit China unterzeichnet haben? Einer Massenvernichtungswaffe, deren Produktion gemäß einem internationalen Abkommen verboten ist?«

Prow spürte, dass er einen Fehler gemacht hatte und seine Behauptungen durch nichts zu beweisen waren. Er schwitzte, das Netz um ihn wurde enger.

»Na ja! Ich war nicht so informiert, was der Inhalt der Fässer ...« Scheiße, das glaubt mir doch keiner, dachte er sofort und unterbrach sich. Er fühlte sich hilflos und alleingelassen. Da er nie gedacht hatte, sich für seine Geschäfte jemals rechtfertigen zu müssen, hatte er auch kein Konzept für ein derartiges Gespräch.

»Interessant scheint mir in dem Zusammenhang«, fuhr der Beamte fort, »dass es von Mr. Bronsteen bereits eine dringliche Notiz an den Senat und an den Minister im Verteidigungsministerium gibt, dass Sie angeblich im Namen seines Konzerns versucht haben, ohne sein Wissen verschiedene Geschäfte abzuschließen, für die sie keinerlei Autorisation besitzen. Die Unterlagen zu ihrem Deal mit China liegen nicht nur im Pentagon, sondern bereits auch bei der Presse.«

»Ohne Autorisation? Lächerlich!« Prow versuchte, sich künstlich aufzuplustern, aber die Unsicherheit trieb ihm erneut den Schweiß auf die Stirn. »Schauen Sie doch bei meinen Unterlagen nach, nachdem Sie anscheinend alles mitgenommen haben. Da gibt es drei rote Ordner mit der Firmenbezeichnung *BAT*, wo Sie alle schriftlichen Vereinbarungen finden werden, die wir geschlossen haben.«

Der Agent schaute mit einem kurzen Blick auf eine Liste.

»Es tut mir leid.«

»Was tut Ihnen leid?«

»Es gab keine Ordner mit dieser Bezeichnung.«

»Aber sie sind da, Sie müssen sie übersehen haben! Kommen Sie, ihr vom FBI seid doch sonst nicht so«, schnaufte Prow verzweifelt, um einer weiteren Befragung zu entgehen. »Ihr seid doch mehr an echten Terroristen interessiert, ich bin doch nur jemand, der es sich ein wenig richtet. Ein ganz kleiner Fisch.«

»Das glaube ich bei derartigen Geschäften kaum«, kam es ungerührt zurück.

Dem Senator reichte es. Er sollte als Sündenbock herhalten, das wurde ihm langsam klar. Aber nicht mit ihm, dachte er bösartig. Wenn sie es nicht anders wollten, war er bereit auszupacken. Und er würde versuchen, sie alle mitzureißen.

»Dann fragen Sie David Roth, den zuständigen Chef für Special Operations!«, brüllte er ansatzlos in voller Lautstärke.

»So? Meinen sie den David Roth vom CIA?«, nickte der FBI-Mann unbeeindruckt von Prows Ausbruch.

»Ja!«

»Interessant.« Seine Stimme war mit einem Mal eiskalt. »Können Sie nähere Angaben zu dessen Tod machen?«

»Was ... wo? Tot ...?«, stotterte Prow, der überhaupt nichts mehr verstand.

»Roth wurde vor vier Stunden in Italien erschossen – ein Jagdunfall ...«

Prow wurde bleich und sank auf seinem Sessel zusammen.

30

Zur gleichen Zeit, als das FBI Senator Prow der Befragung unterzog, bog der schwarze Chevy Silverado Pickup aus dem Sand Island Parkway in die Zufahrt zur US Coast Guard von Honolulu ein. Auch hier war es noch tiefe Nacht. Captain Pat McRave von der Naval Group, einer maritimen Anti-Terror-Einheit der US-Navy, ließ den schweren Wagen bis nach vorn zum Pier rollen und hielt dort neben zwei dunkelgrauen Vans.

Seine Spezialeinheit, ein Teil der berühmten Navy Seals, gehörte zu den Eliteverbänden der Vereinigten Staaten und wurde bei besonders heiklen oder gefährlichen Einsätzen gerufen. Captain McRave war der Spezialist für inoffizielle Aufgaben im Inland und leitete verdeckte Eingreiftruppen zum Schutz gegen Infiltration der amerikanischen Grenzen. Seine Leute waren es gewohnt, jeder Bedrohung zu begegnen, und agierten innerhalb der USA Hand in Hand mit dem Terrorkommando des FBI.

»Sir!« Der Master Sergeant grüßte förmlich.

McRave grüßte kurz zurück und trat vor die wartende Gruppe; zwei Squads mit je acht Männern, die bereits neben den Fahrzeugen warteten. Ein Squad war vom FBI abgestellt, um die Hafenanlage und den Pier zu sichern. Die anderen acht waren seine Navy Seals, die mit ihm an Bord der MS Chien Dong kommen würden, um den Container und die darin befindlichen Fässer mit dem VX-Gas sicherzustellen. Offiziell waren sie auf dem Schiff auf chinesischem Hoheitsgebiet und begingen mit ihrem überfallartigen Eindringen eine schwere Verletzung internationalen Rechts. Aber McRaves Squad war derartige Einsätze gewohnt und stellte niemals Fragen.

Nach einer kurzen Instruktion verteilten sich die Gruppen

und liefen, die Deckung zwischen den abgestellten Containertürmen entlang der Verladestraße ausnützend, den Pier entlang, bis zum Liegeplatz des chinesischen Schiffes. Der weitläufige Frachthafen auf Sand Island, einem Teil von Honolulu, war ein wichtiger Knotenpunkt im Pazifik. So hatte auch die MS Chien Dong den Hafen vor einigen Stunden zu einer Zwischenstation angelaufen, um Fracht für Südamerika zu laden und um Frischwasser und Proviant an Bord zu nehmen.

Das FBI-Team verteilte sich in den Verladestraßen und verschwand auf den Docks, die hinter den Lagerplätzen verliefen. Das Schiff neben der MS Chien Dong war gerade beim Löschen seiner Ladung und es herrschte die übliche Betriebsamkeit. Das Squad des FBI war mit dunklen Hosen und kurzen Jacken bekleidet und konnte sich unauffällig unter die Arbeiter mischen, die auf dem Gelände zu tun hatten. Keiner der Vorarbeiter beachtete sie, als sie zwischen den Containern Stellung bezogen und den Pier von zwei Seiten aus im Auge behielten. McRave sah ihnen nach, sondierte kurz die Lage und gab seinen Seals die vereinbarten Handzeichen zum Vorrücken. Er selbst lief geduckt den Kai entlang und vermied dabei das Licht der Scheinwerfer, die die Laderampen abschnittsweise taghell beleuchteten.

Bei der MS Chien Dong waren die Arbeiten schon beinahe beendet und der Frachter würde demnächst wieder auslaufen. McRave und seine Seals kamen unbemerkt bis an Bord. Zwei von den Seals nahm McRave mit nach oben, die anderen sicherten das Deck und die Zugänge zur Brücke.

»Es gibt laut ihrer Ladeliste den Container einer Schweizer Firma mit Pflanzenschutzmitteln nach Kolumbien. Es handelt sich jedoch um einen hochgiftigen Kampfstoff.«

McRave und seine Männer waren kurzerhand in die Brücke eingedrungen und konfrontierten nun den Kapitän mit dem

Wissen um die illegale Fracht. Die anwesenden Offiziere des Schiffes und der Kapitän hatten kleinlaut protestiert, aber keinerlei Widerstand geleistet, als sie die Entschlossenheit und die Bewaffnung der Spezialeinheit gesehen hatten.

Einer der beiden Seals stammte aus einer asiatischen Familie und konnte einige Brocken Chinesisch. Er übersetzte die Worte McRaves zwar nur holprig, aber es reichte, damit der Kapitän einsah, dass es zwecklos war, sich dumm zu stellen. Also antwortete er direkt in gebrochenem Englisch.

»Sie glauben falsche Ware an Bord?« Natürlich war er auch von Dr. Chao bestochen und wusste genau, warum McRave mit seinen Leuten an Bord war.

»Allerdings.«

»Dann Sie meinen, Papiere für eine Transport nicht okay, Sachen gefährlich?« Er stellte sich unwissend und tat überrascht.

»Korrekt! Und die Ladung ist hiermit im Auftrag des amerikanischen Verteidigungsministeriums beschlagnahmt und im Sinne der völkerrechtlichen Bestimmungen zu vernichten.«

»Welche Ladung meinen genau?«

»Es ist der Container mit den vierzig Fässern aus Shenzhen. Sie wissen genau, um welche Fracht es sich handelt. Wenn Sie also nicht möchten, dass ich Sie und Ihre Männer dem FBI übergebe, setzen Sie die Ladung längsseits am Pier ab.«

Um der Sache Nachdruck zu verleihen, gab McRave ein Zeichen, und sein Mann übersetzte diese Aufforderung nochmals deutlich ins Chinesische. Ohne ein weiteres Wort zu verlieren, drehte sich der Kapitän um, nahm ein Sprechfunkgerät und gab rasche, kurze Anweisungen an die Mannschaft auf dem Schiff.

»Und dann bringen Sie mich zu der Kabine«, setzte McRave noch unmissverständlich hinzu, »wo wir diesen Chao finden.«

Dr. Chao stand vor dem Spiegel in der engen Waschecke und

putzte sich die Zähne. Er war den ganzen Abend an Deck hin und her gelaufen. Er fühlte sich unruhig und würde sicher nicht schlafen können, solange sie noch in amerikanischen Gewässern lagen.

Als es an seiner Tür klopfte, schaute er verärgert auf. Er hatte doch dankend abgelehnt, als ihn der Kapitän zu einem nächtlichen Landgang in die Bars der Umgebung einlud. Und der war trotzdem gekommen, um ihn abzuholen.

»Sicher will nur, ich soll bezahlen seine Huren ...«, murmelte Dr. Chao säuerlich vor sich hin.

Trotzdem zwang er sich zu einem verbindlichen Lächeln, als er die Türe öffnete. Zu seinem Erstaunen stand davor nicht nur der Kapitän, sondern dahinter ein großer, breitschultriger Mann mit kurzem grauen Bürstenschnitt in einem dunklen Overall. Der schob den Kapitän zur Seite und kam in die Kabine.

»Doktor Akuma Chao?« Die Stimme kam knapp und hart.

»Ja ...?« Die Antwort kam so unsicher, als ob Dr. Chao seinen eigenen Namen nicht mehr wüsste.

»Captain Pat McRave, Antiterroreinheit der Vereinigten Staaten. Sie sind verhaftet!«

»Aber, ich nichts Terror ...«, stotterte Dr. Chao eingeschüchtert.

»Sie transportieren einen Container mit einer verbotenen Substanz, der gerade entladen wird. Sie haben diese somit in die Vereinigten Staaten eingeführt und stehen somit unter Verdacht der Begünstigung des internationalen Terrorismus.«

Dr. Chao stürzte zum Fenster und konnte nicht verstehen was er sah. Der Container mit den Giftgasfässern wurde soeben vom Kran gehoben und im grellen Licht der Pierbeleuchtung an Land geschwenkt.

»Ausladen falsch«, stammelte er, »Missverständnis sein, ist für Bestellung von Schweiz für Kolumbia.«

Dr. Chao sah den Kapitän an, der nur mit einer hilflosen Geste die Achseln hob. Dann kramte er am Tisch herum, nahm aus seiner Aktentasche einen Stoß mit Papieren und zog die Schweizer Frachtdokumente dazwischen heraus. Er hielt sie McRave hin.

»Sehen selbst, ist Herbizid Basagran, harmloses Pflanzenmittel«, setzte er verzweifelt hinzu. »Gegen Unkraut Mais und Getreide, hier lesen ..., für staatlich Farm Agricultura.«

»Laut gesicherten Informationen handelt es sich um O-Ethyl-S2, ein chemisches Kampfgas, das Sie einem US-Senator namens Prow verkauft haben. Und zwar nicht aus der Schweiz, sondern von der chinesischen Armee.«

McRave gab dem Seal, der vorher übersetzt hatte, ein Zeichen. Der schob den Kapitän auf den Gang hinaus, schloss die Tür und stellte sich breitbeinig davor.

Drinnen ging McRave langsam auf Dr. Chao zu. Der begriff, dass er so nicht weiterkam und versuchte, die Taktik zu ändern. Er versuchte ein verbindliches Lächeln.

»Sagen wieviel?« Dr. Chao sprach leise, um besonders vertraulich zu klingen. »Sagen Preis, ich kann machen Sie vermögend. Prow zahlen gut, ich reden für Sie. Auch große Summe keine Probleme.«

Wortlos entsicherte McRave seine 9mm-Beretta. Dr. Chao prallte zurück, hob abwehrend die Hände und es sprudelte nun aus ihm heraus.

»Prow haben kaufen von China Armee und machen Frachtpapiere. Ich nur Begleiter für Fracht bis Kolumbien. Selber nicht kaufen oder verkaufen, nur kleiner Angestellter. Alles machen Senator ...«

Sein letzter Satz blieb unvollendet. Dr. Chao starb so schnell, dass er weder das Geräusch des Schusses wahrnahm, noch den kurzen Stoß gegen seine Stirn mehr spürte, als das Projektil eindrang.

McRave nahm mit einem raschen Griff alle Schriftstücke vom Tisch und steckte sie in Chaos Tasche zurück, die er an sich nahm. Dann griff er in die Seitentasche seines Overalls, nahm eine chinesische Kleinkaliberpistole heraus und drückte sie Dr. Chao in die Hand.

Der Seal gab die Türe frei, als McRave von innen öffnete und auf den Gang trat. Der chinesische Kapitän des Frachters hatte den Schuss in der Kabine natürlich gehört. Er lehnte mit aschfahlem Gesicht an der gegenüberliegenden Wand, vollkommen verunsichert, was ihn erwarten würde.

»Widerstand gegen die Verhaftung«, sagte McRave trocken als Erklärung, »und Angriff auf ein Mitglied der US-Streitkräfte auf amerikanischen Territorium. Damit ist es ein Fall für unsere Bundesbehörde, falls Sie unsere Hilfe erbitten.«

Der Kapitän nickte stumm und machte keinerlei Anstalten eines Widerspruchs.

»Gut, Ihre Immunität ist damit vorübergehend aufgehoben. Ich rufe das FBI herauf.« McRave wandte sich an den Seal. »Sie sorgen dafür, dass niemand das Zimmer betritt, bevor das FBI eintrifft.«

Als er die Gangway hinunterlief, nahm McRave sein Handy aus der Brusttasche.

»Colonel Palmer«, sagte er knapp, als sich das Büro im Pentagon meldete.

»Captain McRave, Sir«, meldete er sich förmlich, nachdem Palmer am Apparat war.

»Gab es Probleme, Captain?«

»Nein Sir, alles wie abgesprochen. Der Container ist sichergestellt und wird von uns übernommen. Die Schiffscrew war sehr kooperativ, außer dem Begleiter der Fracht. Der hat sich der Verhaftung widersetzt, so wie Sie angenommen hatten, Colonel.«

»Und ...?«

»Ich musste leider von der Waffe Gebrauch machen und die Person ausschalten, um die Situation zu klären. Den umfassenden Bericht haben sie mittags auf dem Tisch.«

»Ausgezeichnete Arbeit, Captain.«

31

Klara hatte Lena und Antonio, der seinen Alfa nach der Gewalttour in die Südtiroler Berge bei der Uni abgestellt hatte, in den Landrover geladen. Sie kurvten durch die Weinberge südlich von Bologna und ihre Laune war bedeutend besser als am Tag zuvor.

Sie bogen soeben in die Nebenstraße ein, die über den schmalen Hügel zu Klaras Haus führte, als ein Motorrad hinter dem Fahrzeug heraufkam und so dicht an ihre Seite fuhr, dass sie beinahe kollidierten. Der Fahrer hob sich aus dem Sattel der Maschine und schaute ins Wageninnere, während er mit nur einer Hand weiterlenkte.

»Was soll denn das?«, entfuhr es Klara. Aufgrund der Ereignisse der letzten zwei Tage zuckte sie zusammen und erwartete eine weitere Attacke.

»Niels!«, rief Lena vom Beifahrersitz, als sie den Helm und die Maschine sah. »Bitte halt an, Klara.«

Auch Niels hatte Lena bemerkt, winkte kurz, setzte sich vor den Landrover und hielt ebenfalls an.

Noch bevor der Geländewagen vollkommen zum Stehen gekommen war, sprang Lena bereits hinaus und lief vor zu Niels. Sie umarmte ihn herzlich, setzte sich zu ihm auf das Motorrad und drückte sich an ihn.

»Ich fahre das letzte Stück mit Niels«, rief sie nach hinten.

»Du hast aber keinen Helm auf«, rief Klara zurück, doch Niels hatte bereits Gas gegeben, und das Motorrad schoss über den Hügel davon.

»Verrücktes Huhn!« Klara schüttelte den Kopf. Dann drehte sie sich zu Antonio um, der gemütlich im Rücksitz lümmelte. »Du solltest dir vielleicht ein Motorrad zulegen. Frauen lieben offenbar Männer, die eine Maschine haben.«

»Mutter, bitte!«

Lena schmiegte sich eng an Niels, als sie die Kehren zu Klaras Haus hochfuhren. Sie wusste selbst nicht warum, aber es fühlte sich gut an, dass er hier war und sie ihn spürte.

»Wieso bist du hier?«

Niels klappte das Visier seines Helms hoch und schmunzelte kurz zu Lena nach hinten.

»Ach, einfach so, ich wollte mal gerne wieder etwas weiter wegfahren, und dachte mir, Italien ...«

»Lügner«, lachte Lena und drückte sich fester an ihn. »Du bist total verrückt nach mir!«

»Wenn du mich erdrückst«, rief er über die Schulter, »dann hast du aber nichts mehr davon.«

*

In aller Eile fand um ein Uhr mittags in der sechzehnten Etage des Bronsteen Towers in Baltimore, im Sitzungssaal von Bronsteens Konzernzentrale, eine improvisierte Pressekonferenz für eine handvoll ausgesuchter Journalisten statt.

Nachdem seine Beziehung zu Prow in weiten Kreisen bekannt war und die Medien Bronsteen bereits am Morgen bedrängt hatten, zu der Verhaftung des Senators und der Beschlagnahmung des Containers in Hawaii Stellung zu nehmen, hatte sich dieser spontan entschlossen, vor die Presse zu treten. Er wollte möglichen Verdächtigungen die Stirn bieten und eine Verwicklung in die bekannt gewordenen Vorfälle von vornherein zurückweisen.

»Fragen bitte nur drinnen«, knurrte einer der Sicherheitsleute und schob den Reporter, der Bronsteen bereits am Gang um eine Stellungnahme ersuchte, resolut zurück in den Saal.

Drinnen beendete Sarah, die von Bronsteen nun auch zur Leiterin der Presseabteilung des Konzerns mit deutlicher Gehaltserhöhung ernannt worden war, ihre einleitende Rede.

»Es ist uns daher ein Bedürfnis, im Sinne der Transparenz unserer Arbeit, die ausschließlich der Sicherheit Amerikas gewidmet ist, alle Unklarheiten in Verbindung mit den letzten Ereignissen auszuräumen. Als Entwicklungschefin und Pressesprecherin freut es mich, den Eigentümer und Präsidenten des Konzerns zu begrüßen, dem es ein Anliegen ist, Ihre Fragen persönlich zu beantworten.« Sarah deutete kurz in Richtung Bronsteen, der gerade den Raum betrat. »Meine Herrschaften, Mr. Arthur Bronsteen!«

Bronsteen fuhr sich energisch durch die grauen Schläfenhaare, nickte Sarah dankend zu und trat zum Rednerpult. Er war bester Laune und trug statt einem seiner üblichen grauen Maßanzüge heute ein schwarzes, tailliertes Armani-Sakko, das seine blendende Figur betonte, und dazu eine exklusive hellgelbe Seidenkrawatte. Hinter ihm prangte über seinem Kopf wuchtig das Konzernlogo, was den Eindruck erweckte, als stünde man vor dem US-Präsidenten oder zumindest dem Verteidigungsminister. Die Aufmachung der Pressekonferenz wirkte trotz der eiligen Durchführung blendend inszeniert. Sarah hatte ganze Arbeit geleistet, so als wäre sie schon lange darauf vorbereitet gewesen.

»Meine Damen, meine Herren«, begann Bronsteen mit einer kurzen Erklärung. »Ich möchte zunächst meine Bestürzung zu den Ereignissen der letzten Stunden zum Ausdruck bringen, die zur Verhaftung eines verdienten und bekannten Senators der Vereinigten Staaten führten. Sie sehen mich hier fassungslos ob der erhobenen Vorwürfe. Wir alle hoffen, dass sich die Anschuldigungen, allein schon wegen der nötigen Integrität von Regierungsmitgliedern, als Irrtum erweisen werden. Aufgrund der Schwere der Vorwürfe ist es jedoch im Sinne der

Glaubwürdigkeit und im Hinblick auf die Arbeit unseres Unternehmens eine Verpflichtung für mich, jegliche Verbindung zu den Ereignissen zurückzuweisen und mich davon auf das Schärfste zu distanzieren. Senator Alexander Prow hatte von uns keinerlei Auftrag für den Abschluss von Verträgen und keine wie auch immer geartete Autorisation, für Übereinkünfte in unserem Namen – weder vom Konzern Bronsteen Arms and Technologies noch von mir persönlich oder meiner gemeinnützigen Foundation. Es entzieht sich daher vollkommen unserer Kenntnis, ob und welche Abmachungen Senator Prow getroffen hat oder in wessen Namen das geschah.«

»Aber Senator Prow war doch Ihr Lobbyist«, rief ein Journalist aus den hinteren Reihen dazwischen.

»Was nicht der Wahrheit entspricht«, konterte Bronsteen scharf. »Wie Ihnen bekannt sein dürfte, ist es Mitgliedern der Regierung im aktiven Dienst untersagt, Interessen von privaten Unternehmen zu vertreten. Unsere Verbindung war eher ein loser Gedankenaustausch zwischen Menschen mit ähnlichen politischen Ansichten. Natürlich hat sich Mr. Prow bemüht, die Zusammenarbeit zu intensivieren, aber solange er Senator war, stand dies für mich nicht zur Diskussion.« Über Bronsteens Gesicht glitt einen Augenblick lang ein Schmunzeln, während er mit einem gekonnt einnehmenden Tonfall den nächsten Satz begann. »Man möchte doch nicht, dass es so aussieht, als würde man Einfluss auf die Politik nehmen. Das wäre doch plump, oder?«

»Trotzdem waren Sie aber erst unlängst mit ihm gemeinsam in Paris auf einer Konferenz.« Die Feststellung kam von einer älteren Redakteurin in der ersten Reihe.

»Ja, zwangsläufig, da der Senator diese Konferenz im Rahmen seiner Tätigkeit für das Commitee for Armed Services organisiert hatte und mich der parlamentarische Ausschuss des Pentagons einlud dort einen Vortrag zu halten.«

»Worüber denn?«

»Unsere Pressechefin«, er deutete mit einer anerkennenden Geste auf Sarah, »bereitet dazu gerade eine Mitteilung vor, deshalb will ich hier nicht im Detail darauf eingehen. Ich möchte nur soviel vorweg sagen, dass sich ein wesentlicher Bereich unserer Arbeit in Zukunft auf die Räumung von Landminen konzentrieren wird und wir den Verantwortlichen unser Programm vorgestellt haben.«

»Soll das bedeuten, dass Ihr Interesse an der Waffenproduktion sinkt?«

»Das soll vor allem bedeuten, dass es uns eine Verpflichtung ist, den Kurs Amerikas zu unterstützen und im Sinne von internationalen Übereinkommen tatkräftig an der Säuberung von Kriegsgerät teilzunehmen. Wir sehen solche Dinge entscheidend für die gesamte Branche, die es ohnehin nicht leicht hat, ihr Image zu pflegen.«

»Das heißt«, fragte nun ein anderer Journalist laut in die kurze Pause nach Bronsteens Antwort, »Sie haben derzeit kein Interesse an der Lieferung von Waffen nach Südamerika, etwa nach Kolumbien?«

»Ich hoffe, dass Sie mit Ihrer Bemerkung nicht auf den Container mit den verbotenen Chemikalien anspielen, der von unseren Behörden sichergestellt wurde?« Bronsteen sprach den Reporter direkt an und seine Stimme war schneidend. »Ich bin Patriot und würde nie etwas tun, was Amerikas Ansehen schadet. Da wäre ich an Ihrer Stelle also äußerst vorsichtig mit Vermutungen.« Bronsteens Tonfall wurde wieder sachlich und er blickte in die Runde. »Aber um die Frage zu beantworten: Obwohl unser Konzern natürlich weiterhin in der Rüstungsindustrie tätig ist, kann ich Ihnen allen hiermit bestätigen, dass wir derzeit in keinerlei Geschäftsbeziehung zu Kolumbien stehen und an Waffenlieferungen in dieses Land nicht interessiert sind.«

Im allgemeinen Gemurmel hatte die ältere Redakteurin in der ersten Reihe wieder die Hand gehoben. Bronsteen nickte ihr zu. Sie machte eine kurze Pause, bis Stille im Raum einkehrte, um ihre Worte wirken zu lassen.

»Was machen dann aber Ihre Berater dort? Unseren zuverlässigen Quellen nach befinden sich derzeit einige Ihrer besten Leute vor Ort in Bogotá.«

Shit, dachte Sarah verunsichert, da muss von etwas durchgesickert sein. Sie ließ sich nichts anmerken und blickte auf Bronsteen, wie dieser auf die verbale Attacke reagieren würde.

»Danke für diese Frage, die mir die Gelegenheit gibt, auf mein ganz spezielles Engagement in Kolumbien einzugehen.« Bronsteen nickte der älteren Dame freundlich zu, lehnte sich nach vorn auf das Rednerpult und fuhr ohne mit der Wimper zu zucken fort. »Wie Sie wissen, haben wir vor einiger Zeit die amerikanischen Interessen bei der Zerschlagung der Drogenkartelle unterstützt. Der Kampf gegen Drogen ist in unserem Sinne eine ebenso wichtige Aufgabe wie der Krieg gegen den weltweiten Terror. Aber gerade in Kolumbien gab es eine Menge von Kleinbauern, deren einzige Einnahmequelle der Koka-Anbau war. Die standen durch die Vernichtung der großen Kartelle praktisch vor dem Nichts. Ich habe mich nun entschlossen, eine hohe Summe an Geldern meiner privaten Stiftung für wohltätige Zwecke zu investieren, um diesen Menschen neue und andere Perspektiven für ihre Zukunft zu geben.«

Wahnsinn, lächelte Sarah in sich hinein, als sie bemerkte, wie er den Spieß umdrehte. Die Redakteurin, die die provokante Frage gestellt hatte, blickte beinahe ein wenig beschämt.

»Wir haben also einige Hilfsprojekte für diese Farmer aufgezogen, um Einkommen zu schaffen und den weiteren Kokaanbau zu vermeiden.« Bronsteen machte eine ausladende Geste und fuhr gewandt fort. »Dadurch kommen diese Projekte aber nicht nur diesem wundervollen lateinamerikanischen Land zugute, sondern vor allem auch Amerikas Jugend. Sehen Sie, ich trage derartige Dinge nicht gern in die Öffentlichkeit, aber lassen Sie es mich so formulieren: Ich sehe es als eine wichtige Aufgabe, einen Teil meines Vermögens dafür zu verwenden, einen Beitrag für drogenfreie Schulen und Universitäten zu leisten. Und das ist der Grund, warum ich meine besten Männer nach Bogotá geschickt habe, um diese Dinge ins Laufen zu bringen.«

Ein Journalist in der ersten Reihe lächelte kurz auf.

»Arthur Bronsteen ist also nicht nur Waffenproduzent, sondern auch ein guter Mensch«, sagte er halblaut vor sich hin.

Bronsteen, der das gehört hatte, wandte sich in seine Richtung und lächelte zurück.

»Das dürfen Sie gerne zitieren!«

*

Prow saß auf der Pritsche und starrte seit über einer Stunde auf die hellgrau gestrichene Wand. Er konnte die Vorkommnisse an diesem Tag, den schwärzesten seines Lebens, noch nicht ganz begreifen. Natürlich steckte Sarah dahinter, das war ihm in der Zwischenzeit klar geworden. Sie musste seinen Computer manipuliert haben, während er schlief.

Das war ein harter Schlag für ihn, denn er hatte gedacht, sie würde zu ihm aufblicken, aber in Wirklichkeit war sie nur Bronsteens Marionette. Wieso dieser ihn aber mit einem Mal fallen ließ, war Prow unklar. Der angebliche Jagdunfall von Roth traf ihn hart, denn der wäre der Einzige gewesen, der ihn hätte entlasten können.

Nach einem langen Verhör, in dem er ergebnislos stets die gleichen Sachen wiederholt hatte, verweigerte er jegliche Kooperation und war in eisiges Schweigen versunken. Schließlich hatten sie ihn in diese Zelle gebracht und ihm ein Telefonat mit einem Rechtsbeistand gestattet.

»Ihr Anwalt, Sir, bitte kommen Sie.«

Ein junger FBI-Mitarbeiter schloss die Türe auf und führte Prow über den Gang in den angrenzenden Besuchsraum. Prow war überrascht, als ihn der Beamte in das Zimmer schob, denn der dort Wartende war nicht sein Anwalt, mit dem er zuerst gesprochen hatte.

»Aber, ich wollte ...«, sagte Prow, neuerlich verwirrt.

»Besten Dank«, wandte sich der Besucher an den FBI-Mann. »Wenn Sie uns bitte allein lassen.«

»Wer sind Sie?«, fragte Prow, nachdem sie alleine waren.

»Verzeihen Sie«, antwortete dieser, »aber es gab keine Möglichkeit, Sie hier zu verständigen. Mein Name ist Jacob Friedner, von der Kanzlei Friedner, Lowell & Partners.«

»Ich verstehe nicht ...«

»Ihr Anwalt hat mir sein Mandat abgetreten.«

»Aber wie kann er das? Dazu sollte ich doch zumindest mein Einverständnis geben.«

»Ich denke, das werden Sie noch. Es ist nur zu Ihrem Besten. Ich habe Nachrichten von Mr. Bronsteen für Sie.«

»Bronsteen, was will denn der noch?«

Draußen war es dunkel geworden, und der lange Tag zeigte Spuren in Prows Gesicht. Er war einfach zu müde, um sich noch zu wehren.

»Er hätte gerne gehabt, dass die Dinge anders gelaufen wären«, fuhr Rechtsanwalt Friedner in verbindlichem Ton fort. »Aber in Anbetracht der Umstände ist er doch gezwungen, auf Abstand zu gehen.«

»Noch mehr Abstand, als meinen Computer zu löschen und mich verhaften zu lassen? Da steckt er doch dahinter, wie hinter all den anderen Dingen, oder?«

»Sehen Sie, dazu gibt es nun gar keine Beweise. Und das soll auch so bleiben, deshalb bin ich ja hier. Im Interesse des Konzerns hat Mr. Bronsteen soeben eine Presseerklärung abgegeben und es wäre natürlich wünschenswert, wenn Sie zu diesen Dingen schweigen würden.«

Prow wusste genau, was damit gemeint war, da kannte er sich aus. Wie oft hatte er selbst solche Winkelzüge bei anderen vorbereitet und dabei geahnt, dass es ihn selbst auch einmal treffen würde. Insgeheim hatte er sich all die Jahre vor diesem Tag gefürchtet. Schon als er noch mit Lisbeth verheiratet war und die Beziehung zu Bronsteen und Roth seine Ehe langsam zerstörte, hatte er gewusst, dass der Tag kommen würde, an dem das Kartenhaus zusammenfiel. Dennoch war es jetzt unvermutet geschehen und hatte ihn in einem Moment überrascht, in dem er sich als ziemlich unantastbar empfand.

So fühlt sich das also an, dachte Prow und stand auf. Er sah den Rechtsanwalt an, ging langsam zu dem vergitterten Fenster und blickte hinaus.

»Wie lange?« Sein Hals war trocken, und die Stimme krächzte bei der Frage.

»Na ja, wir könnten den Fall in Ihrer Heimat Tennessee verhandeln, wo Sie viele Sympathien haben. Der Generalstaatsanwalt würde Sie dort persönlich anklagen und nur auf Korruption plädieren, da das Thema mit den verbotenen Chemikalien im Interesse der Beziehungen zu China möglichst klein gehalten werden soll. Amerika war ja auch von dem Geschäft nicht direkt betroffen und kein Amerikaner ist zu Schaden gekommen. Der Staatsanwalt würde also in das Mindeststrafmaß einwilligen.«

»Und das wäre?«

»Oh, bloß zwölf Jahre.«

»Zwölf Jahre, sind Sie verrückt?«, fuhr Prow auf. »Ich bin über sechzig!«

»Zwei Drittel wären auf Bewährung, Sie sind also in vier Jahren wieder draußen«, setzte Friedner hinzu. Er nahm ein Schriftstück aus seiner Tasche und legte es auf den Tisch. »Wir haben das soweit wie möglich vorab geklärt und wenn Sie diese Erklärung unterzeichnen, dann läuft die Sache ohne Probleme ab.«

»Ohne Probleme, Sie sind gut.« Prow kam zurück zum Tisch und überflog das Dokument. »Und dann? Was ist die Gegenleistung für vier Jahre meines Lebens, einen ruinierten Namen, eine verlorene Altersversorgung und dass sich alle anderen an mir abputzen dürfen?«

»Mr. Bronsteen dachte an eine Pferderanch, an einem Ort, den Sie frei wählen können, und natürlich an eine monatliche Zahlung über eine Stiftung in ausreichender Höhe für ein sorgenfreies Leben. Sie lieben doch Pferde?«

»All das hätte ich auch so gehabt, Mr. Friedner«, schnaubte Prow ärgerlich. »Ist das alles, was mir Bronsteen bietet?«

»Einen kleinen Anreiz gäbe es noch.«

»Und der wäre?«

»Sie überleben ...«

Prow sah ihn an. Dann nahm er wortlos die Feder, die Friedman auf das Papier gelegt hatte.

Epilog

Am Morgen des folgenden Tages lief auf allen großen Fernsehsendern eine Berichterstattung über die letzten Ereignisse mit Bronsteens Interview und Prows Geständnis.

Lena lehnte an Niels und kaute ein duftendes Brötchen mit Prosciutto, Mozzarella und frischem Basilikum. Sie saßen in der windgeschützten Ecke des Innenhofs von Klaras Landgut an dem großen Holztisch und blickten durchs offene Fenster hinein auf den Fernseher. Es war noch etwas kühl, aber es kündigte sich ein warmer Frühlingstag an und sie nutzten die angenehme Morgensonne, eingehüllt in bunte Decken. Klara war bereits bei ihrer dritten Tasse Kaffee. Sie folgte den Nachrichten nur akustisch und genoss dabei die klare Fernsicht hinter der Steinterrasse.

»Der große Bronsteen putzt sich natürlich ab und spielt den Wohltäter«, sagte sie trocken in die Stille. »Wie nicht anders zu erwarten war.«

»Und er wird damit durchkommen, nachdem sich Prow bereits für allein schuldig erklärt hat.«

»Habt ihr vorher geschaut, was die in London darüber bringen?«, fragte Niels in die Runde.

»Du meinst Eagle?«, fragte Lena zurück.

»Hmm ...«

»Keinerlei Details, wie nicht anders zu erwarten, es kam nur eine kure Erwähnung in den internationalen News. Nachdem, was du erzählt hast, wird sich Jan vollkommen heraushalten, um seinen Job nicht zu gefährden. Ich bin sicher, dass er auch auf meine Mitarbeit keinen Wert mehr legt.«

»Und du?«

»Ich kann dort sowieso nicht mehr arbeiten, also ist die Sache für mich gegessen.« Sie drehte sich um und küsste Niels zärtlich auf die Wange. »In jeder Beziehung ...«

»Und, kannst du die Sache mit Franco für dich auch abschließen?«, fragte er und schaute Lena in die Augen.

»Ich denke schon. Denn für mich steht fest, dass die Waffenlobby um Bronsteen und die verschiedenen Geheimdienste in ein Komplott verwickelt waren. Franco ist ihnen dabei in die Quere gekommen. Natürlich würde ich mich besser fühlen, wenn sie alle dafür büßen müssten, aber zumindest hat David Roth dafür bezahlt.« Lena schluckte. »Der sicher derjenige war, der die Dinge ausgeführt hat. Sonst wäre das Foto von Franco für ihn nicht so bedeutungsvoll gewesen.«

»Und immerhin hast du auch Prow das Handwerk gelegt, der im Hintergrund der dreckigen Machenschaften die Fäden gezogen hat«, warf Klara dazu ein.

»Wovon du ausgehen kannst.«

»Und hast du ein furchtbares Geschäft vereitelt, was überdies Bronsteen ein Vermögen kostet.«

»Die Geschichte mit Roth ist auf der ersten Seite.« Antonio kam mit der Morgenzeitung in der Hand über die Terrasse. »Unfall eines amerikanischen Diplomaten in den Südtiroler Alpen«

»Zeig her!« Lena nahm die Zeitung und überflog den Artikel im Lokalteil. »Der Bericht dazu ist auch haarsträubend unlogisch, würdest du sagen, aber damit umgehen sie sicher wieder einmal eine genauere Untersuchung.«

Klara ging ins Haus, um noch Kaffee zu holen.

»Hier ist noch einen Meldung über einen amerikanischen Politiker. Sagt dir der Name Robert Asher was?«, fragte Niels, der sich einen anderen Teil der Zeitung geschnappt und darin geblättert hatte.

»Asher ... Asher?« Lena war sich nicht sicher.

»Ein Abgeordneter der Grünen in Washington.«

»Die Grünen! Ja natürlich!«, fiel es Lena nun wieder ein. »Der grüne Abgeordnete McKinley, zu dem habe ich Lisbeth in New York interviewt, was mich ja überhaupt erst auf die Spur gebracht hat. Der geht sicherlich auch auf Roths Konto.«

»Und wer war dieser Asher?«

»Der war sein Parteikollege. Was ist mit ihm?«

»Er war auf einem Inspektionsflug in einer Cessna an der Grenze zu Afghanistan unterwegs.«

»Und?«

»Die Maschine ist abgestürzt, trotz guter Wetterlage.«

»Aha.« Lena zuckte die Achseln und nahm die Zeitung.

Klara kam wieder aus dem Haus und hatte einen Computerausdruck in den Händen.

»Bronsteen hat doch in dem Fernsehinterview gestern gesagt, dass er ein Hilfsprojekt für Kleinbauern in Kolumbien finanziert«, überlegte sie laut.

»Ja, und?«, meinte Lena und legte die Zeitung beiseite.

»Ich habe mich dadurch an ein Dokument erinnert, das ich unter den Files gesehen habe, die wir aus Prows Computer herunterladen konnten.« Klara legte den Ausdruck, den sie eben angefertigt hatte, auf den Tisch. »Da ist eine Liste von Zahlungen, die offiziell an eine Bauernkooperative in der Nähe von Bogotá gegangen sind.«

»Und was ist daran auffällig?«

»Ich habe mir den File gerade näher angesehen und auf den Belegen sind ebenfalls Notizen von Prow. Neben den drei größten Zahlungen steht der handschriftliche Vermerk: Überweisung für Eißendorf ...«

Die anderen schauten auf das ausgedruckte Dokument. Lena und Niels begriffen zuerst nicht, was Klara meinte, nur Antonio schaute Klara an und stieß einen überraschten Ton aus.

»Eißendorf?«, fragte er und klang beklommen. »Das ist doch der Vorort von Hamburg, wo der Terrorist Atta gewohnt hat, einer der Entführer der Flugzeuge vom 11. September 2001. Ungeheuerlich!«

Nun waren auch Lena und Niels betroffen.

»Du meinst, Prow hat in Bronsteens Auftrag über ein Scheinkonto in Bogotá Geld an einen der Attentäter von 9/11 geschickt?«, stieß Lena fassungslos hervor.

»Sieht ganz so aus.«

»Und wofür bezahlt Bronsteen das?«

»Dafür gibt es eigentlich nur einen logischen Grund ...«, meinte Antonio trocken.

Ernest Nybørg

LENA HALBERG
New York '01

Fassungslos starrt der Beamte der New Yorker Terrorabwehr im Block 7 des World Trade Center auf die beiden brennenden Türme vor ihm. Minuten später wird sein Büro evakuiert und er entgeht dem sicheren Tod.

Die Journalistin Lena Halberg entdeckt Hinweise auf Zahlungen an die Attentäter. Wieder war der Auftraggeber Arthur Bronsteen, einer der größten Rüstungsproduzenten. Im Zuge der Nachforschungen stößt Lena auf seine geheime Entwicklung von Neuro-Transmittern für Soldaten im Kriegseinsatz und auf aktuelle Verbindungen zum russischen Nachrichtendienst.

Braucht Bronsteen einen neuen Konflikt um seine heimtückische Entwicklung zu testen und war der Anschlag auf das World Trade Center nur der Anfang eines unfassbaren Komplotts? Die Recherchen führen Lena bis nach Moldavien und in die Ukraine wo sie sich zwischen mehreren Fronten wiederfindet.

Der zweite Teil der Trilogie erscheint im Frühjahr 2016

Ernest Nybørg

LENA HALBERG
London '05

Der Mann mit dem Kind am Arm läuft auf den Bahnsteig hinaus, doch der Zug der Piccadilly-Line rollt gerade aus der Station am King's Cross. Der Mann ist spät dran und setzt sich verärgert auf eine Bank. Eine Minute später trifft eine dumpfe Erschütterung die Haltestelle – in dem Zug war eine Bombe detoniert.

Als Lena Halberg zehn Jahre später in Jerusalem für eine Story recherchiert, fällt ihr ein Dokument in die Hand, das einen ehemaligen Agenten des israelischen Geheimdienstes mit den Anschlägen in London in Verbindung bringt. Als sie versucht ihn zur Rede zu stellen, landet sie prompt in der *Facility 1391,* einem Hochsicherheitsgefängnis der militärischen Aufklärung.

Steckte der Mossad hinter den blutigen Anschlägen in London und war es ein englischer Geschäftsmann, der die Fäden im Hintergrund zog? Kaum dem tagelangen Verhör entkommen, nimmt Lena die Spur wieder auf.

Teil drei der Trilogie
erscheint 2017

Edition AV